Zの悲劇

エラリー・クイーン

『Yの悲劇』の事件から十年後。かつてニューヨーク市警にその人ありと謳われたサム警視は退職し、推理の才に恵まれた愛娘ペイシェンスと私立探偵を開業していた。ある日、調査依頼で滞在していた刑務所のある町で、関係者のひとりである悪徳上院議員が殺害される。現場の書斎には数通の手紙と謎の黒い箱。それは、名探偵ドルリー・レーンの出馬を要するほどの難事件であった——清新な翻訳で21世紀によみがえったレーン四部作第三弾の本書は、解決編の緊迫感において他の追随を許さぬ、改めて真価を問われるべき本格ミステリの傑作である。

登場人物

ペイシェンス（パティ）・サム……わたし、本書の記述者
サム警視……私立探偵、ペイシェンスの父
ウォルター・ブルーノ……ニューヨーク州知事
エライヒュー・クレイ……大理石採掘会社のオーナー
ジェレミー・クレイ……エライヒューの息子
アイラ・フォーセット医師……エライヒューの共同経営者
ジョエル・フォーセット……上院議員、アイラの弟
カーマイケル……上院議員の秘書
ファニー・カイザー……上院議員の友人
ルーファス・コットン……政治家
マグナス……アルゴンキン刑務所の所長
ミュア神父……アルゴンキン刑務所の教誨師《きょうかいし》
アーロン・ドウ……アルゴンキン刑務所の元囚人

ジョン・ヒューム……………………地方検事
スイート……………………………地方検事補
ケニヨン……………………………警察署長
ブル博士……………………………検死官
マーク・カリア………………………弁護士
ドルリー・レーン……………………引退した俳優

Zの悲劇

エラリー・クイーン
中村有希訳

創元推理文庫

THE TRAGEDY OF Z

by

Ellery Queen
(Barnaby Ross)

1933

目次

Zの悲劇

前書き

ドルリー・レーン三部作の三作目である本書を出版するにあたって、短いながら説明が必要と思う。

『Xの悲劇』、『Yの悲劇』と称されるふたつの事件は、あまり間《ま》をおかずに、ほぼ立て続けに起きた。ところが『Zの悲劇』は世に出るまで十年かかった。これはひとえに、先のふたつの事件に連なる題名をつけるのにふさわしい事件が起きるまで、まるまる十年がたってしまったという意味に他ならない。

言わずもがな、ドルリー・レーンはその間にも摩訶不思議な難事件を山ほど解決している。中でも興味深い事件は、いずれ記録されることになるだろう。

バーナビー・ロス

1　ドルリー・レーン氏との出会い

　この物語における数々の事件に、わたしという人間がどんなふうに参加していたかなんて、ドルリー・レーン氏の波乱万丈な人生がお目当ての読者にしてみれば、申しわけ程度の興味しかないだろうから、この小娘の虚栄心が許すかぎり簡潔に、自己紹介をしようと思う。

　わたしは若い。それだけは、まわりのどんなに口さがない人たちでさえ認めている。大きな青い潤んだ瞳は――詩人のようにロマンチストな数多《あまた》の殿方から、気高い星のごとくきらめき、蒼穹《そうきゅう》の色をうつしていると言われたものだ。ハイデルベルクで出会ったギムナジウムのすてきな学生さんは、わたしの髪を蜂蜜にたとえ、アンティーブ（南仏コートダジュールの避寒地）でちょっと口論になった辛辣《しんらつ》なアメリカのレディはこの髪を、ぱさぱさの麦藁《むぎわら》そのものだと言った。そういえばつい最近、発見したのだけれど、パリのブティック〈クラリスのサロン〉で、スタイルがご自慢らしいナンバーワンのハウスマヌカンの隣に立ってみたら、わたしの体形は、この傲慢《ごうまん》な顔つきの生意気女とほとんどぴったり同じプロポーションだった。要するに、わたしは上から下まで完全無欠の肉体の持ち主というわけだ。ついでに――ドルリー・レーン氏という比べる者のない、その道の権威からお墨つきをいただいたとおり――すばらしい働きの頭脳を持ちあわせてもいる。ところで、わたしの最大の魅力のひとつは〝あけすけでつつしみのない、おてんばなところ〟と言われているが、大嘘もいいところだ。もちろん、この記録を読んでもらえば、そんな失礼なデマは、木端微塵《こっぱみじん》に吹っ飛ぶに違いないのだけれど。

とりあえず、細かい自己紹介はだいたいこんな感じだ。あとは、そう、大まかにわたしを言い表すなら〝さまよえるバイキング〟という表現が自分でもぴったりだと思う。考えてみれば、おさげ髪とセーラー服の時代から、わたしはずっとさすらい続けていた。旅の途中途中では、それなりに長い逗留《とうりゅう》をはさんだ。ロンドンで二年間、花嫁学校に腰を落ち着けて、恐るべき生徒として名をはせたのち、セーヌ河の左岸で十四ヶ月ほど、画学生を気取ったものの、ペイシエンス・サムという名がゴーギャンやマティスの名と並んで語られることは未来永劫《えいごう》ないと悟ると、マルコ・ポーロにならって東方に足を延ばした。ハンニバル将軍のように、ローマの門を襲ったこともあった。さらに、科学的精神の持ち主でもあるわたしは、チュニスでアブサンを、リヨンでクロ・ド・ヴージョを、リスボンでアグアルディエンテを、この舌で実際に確かめた。アテネではアクロポリスの丘にこの足で登り、サッフォーの島の蠱惑的《こわくてき》な空気の中で甘美なる歓びに酔いしれもした。

もちろんすべては、たっぷりとおこづかいを与えられ、しかも、かぎりなく得がたい人物――多少のことには目をつぶってくれる、おまけにユーモアのセンスにも恵まれた、お目付け役の婦人にぴったり貼りつかれての冒険だ。

旅というものは、クリームを泡立てるようにどんどんふくらみ、どこまでも求めたくなる。けれど、何度も味わううちに食傷するもので、そんな時、旅人は美食に飽いた大食漢さながらに、日常の食事のありがたみにあらためて気づく。そういうわけでわたしは、まじめな乙女らしく一大決心をし、このうえなく得がたいお目付け役の婦人にアルジェで別れを告げると、船に乗り、故郷へ向かった。出迎えてくれた父の懐かしい顔を見たとたん、わたしは身も心もほっとするのを覚えた。もっとも父は、わたしが花嫁学校時代に、自室で夜に何度となく、純粋に芸術的な美を味わいたくて、手ずれでぼろぼろになるまで愛読した『チャタレイ夫人の恋人』の、すてきなフランス版をニューヨークにこっそり持ちこもうとしたのに気づいて、恐れおののいていたけれど。ともかく、この小さな問題をわたしの望みどおりに解決してしまうと、父はわたしをせっついて大急ぎで税関の手続きをすませた。こうして、他人行儀な二羽の鳩は家に向かったが、ニューヨークの父のアパートメントに着くまで、どちらもだんまりのままだった。

ところで、『Xの悲劇』と『Yの悲劇』を読んでみると、我が偉大なる、大きな身体の醜い父上様は、その血湧き肉躍る物語の中で、ただのひとことも、諸国漫遊中の娘について言及していないことがわかった。わたしに対する愛情がないわけではない。波止場でキスした時、父の眼にはっとするほどの愛情が浮かんでいるのを、たしかにこの眼で見た。ただ、わたしは父から遠く離れて育ってしまった。母が、まだ逆らうこともできない幼いわたしを、お目付け役の婦人の手にゆだねて、大陸に送り出してしまったからである。どうやら、愛する母はやたらと感傷にふけるたちらしく、わたしの送った手紙からにじみ出るエレガントな大陸生活の雰囲気にひたっては、自分もその場にいるつもりになっていたらしい。そういうわけで、かわいそうな父にわたしの成長を知るチャンスがなかったのは事実だが、遠く離れて育ったことに関しては、母ひとりのせいとばかりは言えない。わたしが幼いころ、父の足元にまとわりついて、捜査している事件の血なまぐさい詳細を微細にわたって聞き出そうとして困らせたり、新聞の犯罪記事を夢中になってひとつ残らず探して読みあさったり、センター街（市警本部の所在地）で仕事中の父に的はずれな助言をしに行くと言って聞かなかったりしたことを、自分でもうっすら覚えているからだ。父は否定するけれど、わたしがヨーロッパに送り出されるのを見送って、絶対に父はほっとしただろうと思う。

なんにしろ、わたしたちが普通の父娘《おやこ》関係をきずきあげるまでには、帰国してから何週間もかかった。諸国漫遊の合間にわたしが何度かあわただしく帰省したことはあったものの、そのくらいの経験では、これから毎日、若い娘と一緒におひるを食べ、おやすみのキスをし、その他もろもろの父親らしい行為をこなさなければならない父にとって、十分な準備運動とは言えなかった。実際、しばらく父は憔悴《しょうすい》していたものだ。たぶん父は、刑事としての一生をかけて追い続けた、数えきれないほどの極悪人たちよりも、わたしのことをもっと怖がっていた。

＊

ここまで長々と話してきたが、これもすべて、わたしがこれから、ドルリー・レーン氏とアルゴンキン刑務所の虜囚《りょしゅう》であるアーロン・ドウの驚くべき事件を物語るうえで、どうしても必要な序曲なのである。というのも、ペイシェンス・サムという、この変わり者の小娘が、どうやって殺人事件に巻きこまれるはめになったのか、そのいきさつの説明だからだ。

大陸を周遊中に父から届く手紙に——母が亡くなってからは特に——父の人生にドラマチックにはいりこんできた風変わりな老天才、ドルリー・レーン氏の話が頻繁《ひんぱん》に、敬愛の念をこめて書かれているのを読んで、好奇心をかきたてられたものだ。この老紳士の名はもちろん、評判になっていたのでわたしでもよく知っていた。わたしがフィクションでもノンフィクションでもあらゆる犯罪記録や探偵小説を読みあさる大のミステリ好きだったこともあるが、そもそも、この舞台から退いた演劇界の生ける伝説が、アメリカばかりか大陸の新聞でも、しばしば超人として語られていたからだ。彼が不運にも聴力を失い、演劇界の表舞台から完全に去ることになったのち、犯罪捜査において目の覚めるような華々しい大活躍をしている偉業は、広く世間に報道され、その噂はヨーロッパにいるわたしのもとまで、何度も届いていたのである。

帰国の途中でわたしは急に、ハドソン川を見おろして建つ、おとぎ話に出てくるような幻想的な城で豪奢《ごうしゃ》に暮らす、この風変わりな人物に会いたくてたまらなくなり、是が非でも紹介してもらおう、と心を決めた。

けれども、いざ帰郷してみると、父は仕事で大忙しだった。ニューヨーク市警を退職した父は、当然、悠々自適な生活が死ぬほど退屈になってしまったのだ。人生のほとんどの年月、犯罪こそが父の三度の食事のようなものだった。そういうわけで、ごく自然な流れとして、父は私立探偵事務所を開いた。父個人の名声のおかげで、新しい仕事はすべりだしから大成功だった。

一方、わたしはといえば、特にすることもないうえ、海外生活や身につけた教養のおかげで、おとなしく家庭におさまるのはまるで向いていないと思ったので、大むかしに中断していた仕事を再開することにした。つまり、探偵事務所に入りびたり、子供のころのようにまとわりつき、ぶつくさ言われても気にせずうるさくせがみ続け、父を困らせるようになったのだ。どうやら父の考えでは、娘というものは、上着のボタンホールにさす小さな花束のような、装飾品の一種であるべきらしい。しかし、わたしは天から授かった父ゆずりの頑固一徹さで我《が》を押し通し、とうとう最後には父が折れた。時には、危険のない調査程度なら、わたしひとりにまかせてくれるようにもなった。こうしてわたしはささやかながら、現代の犯罪における専門用語や心理学を身につけていった——このちょっとした修練は、わたしがドウ事件を理解するのに、ずいぶん役に立ったものだ。

けれどひょんなことから、もっと役に立つことが起きた。父はもちろん、自分でも驚いたのだが、わたしには観察と推理において、並はずれた才能があると悟ったのだ。ある日突然、わたしは自分がひどく特殊な才能に恵まれていることに気づいたのである。おそらく、幼いころからの環境と、むかしからずっと犯罪というものに抱《いだ》き続けた興味に、はぐくまれたのだろう。父がぼやいた。「パティ（ペイシェンスの愛称）、おまえを連れて歩くと、やりにくくてかなわん。どこでもお父さんはおまえの引き立て役だ。まったく、ドルリー・レーンと一緒にやってた、あのころに戻った気分だぞ！」

わたしは応じた。「警視さんたら、お上手ね。それで、ねえ、いつあの人に紹介してくれるの？」

その機会は、わたしの里帰りから三ヶ月たったころに、思いがけなく訪れた。まったくさりげなく始まったその一件は、いつしか――こうしたことは、しばしばそんな道筋をたどりがちだ――わたしほど飢えて貪欲な小娘でさえたじろぐほどの、大冒険に続いていたのだ。

＊

ある日のこと、父の探偵事務所に背の高い、白髪まじりの、上品な身なりの男性が現れた。彼もまた、父の助力を求めてくる人たちにお決まりの不安げな表情を浮かべていた。豪華な浮き出し印刷《エンボス》の名刺には、エライヒュー・クレイとあった。彼は鋭い目でわたしを見て、腰をおろし、両手でステッキの握りをぐっとつかむと、フランスの銀行家風の、淡々とした几帳面な態度で自己紹介をした。

彼はクレイ大理石採掘会社のオーナーだった――ニューヨーク州北部のティルデン郡に主要な採石所を持ち、事務所兼邸宅はニューヨーク州のリーズにある。父に依頼しに来たのは、とてもデリケートで、機密を要する性質の調査だった。わざわざ地元からこんなに離れたところまで探偵を探しに来たのは、それが主たる原因だからだ。とにかく、できるかぎり慎重にと、特に力をこめて念を押された……

「わかってますよ」父は笑って言った。「まあ、どうです、葉巻でも。で、金庫から誰かが金をくすねてるんですか?」

「とんでもない! 実は、私には――その――匿名の共同経営者がおりまして」

「ほう」父はうなずいた。「それで?」

その匿名の共同経営者は――そもそも匿名であることが、どうしようもなくうさんくさいと思うのだが――フォーセットといった。アイラ・フォーセット医師。このフォーセット医師は、ティルデン郡出身の州上院議員、ジョエル・フォーセットの兄弟ということだが、父が眉をひそめたのを見れば、問題の紳士は高潔で純粋な魂の持ち主とは言えないらしい。クレイは何のてらいもなく、自分は〝むかしかたぎの実直なビジネスマン〟なのだと言い、いまではフォーセット医師を共同経営者にしたことを悔やんでいるのだった。わたしは、そのフォーセット医師というのは、かなり怪しい人物に違いないと睨んだ。クレイは、医師がいかがわしい性質の契約を次々、勝手に取ってきているのではないかと疑っている。会社は繁盛した――しすぎていた。郡や州からの契約が不自然なほどたくさん、名指しでクレイ大理石採掘会社に舞いこんでくるのだ。これはもうどう考えても、ごく内密に、徹底的な調査が必要というわけである。

「証拠は?」父は訊ねた。

「それが、まったく見つからんのです。あれは抜け目のない男だ、絶対にぼろを出さない。私が持ちあわせているのは、疑惑だけなのです。どうか、引き受けていただけませんか?」そう言うと、エライヒュー・クレイは超高額紙幣を三枚、机の上に並べた。

父がちらりとわたしを見た。「パティ、どうしたもんかね？」

わたしは迷った。「でも、うちはいま、たくさん仕事をかかえてるでしょ。調査で出張するとなると、いまやってる仕事を全部、投げ出すことに……」

エライヒュー・クレイは一瞬、わたしをじっと見つめた。「いいことを思いつきました」突然、彼は言った。「警視さん、あなたが来ることで、フォーセットに怪しまれるのはまずい。それでも、あなたにはどうしても来ていただかなければならない。ならいっそ、あなたとお嬢さんのおふたりを、私の個人的な客人として、リーズの拙宅にご招待してはいかがでしょう？お嬢さんもいらっしゃる方が――こういう言いかたはなんですが、その、便利なこともあるかと」なるほど、アイラ・フォーセット医師は女性の魅力に無関心な人物ではない、というわけね。もちろん、わたしの好奇心はいっきに火がついた。

「やりましょうよ、お父さん」わたしは勢いこんで言った。話は決まった。

＊

それからの二日間、わたしたちはせっせと仕事の片をつけるのに精を出し、日曜の夕方になると、リーズ行きの旅仕度を整えた。エライヒュー・クレイはニューヨークを訪れたその日のうちに、わたしたちに先立ち、州北部に帰っていた。

いまもよく覚えている。それはわたしが自宅の暖炉の前に両脚を投げ出し、とてもすてきな税関吏のお兄さんの目を盗んで国内にこっそり持ちこんだピーチブランディ（本書刊行時のアメリカは禁酒法時代）をちびちび飲んでいた時のことだ。一通の電報が届いた。ブルーノ知事からの便りだ――父の現役時代にニューヨーク郡地方検事だったウォルター・サヴィア・ブルーノは現在、やる気と実行力にあふれ、人望を集めるニューヨーク州知事となっていた。

父はぴしゃりとふとももを叩いて、くすくす笑いだした。「相変わらずだな、ブルーノの奴！　ほれ、パティ、おまえがずっと、うるさくせがんどった願いが実現するチャンスだぞ。行けるだろ？」

父はわたしに電報を投げてよこした。そこにはこうあった。

元気か、老軍馬君。明日の飛行機で、老先生の七十の誕生日に、レーンクリフにはせ参じて驚かすつもりだ。レーンは長く健康がすぐれず、元気づける必要あり。多忙な知事に行けて、きみが行けないはずはなかろう。現地で待つ。

ブルーノ

「やったあ！」わたしは叫んで、いちばん大好きな、パリのパトゥで買ったパジャマにブランディをこぼしてしまった。「ねえ――レーンさんは、わたしのこと、気に入ってくれるかな？」

「ドルリー・レーンは」父はうなった。「なんて言うか――そうだな――女嫌いってやつだよ。でも、おまえを連れていかないわけにはいかんだろ。早く寝なさい」そういうと、父はにんまりした。「そうだ、パティ、明日はとびきりきれいにめかしこんでくれ。あのじいさまを、たまげさせてやろう。それと――なあ――パット、酒をやめるわけにいかんのか？　ああ、いや」慌ててつけ加えた。「お父さんはな、別に頭の固いことを言うつもりじゃないんだ、ただ――」

わたしは父のぶかっこうにつぶれた鼻の頭にキスした。かわいそうな、お父さん。父は父なりに、精一杯、わたしに気を遣っているのだ。

＊

ハドソン川をのぞむ丘の上にそびえ建つドルリー・レーン氏の城、ハムレット荘と呼ばれる館に至る道は、父の説明から思い描いていた想像どおりの――いえ、想像以上のものだった。わたしの頭のアルバムには、ヨーロッパ、アジア、アフリカの驚嘆するような景色がぎっしり詰まっているというのに、ここはそのどこより息を呑むほどすばらしい場所だ。ヨーロッパのどこにも――ライン河畔にさえ――ここのこんもりと茂った温かみのある森や、ちりひとつない道路や、頭上に浮かぶちぎれ雲や、はるか下を這うような穏やかな青い川が織りなす、この世のものとは思えない平穏と美に、比べられるものなどなかった。そして、あの城館！　英国の古い丘から魔法の絨毯にのせて運んできたとしか思えない。巨大で、堂々として、美しく、まるで中世から抜け出してきたようだ。

長いドライブの果てに、わたしたちは古風な趣のある木橋を渡り、シャーウッドの森を思わせる――木陰からタック坊主（ロビンフッドの仲間）が、いまにもひょいと顔を出しそうな私有林を抜けて、城の荘園にはいっていった。どこを見てもにこにこ顔の人ばかりで、ほとんどは高齢の、ドルリー・レーン氏から気前のよい恩恵を受けて暮らしている人々だ。レーンさんは、年老いて芸術の世界ではもう食べていけない人々の隠遁所《いんとんじょ》として、この頼もしい砦を建て、開放していた。父は、ドルリー・レーン氏の名と惜しみない援助をほめたたえる人々が数えきれないほどいると説明した。

ブルーノ知事が、庭園で出迎えてくれた。知事はわたしたちの到着を待って、まだ老紳士に挨拶していなかったのである。わたしは知事をとても感じのいい、すてきな人だと思った――角ばった顔のずんぐりした殿方で、秀《ひい》でた額と知的にきらめく瞳と意志の強いがっしりした顎《あご》の持ち主だ。知事のうしろでは、州警察の騎馬警官たちや、随行のボディガードが、あたりを警戒して動きまわっている。

けれども、興奮してすっかり舞い上がったわたしの頭からは、あっという間に知事のことなんてどこかに行ってしまった。というのも、イボタノキの林の向こうから、イチイの木立を通り抜けて、老人がひとり、こちらに近づいてきていたからだ――その人は、ぎょっとするほど老いて見えた。父の語るレーンさんはいつだって、全盛期の、背が高く若々しい人だった。わたしはこの十年の歳月がどれほどレーンさんを過酷にむしばんだのか、まざまざと思い知った。歳月は、彼の広々とした肩をこごめ、豊かだった白髪を薄く、顔も手も皺だらけにしたばかりか、歩きかたさえぎこちなくしていた。しかし、彼の眼はいまも若々しかった――こちらがたじろぐほど澄みきって、叡智《えいち》とユーモアにきらめいている。彼の頰がさっと赤くなった。初めはわたしの存在に気がつかない様子で、父とブルーノ知事の手をつかむと、すがるように握りしめたまま、つぶやいた。「ああ、よく、本当に、よく来てくださった！」わたしは日ごろ、自分はめったなことで感傷的になったりしない、と自負していたが、みっともないことに、咽喉《のど》の奥から大きなかたまりがせりあがり、涙がにじんできてしまった……

父は鼻をかむと、照れ隠しか、ぶっきらぼうに言った。「レーンさん、紹介します、私の――その、娘です」

レーンさんはしわしわの手でわたしの両手を取ると、じっと眼を覗きこんできた。「お嬢さん」とてもおごそかに言った。「お嬢さん。ようこそ、ハムレット荘へ」

その時わたしは、あとになって思い出すたびに穴があったらはいりたくなるようなことを言ってしまった。恥を忍んで正直に言うと、わたしはただ目立ちたかったのだ。とてつもなく頭のいいところを見せつけたかった。生意気な小娘と言われてもしかたがない。ずっと前から、この出会いを待ち望んでいる間に、わたしは無意識に頭の中で、この出会いを一種のテストとして考えていた。完全な思いこみなのだけれど。

とにかく、わたしは口ごもりながら、なんとか挨拶しようとした。「嬉しいです、お目にかかれて、とても、レーンさん。どんなに、わたしが、あの――本当に――」その時、それはするっと口から出てしまった。わたしは流し目をして――あれはたしかに流し目だった――口走った。「あなたは回想録を書こうとしてらっしゃるのね！」

もちろん、その言葉が口から飛び出た瞬間に、後悔した。なんて馬鹿なことをしたんだろう。

わたしは恥ずかしくて、くちびるを噛んだ。父は大きな音をたてて息を呑み、ブルーノ知事の顔はびっくり仰天していた。そしてレーンさんは、白い眉を上げ、その眼を鋭くして、すぐには答えず、わたしの顔を長い間、観察していた。やがて、くすくす笑いだし、両手をこすりあわせて、口を開いた。「お嬢さん、これは驚きました。警視さん、長い付き合いだというのに、いまのいままで娘さんを私から隠しておられたなんて、お恨み申しますぞ。お嬢さん、お名前は？」

「ペイシェンスです」わたしは蚊の鳴くような声で言った（ペイシェンスには忍耐の意味がある）。

「ははあ、実に清教徒《ピューリタン》的ですな、警視さん！　おそらく、奥方ではなくあなたが考えた名でしょう」彼はまたくすくす笑うと、驚くほど力強くわたしの腕を握って言った。「さあ、こちらにどうぞ。お互いの話はあとでゆっくりするとしましょう……いやいや、驚いた、驚いた！」

レーンさんはずっと愉快そうに笑っていた。彼はわたしたちを美しいあずまやに案内すると、せかせか歩きまわり、血色のいい小柄な老人たちをせきたてて仕度をさせ、手ずから給仕をしてくれながら、ちらちらとわたしを見ていた。その間じゅう、わたしは心の中で、あんな言葉を言わせた馬鹿な自己顕示欲を激しく責め立て、すっかりしょげかえっていた。

「さて」老紳士は、わたしたちがお茶を飲んで、ひと息ついたころに言った。「さて、ペイシェンスさん、先ほどのあなたの言葉を検証してみるとしましょうか」彼の声は耳に心地よかった。まるで年代ものの葡萄酒のように、深みがあり、まろやかで、豊かな、不思議で稀有《けう》な声音だった。「この私が回想録を書こうとしていると？　いや、驚いた！　それで、あなたの愛らしい眼はほかにどんなことを見てとりましたか？」

「あのっ」わたしは口ごもった。「ごめんなさい、変なことを言って……わたし、ただ――そんなつもりじゃ……わたしがレーンさんを独り占めするのは、よくないですし。知事や父とお会いになるの、ずいぶんお久しぶりでしょう？」

「心配ご無用ですよ、お嬢さん。我々年寄りは、忍耐《ペイシエンス》をしっかりと身につけとりますからな」レーンさんはまたくすくす笑った。「まあこんな駄洒落《だじゃれ》を言いたがるのも年寄りの証拠ということだ。では、ペイシェンスさん、ほかには何が見えましたか？」

「ええと」わたしは深く息を吸った。「あなたはタイプライターを練習してらっしゃいますね」

「おや！」彼は仰天した顔になった。父はわたしを、いままで見たことがない生き物を見るように、まじまじと見つめている。

「それと」わたしはおそるおそるつけ加えた。「タイプの練習ですけど、独学されてるでしょう。雨だれ式ではなく、きちんとしたタッチタイピングを」

「これは驚いた！　手痛いしっぺがえしを食らってしまいましたな」彼は父に微笑みかけた。「警視さん、あなたはまぎれもない知の巨人を生み出されましたぞ。ですが、むろん、あなたがペイシェンスさんに私の情報をいろいろお話しになったのでしょう？」

「なに言ってんですか！　私だってあなたと同じくらい、たまげてるんだ。そもそも、あなたの情報をどうやって話せるってんです。私だって初耳だ。それじゃ、娘が言ってるのは、ほんとなんですか？」

ブルーノ知事は顎をさすった。「お嬢さん、あなたのようなかたを、ぜひとも州庁で雇いたいものですね――」

「おふたかた！　関係ない話はご遠慮願いましょう」ドルリー・レーン氏がつぶやいた。その瞳はびっくりするほどきらきらしていた。「さてさて、知恵くらべと参りましょうか。推理されたのですよね？　ペイシェンスさんにできたのだから、不可能というわけではない。では、考えてみましょう……お目にかかってから、正確にどんなことがありましたかな？　最初に私は木立の間を通り抜けて、近づいていった。それから警視さん、あなたと、ブルーノさん、あなたに挨拶しました。そのあと、ペイシェンスさんと目礼を交わして、それから――握手した。そして！　あなたがあのすばらしい推理を口にされた……はは あ！　なるほど、もちろん手だ！」彼は素早く、念入りに自分の両手を調べた。それから、にっこりしてうなずいた。「お嬢さん、いや、感服しましたよ。参った、参った！　たしかに！　私がタイプの練習をしていると。なるほどなあ。警視さん。私の手をよく見て、あなたはどう思います？」

レーンさんが血管の浮いた白い両手をかかげて父の鼻先に突き出すと、父は眼をぱちくりさせた。「どうって？　その手がどうかしたんですか？　そんなもん、きれいな手だな、としか思いませんよ！」

わたしたちはみんな、大笑いした。「警視さん、これまでたびたび申し上げたはずですが、些細な事柄の観察こそが探偵にとってきわめて重要であるという私の信条の正しさが、いまここで証明されるというものですぞ。ごらんください、両手とも四本の指の爪が割れたり、ひびがはいったりしている。しかし、親指の爪だけは無傷で、手入れした状態のままです。親指以外の全部の指の爪が痛む手作業と言えば、タイプライターだ――しかも、始めたばかりの初心者に違いない。なぜなら、慣れないキーを叩く衝撃で割れた爪が、いまだきれいに治っていないからだ……おみごとです、ペイシェンスさん！」

「いやあ、まさか――」父が渋い顔で言いかけた。

「やれやれ、警視さん」老紳士はにんまりした。「相変わらず、あなたは疑い深いかたですな。本当に、ペイシェンスさん、すばらしいですよ！　そして、タッチタイピングの件だ。実に鋭い推理ですな。いわゆる〝雨だれ式〟で打つ初心者は、たいてい一本指でぽつんぽつんとキーを叩きますから、左右二本の人差し指の爪だけが割れるものです。しかし、タッチタイピングは、親指以外のすべての指を使います」彼は眼を閉じた。「それから、私が回想録を書こうとしているという件ですが、いや、さすがです！　観察された現象からかなり大胆に飛躍した推理ですが、それはあなたには観察力と推理力だけでなく、直観力にも恵まれていることの証拠だ。ブルーノさん、このかわいらしい名探偵のお嬢さんが、どうやってその結論に達したかおわかりになりますかな？」

「いえ、まったく」知事は告白した。

「まぐれに決まってる」父はぶつくさ言った。とはいえ、父の葉巻はとっくに火が消えてしまっていて、指もぶるぶる震えているのが見えた。

レーンさんがまたくすくす笑った。「実に単純なことですよ！　ペイシェンスさんは心の中でこう自問したわけです。いったい七十にもなるじいさんが、なぜタイプの練習なんて奇特なまねを始めたんだろう。おとなになってから五十年も、そんなことをしようとしなかったのは明らかなのに、と！　どうです、ペイシェンスさん？」

「すごい、レーンさん。あっという間にわかってしまうなんて――」

「そして、あなたはさらに考えた。いい年をしたじいさんが、ある日突然、こんな気まぐれを始めたのは、盛りが過ぎ去ったことに気づき、個人的な、そして言うまでもなく、それなのに長いものを――人生の終わりに――書こうとしている――ということは、もちろん、回想録だ！　いやあ、たいしたものです」彼の眼が陰った。「ただ、ペイシェンスさん、どうして私が独習しているとおわかりになったのですか？　たしかに、そのとおりなのですが、そこのところがどうしてもわからない……」

「それは」わたしは弱々しく答えた。「少し専門的な知識がいります。もしあなたが先生について習っているとしたら、まず間違いなく、タイピストのたまごがみんな教わる正式なやりかたを――つまり、タッチタイピングのやりかたを習うはずだっていう仮説が、推理の前提なんです。その場合、先生は、生徒がキーに書いてある文字を見てずるをしないように、ゴムのカバーをかけて、文字を隠しちゃうんですよ。でも、キーがゴムでおおわれてたら、レーンさん、あなたの爪は割れてないはずでしょう！　だから、きっと独習してるんだって思ったんです」

父が言った。「嘘だろう、おい」そして自分が、女流飛行家とか、女戦士だとか、とんでもない生き物をこの世に送り出してしまったという顔で、わたしを見ていた。けれども、ちっぽけな馬鹿げた才気の花火を披露したことが、たいそうレーンさんのお気に召したようで、この初対面の瞬間から、わたしをある種の特別な同僚として受け入れてくれた。父は少し悔しがっていたので、悪いことをしてしまったと思う。なんといっても、父はこの老紳士と長年にわたり、互いの捜査方法について激論に火花を散らす、戦友だったのだ。

＊

午後はみんなで静かな庭園を散策したり、館で働く人々のために作られた、砂利道が通る小さな村を訪れたり、レーンさんの趣味で自宅に再現した〈人魚亭《マーメイド・タバーン》〉で黒ビールを飲んだり、個人所有の劇場や巨大な図書室やシェイクスピアマニア垂涎《すいぜん》のすさまじいコレクションを見学したりした。これまでの人生でいちばんわくわくする午後は、またたく間に過ぎ去った。

夜になると、中世の世界そのものの大広間で、王侯貴族にふさわしい大宴会がもよおされ、ハムレット荘で暮らす人々全員が参加し、レーンさんの誕生日を祝って、豪勢な御馳走を賑やかに愉しんだ。宴がお開きになると、わたしたち四人は老紳士の私室に行き、トルココーヒーとお酒でくつろいだ。ひとりの背中の大きく曲がった不思議な男が、ひっきりなしに部屋を出たりはいったりしていた。信じられないほど歳をとっているように見えるこの老人は優に百歳を超えている、とレーンさんが教えてくれた。この小柄な老人こそ、わたしがずっと前からさんざん話を聞かされ、小説で何度も読んだ、あの有名な通称〝キャリバン（シェイクスピア作品に登場する醜い老人）〟こと、クェイシー老人だった。

勢いよくはねる炎とオーク材の壁は、階下の喧騒のあとでは、ほっとするものだった。疲れていたわたしは、チューダー式の贅沢な椅子に坐りこむと、ようやくくつろいで、おとなしく皆の話を聞くことにした。ごま塩頭の、いかつい身体で、広い肩の、がっしりした父。意志の強そうな顎をした、戦士のようなずんぐりした身体つきのブルーノ知事。古代ローマ貴族を思わせる、高貴な顔の老優……

ここにいられるだけで、夢のように楽しかった。

レーンさんは上機嫌だった。知事と父に向かって、次々に質問を浴びせかけたが、自身については詳しく話そうとしなかった。

「私もいよいよおしまいだと感じることが、たびたびありましてね」彼は一度だけ、軽く本音をもらした。「頭も身体もすっかり枯れてしまった。シェイクスピアの言うとおり、この老いさらばえた身体でも天国に行くためには養生しないと。うちの医者たちは、私が主のもとへ五体満足でたどりつけるように、それは力を尽くしてくださっていますがね。まったく、歳をとりました」そう言うと、彼は声をたてて笑い、陰を払いのけた。「いや、よぼよぼのじいさんの話なんてよしましょう。警視さん、ついいましがた、お嬢さんと一緒に、どこか地方に遠出するとおっしゃっていましたな?」

「パティと私は、事件の依頼で州北部に行くことになっとります」

「ほう」レーンさんの鼻がかすかにひくついた。「事件ですか。行けるものなら、ご一緒したいものだ。どんな事件ですか?」

父は肩をすくめた。「よくわかってないんですよ。どっちにしろ、あなたのお気に召すとは思いませんがね。ブルーノ、きみは興味を持つかもしれん。おまえさんの古い友達にティルデン郡のジョー・フォーセットってのがいただろ、そいつがからんでるらしいぞ」

「寝言は寝て言いたまえ」知事はぴしゃりと言った。「ジョエル・フォーセットは友達でもなんでもない。奴が同じ党にいると思うだけで反吐《へど》が出る。あれはワルだ、ティルデン郡に暴力組織を作っている」

「そりゃ、いいことを聞いた」父はにやりとした。「ひさびさに遊び甲斐があるってもんだ。で、アイラ・フォーセット医師について何か知ってるか。議員の兄弟らしいんだが」

ブルーノ知事がぎょっとした顔になった。そして彼は眼をしばたたかせると、暖炉の火をじっと見つめた。「フォーセット議員は政界のクズだがね、真の悪党は、奴の兄弟のアイラだ。あいつは政界にいるわけじゃないが、実は奴こそが黒幕で、議員を陰で操っていると、私は睨んでいる」

「そういうことか」父はしかめ面になった。「実はな、そのフォーセット医師が、リーズのでかい大理石商の匿名の共同経営者なんだ。それでクレイが――クレイってのがその大理石商さ――この共同経営者が勝手に取ってくる契約がどうも怪しいんで、調査してほしいって依頼してきた。まあ、調べるまでもなく真っ黒だろうな。ただ、証拠をあげるとなると、一筋縄じゃいかなそうだ」

「ま、せいぜいがんばりたまえ。フォーセット医師はずる賢い奴だぞ。クレイと言ったな?

その男なら私も知っているよ。なかなかしっかりした人物のようだ……私が特に興味をそそられるのは、そのフォーセット兄弟がこの秋、選挙戦にのぞんでいるからだよ」

レーンさんはと言えば、坐ったままじっと眼を閉じ、かすかに微笑みを浮かべていた。この時わたしは、彼がいま何も聞いていないということに、はっと気づいてしまった。父からは、老優は耳が不自由だけれども、読唇術に長《た》けていると聞かされてきた。けれど、いま、彼のまぶたは外界を遮断している。

そんなどうでもいい考えがとりとめもなく浮かぶのを、苛立ちまじりに頭を振って思考から追い出し、わたしはあらためて耳を傾けた。知事はリーズとティルデン郡における政情のあらましについて、いかにも彼らしくエネルギッシュに説明していた。どうやら、来月からもう、数ヶ月にわたって激しい選挙戦が繰り広げられる見込みらしい。精力的な若い郡地方検事のジョン・ヒュームがすでに、対抗する政党から上院議員選の候補者として、正式に登録されている。彼は検察官としても清廉潔白という評判で、地元の選挙民からの敬意と好感を獲得しており、フォーセット一派の強大な勢力とまともに戦える、有力な対立候補だった。州でもっとも老獪《ろうかい》な政治家と評判のルーファス・コットンのうしろだてを得て、若きジョン・ヒュームは大胆に政治を一新する改革を、公約に打ち出した。これは、フォーセット上院議員が――ブルーノ知事の言葉を借りると〝州北部の政府補助金を食い物にしている泥棒野郎〟で、不正で名高いことや、郡庁所在地であるリーズ市には州の重罪監獄のアルゴンキン刑務所があるという事実をかんがみれば、たいへん的を射たすばらしい公約に思えた。

レーンさんはいつの間にか眼を開けていて、異様なほど熱心に知事のくちびるを読んでいたが、その理由はわたしには推し量れなかった。老優の鋭い眼が、刑務所の話が出たとたん、きらりと光るのが見えた。

「アルゴンキンですか！」彼は声をたてた。「いや、懐かしい。幾年か前に――ブルーノさん、あなたがまだ知事選に出られる前ですよ――モートン副知事がマグナス刑務所長に口利きしてくれたおかげで、刑務所の中を見学させてもらえましてね。非常に興味深い場所でした。そうそう、むかしなじみにも会えましたよ――刑務所専属のミュア神父というかたです。あなたがたふたりと出会う前からの知り合いでしてね。バワリー街（ニューヨークの貧民街）がいまよりもっとどん底だった時代、神父はあそこの守護聖人として有名だったのですよ。警視、ミュア神父に会う機会がありましたら、よろしくお伝えください」

「いやあ、会えますかねえ。なんたって、私はもう現役の刑事じゃないから……ブルーノ、もう行くのか?」

知事はすまなそうに立ち上がっていた。「残念だが。州議会に出なければならないんだ。とても重要な仕事のさなかに抜け出してきたものだから」

レーンさんの顔から微笑みが消え、やつれた顔に幾条《すじ》もの皺があっという間によみがえった。

「まだいいではありませんか、ブルーノさん。置き去りにするなんて法はないでしょう。そんな――これからという時に……」

「申し訳ありません、レーンさん、どうしても行かなければならないんです。サム、きみはいられるんだろう?」

父が顎をさすると、老紳士は鋭く言った。「もちろん、警視さんとペイシェンスさんにはお泊まりいただきますぞ。急ぐ必要はないでしょうからな」

「まあ、そうですね、うん、フォーセットの件は、別にあとでも」父は大きく息をついて、のびのびと両脚を投げ出した。わたしもうなずいた。

けれども、もしもその晩のうちに、リーズ市に向かっていたら、なりゆきは全然、違っていたかもしれない。なぜなら、まずはフォーセット医師が旅に出る前に会うことができていたはずだ。そうすれば、のちになってあれほど悩まされた謎も、あっさり解けていただろうに……。ところが、わたしたちはハムレット荘の甘美な魔法に屈し、とどまることを選んでしまったのだ。

ブルーノ知事は名残惜しそうに、護衛に囲まれて去っていった。それからまもなく、わたしは巨大なチューダー式のベッドのやわらかなシーツの間にもぐりこみ、疲れきった身体を最高に気持ちよく横たえ、ぐっすり眠りこけた。これから先、どんな未来が待ち構えているのか、まったく知らないままに。

2　死者との出会い

リーズはすり鉢型の丘のふもとに広がる、魅力的で活気にあふれる小さな町だ。うねうねと起伏する農地や青い高原の霞に四方をぐるりと囲まれた、田園地帯の中心である。丘のいただきに王冠のごとくそびえる、いかめしい刑務所さえなければ、楽園に見えただろう。てっぺんにいくつもの監視台がのっている重々しい灰色の塀。刑務所内工場の醜悪な煙突群。巨大監獄の迫《せま》りくるような圧迫感と威嚇《いかく》が、きれいな田舎の風景と町の上に、屍衣のようにおおいかぶさっている。丘を彩る青々とした木々さえ、こんな風景の雰囲気をやわらげはしなかった。わたしは、刑務所にこんなにも近い涼しい森に恋いこがれながら、それが火星にあるかのように手が届かないと絶望する囚人たちが、いったいどれほどの人数、あの堅牢な塀の向こうで打ちのめされているのかしらと、思わず声に出していた。

「そのうち、おまえも慣れるさ、パティ」鉄道の駅からタクシーに乗った時、父が言った。「あそこにはいってる奴はたいがい、救いようのない悪党だぞ。刑務所は日曜学校じゃないんだ。同情するだけ無駄だからやめとけ」

たぶん、父は生涯の大半を犯罪者相手に費やしてきたせいで、考えかたが厳しくなったのだろう。けれども、わたしにしてみれば、人が緑の大地と青い空から隔絶されるなんて、あってはならないことだ。これほど理不尽で残酷な罰を与えられるほどのひどい悪が存在するとは、とうてい思えない。

わたしたちは、エライヒュー・クレイの家までの短いドライブの間、黙ったままだった。

クレイの大邸宅は、大きな白い円柱に飾られた植民地風の豪奢《ごうしや》な館で、郊外にある丘の中腹に横たわっていた。エライヒュー・クレイ本人が、じきじきに玄関《ポルチコ》まで出迎えにきた。彼は丁重で、とても気を遣ってくれた。わたしたちは彼に雇われている身なのに、クレイの態度からは、そんなことは微塵《みじん》も感じられなかった。着いてすぐに、彼は家政婦に命じて、わたしたちを心地よい寝室で休憩させてくれた。午後には、まるでむかしからの友人のようにうちとけて、リーズの町や彼自身についてあれこれと、わたしたちに話し聞かせた。その時に、クレイが夫人に先立たれていたとわかった。彼は亡くなった夫人の思い出を愛情こめて語り、妻の形代《かたしろ》として娘が欲しかったと、しみじみ残念がっていた。こうして自分の城で普段どおりに過ごしているエライヒュー・クレイは、ニューヨークへ仕事の依頼に来た折の、きびきびしたやり手のビジネスマンの彼とは、まるで別人だった。それからしばらく平穏な日々を共に過ごすうちに、わたしはエライヒュー・クレイという人物を好きになった。

父とクレイは日々、書斎に何時間も閉じこもって密談を続けた。またある時はふたり揃って、リーズから数キロほど離れたチャタハリー川近くにある採石場に出かけて、まる一日、嗅ぎまわっていた。そうやって敵情視察を開始したものの、数日たっても父の眉間の皺がちっとも消えないのを見れば、父はきっと今後も実を結ぶかどうかも怪しい苦闘が長々続くと予感しているのだろう。

「参った、パティ、証拠になる書類がひとつも見つからん」父はわたしに愚痴った。「あのフォーセットって野郎は悪魔の手先そのものだ。クレイが音《ね》をあげるのも無理はない。こりゃ、思ってたより難儀だぞ」

父には同情するが、わたしに手伝えそうなことは、ひとつもない。フォーセット医師は不在だった。医師は、わたしたちが到着した日の朝に——まだわたしたちがここに向かっている間に——行先も告げずに出発してしまったのだ。どうやら、それは珍しくないことのようだった。医師は秘密主義で、いつも謎のやりかたで奇跡のようにすばらしい契約を取ってくるのだが、その行動は闇に包まれ、まったく予測がつかないらしい。彼がいたら、天がわたしに授けてくれたあらゆる魅力を駆使してやったのだが。とはいえ、父がそんな作戦にいい顔をするとは思えず、もし実行しようとすれば、大喧嘩をするはめになっただろう。

状況は、もうひとつ別の要素がややこしくはいりこんできたことで、むしろ愉快になった。この家にはもうひとりのクレイ氏——すなわち依頼人の息子がいるのだが、息を呑むほどみごとな体格と、地元のかわいい女の子たちにとって目の毒な、笑顔がまぶしいハンサムだった。この紳士はジェレミーといい、そのすてきな名にふさわしい、波打つ栗色の髪と、ふっと口元を野性的に歪《ゆが》める癖があった。そんな名前で、独特な服装の彼は、まるでファーノルの歴史小説から抜け出てきたように見えた。ジェレミーはあらゆる意味で、ダートマス大学を出たての青年そのものだった。体重八十五キロ、ボートを漕ぎ、全米学生選抜フットボールの名選手五、六人とファーストネームで呼びあう仲で、菜食主義者で、雲のように軽やかに踊った。わたしたちがリーズに泊まった最初の晩、夕食の席で彼はわたしに、自分はきっとアメリカ全土に大理石を流行させてみせると、大まじめに語った。彼は大学の卒業証書を砕石機に投げこみ、リーズ郊外にある父の採石場で、汗にまみれてドリルを回すイタリア系の男たちと並んで、頭からどっさり石の粉をかぶりながら、発破《はっぱ》をしかけているそうだ。実地で学んで、いずれは、さらに上質の大理石をもっと大量に生産できるようになってみせる……そう熱っぽく語った。彼の父親は息子が誇らしげだったが、心配そうでもあった。

わたしの眼に映るジェレミーはとても魅力的な青年だった。ところが、彼のアメリカ全土に大理石を流行させるという野望は、すくなくとも二、三日の間、おあずけを食らうことになった。彼の父親がジェレミーに仕事を休ませ、わたしの相手役をまかせたのだ。ジェレミーは、小さいが上質な厩舎を持っていた。まもなく明らかになったのだが、わたしの海外で受けた教育は、あるひとつの科目がごっそり抜け落ちていた。わたしはアメリカの大学を出たての青年がしかけてくる恋愛術に抵抗する技を、まったく習ったことがなかったのだ。

「あなたって子犬みたいね」遠乗りに出た先で、彼が逃げ場のない小さな谷間に馬を入れ、なんの断りもなくわたしの手を握ってきたので、ぴしりとそう言ってやった。

「一緒に子犬になろうよ」ジェレミーは笑いながら提案し、鞍にまたがったまま、横ざまにさっと身を乗り出してきた。わたしの鞭が彼の鼻先をかすめたので、その先に待ち受ける危機は防がれた。

「あぶなっ！」彼はさっとのけぞった。「なんだよ、いいだろ？　パット、きみだってそんなに息をはずませてるじゃないか」

「嘘よ！」

「嘘じゃない。本当は喜んでるくせに」

「ふざけないで！」

「まあ、いいさ」ジェレミーは、心得顔で言った。「ゆっくり待つよ」それから屋敷に着くまで、彼はずっとにやにやしていた。

けれども、そんなことがあってから、ジェレミー・クレイ氏は、遠乗りにはひとりで行くようになった。とはいえ、彼が危険な魅力に満ちた青年であることに変わりはなかった。実際、あの時、もしも危機が起きるのを止めていなければ、自分が喜んでいたはずだと気づいて、わたしは悶々とした。

＊

大事件がふってわいたのは、こんな牧歌的な田園詩のさなかのことである。

事件とはそういうものとはいえ、夏の雷雨のようなまったくの不意打ちだった。予想することは全然できなかった。その知らせは、穏やかな眠気を誘う日に届いた。ジェレミーは不機嫌だった。わたしはといえば、彼の入念になでつけた髪をくしゃくしゃにして二時間ほどいじめて愉しんでいた。父はひとりきりでどこかへ遠出してしまっていたし、エライヒュー・クレイは一日中、事務所に行っている。彼も父も、夕食に姿を現さなかった。

ジェレミーは髪をめちゃくちゃにされたことで憤慨し、わたしに対してつんつんと他人行儀にふるまっていた。わたしがあれをしても「ミス・サム」、これをしても「ミス・サム」と呼び、よそよそしくわたしの世話を焼き、わたしにクッションをぜひにとすすめ、わたしのために夕食は特別おいしいものを厨房に手配させ、わたしのたばこに火をつけ、わたしの酒がなくなれば新しく注ぎ――本当は、死ぬほど脳味噌が煮えくり返っているくせに、礼儀正しく社交的な所作をこなす世慣れた男を気取って、みごとに本心を隠し、すまし顔でやってのけていた。

暗くなってから、父が仏頂面《ぶっちょうづら》で、汗をかきながら、うんざりした様子で帰ってきた。が、まっすぐ自分の部屋にはいってしまい、お風呂につかったりして小一時間たってから、葉巻をくゆらせにポーチへおりてきた。ポーチではジェレミーがむくれ顔でギターをつまびき、わたしはすました顔で、マルセイユのカフェで聞き覚えたいかがわしい詩をメロディに合わせて口ずさんでいた。父がまったくフランス語をわからないのは、もっけの幸いだった。むっとした顔を崩さずにいたジェレミーさえ、内心ではショックを受けているようだ。けれども月と夜気にあてられたのだろうか。わたしは、ジェレミー・クレイ氏とは清らかなまま、どの程度まで親密なお付き合いができるかしら、とぼんやり夢想していたのだ……

わたしがちょうど詩の三節目を――いちばん、どぎつい節を――歌いだした時に、エライヒュー・クレイが車で帰ってきた。ずいぶん疲れているようだ。彼は遅くなったことをぼそぼそと詫びた。オフィスでよんどころない仕事につかまっていたらしい。彼が腰をおろして、父の差し出した〝不健全な〟葉巻を一本受け取ったちょうどその瞬間、書斎の電話が鳴った。

「いいよ、マーサ」彼は家政婦に声をかけた。「私が出る」そう言うと、会釈して、家の中にはいっていった。

書斎は家の正面側にあり、窓はポーチの真上だった。その窓が開けっぱなしだったので、会話のやりとりをするクレイの声が否応なしに聞こえてきた。電話の相手が喋っている内容は聞き取れなかったが、受話器からもれてくるざらついた声がひどく切迫した口調なのはわかった。

真っ先にクレイの口から出たのは「なんですって」という言葉だった。そのショックを受けた口ぶりに、父は反射的に立ち上がり、ジェレミーの手はギターの弦の上でぴたりと止まった。しばらくして、「えらいことだ、なんとまあ……とても信じられない――いえ、どこにいるのか、まったく心当たりはありません。二、三日で戻ると言っていましたが……いやいや、まさか――信じられない！」

ジェレミーが家に駆けこんだ。「どうした、親父？」

クレイ氏は震える手を、追い払うように振った。「はい？……はい、はい、もちろん、おっしゃるとおりに……あっ、そうだ！　これはもちろん内密なのですが、あなたの助けになりそうなかたを、拙宅にお招きしているのです……ええ、サム警視というかたですよ、ニューヨーク市警の……そうそう、そのかたです――二、三年前に退職されましたが、あのかたの評判はご存じでしょう……はい、ええ！　気の毒なことです」

クレイは受話器を置くと、再びゆっくりとポーチに戻ってきた。額の汗をぬぐっている。

「親父！　どうしたんだよ？」

エライヒュー・クレイの顔は壁の灰色を背景に、白い仮面を見るようだった。「警視さん、あなたがここにいてくださって、本当に運がよかった。とても深刻な事態が起きたのです、私の——些細な事情などよりもずっと。いまの電話は地方検事のジョン・ヒュームからかかってきたのですが、私の共同経営者のフォーセット医師の居場所が知りたいと」彼は椅子に坐りこむと、弱々しく微笑んだ。「たったいま、フォーセット上院議員が、町の反対側にある自宅の書斎で、刺し殺されているのが発見されたのです！」

*

ジョン・ヒューム地方検事は、殺人事件の捜査に生涯をささげてきた者の手助けを、喜んで受け入れるつもりらしかった。クレイ氏は、父が捜査するまでは現場に手をつけずに保存してくれることになったそうです、と弱々しく教えてくれた。地方検事は、できるかぎり早く、警視に来てほしいと懇願しているそうだ。

「おれ、送ります」ジェレミーがすぐに言った。「ちょっとだけ待って」彼は車を取りに、暗がりに消えていった。

「わたしも行くわよ、もちろん」わたしは言った。「レーンさんがおっしゃったこと、覚えてるでしょ、お父さん」

「ふん、ヒュームにつまみ出されても、お父さんは知らんぞ」父はぶつぶつ言った。「殺人事件に、若い娘が首を突っこむもんじゃないってのに。だいたい――」

「乗って！」ジェレミーの大声がして、車が車寄せにすべりこんできた。リムジンの後部座席に、わたしが父に続いて飛び乗ると、ジェレミーはびっくりしたようだったが、何も言わなかった。クレイ氏は手を振って見送ってくれた。彼はひどくこわばった声で、自分はどうしても血がだめなんです、と言っていた。

全速力で道路に飛び出したわたしたちの車は、たちまち闇に呑みこまれた。ジェレミーがおかまいなしにスピードを上げ、車はうなりをあげて突っ走り、丘を下っていく。わたしは身体をよじってうしろを覗いた。黒く重なる雲のはるか上に、アルゴンキン刑務所の明かりが煌々《こうこう》と光っている。自由の身の人間にしか実行できない犯罪の現場に急いでいるのに、なぜいま刑務所のことを思い浮かべたのか、わからなかった。ともかく、そのせいでわたしは気分が沈み、身震いして、父の大きな肩にいっそうすり寄った。ジェレミーは無言のまま、ひたすら集中して道路を見つめている。

たぶん、実際にはあっという間に着いたのだろうが、わたしにとっては果てしない時間に思えた。この先に待ち構えている出来事を想像し、いやな気持ちにさいなまれていたのだ。……鉄門の間を駆け抜け、明かりで燃えるように輝く巨大で豪奢な邸宅の前で、派手に悲鳴をあげて車が停まるまで、何時間もたった気がした。

*

屋敷のまわりじゅうに車が停まり、暗い庭は騎馬警官や巡査であふれていた。玄関の扉は開け放たれたままだ。戸口の柱に寄りかかって、男がひとり、無言でポケットに両手を入れたまま立っている。誰もが男と同様に静かだった。話し声ひとつ、それどころか、人間がたてる音ひとつ、聞こえてこない。家のまわりでコオロギが陽気に鳴いているだけだ。

その夜のことは、どんな些細なこともありありと覚えている。父にとっては見慣れた、ただの不快な現場のひとつにすぎなくても、わたしにしてみれば、恐怖に満ち、そして——白状すると——歪んだ好奇心をかきたてる、まったく初めての経験だ。死者は、どんな顔をしているの？　わたしは死んだ人を見たことがなかった。母が亡くなった時だけは別だが、母はとても安らかな顔で、愛にあふれた微笑さえ浮かべていた。今度の死者は、身の毛もよだつ形相《ぎょうそう》をしているに違いない。きっと恐怖に顔を歪めて、あたり一面、血の海で……

気づけばわたしは、たくさんの照明でまぶしい、大勢の人でごったがえす大きな書斎の中に立っていた。カメラを持った人、ラクダの毛の小さなはけを持った人、本をひっくり返して調べる人、これといって何もしていない人、人、人。けれど、この場の現実で、確実な存在は、ただひとりの人物だ。ここにいる誰よりも静かで、まわりに無頓着《むとんちゃく》でいる。その醜く肥《ふと》った雄牛のような大男は、ワイシャツの袖を肘の上までまくり、毛むくじゃらのたくましい二の腕があらわだった。足にははき古した布のスリッパをつっかけている。大きい粗野な顔は、少し苛立ってはいるものの、本気で不愉快そうな表情に見えない。

誰かが太いだみ声で言った。「警視、死体をごらんください」

ゆらゆらと霞のかかった眼で、わたしは見つめた。もう一度、あらためて見つめながら、こんなことを考えていた。みんなが彼の部屋を歩きまわり、私生活に踏みこみ、蔵書を荒らし、机の写真を撮り、家具をアルミニウム粉で汚し、個人の書類を無遠慮に調べているさなかで、こんなにもおとなしく、無頓着にじっと坐っているなんて、死者の方がよほど礼儀にかなっていないように見える……。この殺された男が、ジョエル・フォーセット上院議員、正確には、故上院議員だった。

霞が少し晴れてくると、わたしの眼は純白のシャツの胸にくぎ付けになった。フォーセット上院議員は散らかった机の向こう側で坐っていた。分厚い胸が机の縁にめりこみ、もの問いたげに首をかしげている。もたれるように身体を押しつけている机の縁の上から見えているシャツは、胸の中央から真珠のようなボタンの右側にかけて、大きくにじんだ染みが、細いペーパーナイフの柄が突き出ている心臓から広がっていた。血だ、とわたしはぼんやり考えていた。でも、なんだか乾いてこびりついた赤インクみたい……やがて、せかせかした小柄な男が（のちに、彼がティルデン郡の検死官、ブル博士だと知った）わたしの視線の先に割りこみ、死体を隠した。わたしはほっと息を吐き出し、突然の立ちくらみを払いのけようと、頭を振った。父やまわりの人たちに気づかれるわけにはいかない……不意に、父がわたしの二の腕をしっかりとつかんできたので、わたしはしゃんと背筋を伸ばし、必死に気を取りなおそうとした。

まわりでいろいろな声が思い思いに喋っている。顔を上げると、とても若い男性と眼があった。父が太い声を響かせて何か言っている――〝ヒューム〟という名が聞こえた――それでわたしは、目の前の若い人がこの郡の地方検事で、しかも――じゃあ、この人が！――来たる選挙戦で、死者と戦うはずだった人だと知った……。ジョン・ヒューム地方検事は背が高かった。ジェレミーと同じくらいの背丈で――そういえば、ジェレミーったらどこに行ったの？――知的な黒い瞳が美しくて、とてもすてきな男性だ。

そんなうわついた心が一瞬、わたしの意識の中にはいりこみ、くつろぎかけたが、うしろめたさですぐに消え去った。わたしったら、こんな時に何を考えているの。別に好きなタイプでもないのに。それにあの鋭い、飢えた顔つき。何に飢えているの……力？　事件の真相？

「どうも、ミス・サム」彼はきびきびと言った。教養ある、深い響きの声だ。「警視のお話では、あなたも相当な名探偵だそうですが。本当にこのまま、いらっしゃりたいですか？」

「ええ、もちろん」わたしは精一杯、さりげない口調で言った。けれども、わたしの口はからからで、言葉はかすれていた。男のまなざしが鋭くなった。

「そうですか」彼は肩をすくめた。「警視、遺体をご自身でお調べになりますか？」

「いや、そいつはおたくの本職にまかせた。それより、所持品を見てもいいか？」

「特に興味深いものはありませんでしたが」

「女を待ってたわけじゃねえな」父はつぶやいた。「くちびるも手の爪もぴかぴかに手入れしてる奴が、上着も着ないでシャツのまま女を出迎えるわけがねえ……この男に、かみさんはいたのか、ヒューム？」

「いいえ」

「恋人は?」

「恋人たちというのが実情ですね。そのくせ芝居のへたな男で、彼にナイフをねじこんでやりたいと思う女はひとりやふたりじゃないはずです」

「これという容疑者は?」

ふたりの目が合った。「いいえ」ジョン・ヒューム地方検事はそう言うと、さっと振り返った。そして素早く手招きすると、部屋の向こう側から、ずんぐりした、耳の大きな大男が、こちらに向かってきた。地方検事は、地元警察のケニヨン署長だと紹介してくれた。署長は魚の目玉のようにどろりとした眼の持ち主だった。ひと目見て、わたしはいけ好かない男だと思った。彼が父の広い背中を見るまなざしに、敵意がこもっているような気がする。

あのせかせかした小柄な男、ブル博士はさっきからずっと、大きな万年筆で役所の書類に書きつけていたが、ようやく身を起こして、万年筆をポケットにしまった。

「で、先生?」ケニヨン署長が訊いた。「所見は?」

「他殺です」ブル博士はそっけなく答えた。「疑う余地もない。あらゆる点がそう示していて、自殺を示唆《しさ》するものはひとつもありません。まあ、別にそんなものを考慮しなくたって、そもそも傷そのものが、どれも自分では絶対につけられないものですから」

「どれもってことは、傷はひとつじゃなかったのか?」父が訊いた。

「ええ。フォーセットは胸を二度、刺されています。見てわかるとおり、傷は両方ともかなりの出血です。しかし、最初の傷が、軽くないとはいえ致命傷にならなかったので、念を入れてとどめを刺した、ということでしょう」

博士は死者の胸に刺さっていたペーパーナイフを、すっと指さした。博士が被害者の身体から抜き取ったそれはいま、机の上にのっていて、薄い刃に赤い血がこびりついているのが見える。ひとりの刑事が用心しいしい、それを取り上げて、灰色っぽい粉をふりかけ始めた。

「間違いないんですね」ジョン・ヒューム地方検事が鋭く言った。「自殺ではありえないというのは」

「絶対に。どちらの傷も、角度や方向からそう結論づけるしかありません。それより、こっちをぜひ見てもらいたいんです。これが実に興味深い」

ブル博士はせかせかと小走りに机の向こう側にまわると、美術品を解説する講師のように、死体を見おろした。そして、すでに死後硬直しかけている死体の右腕を、無造作にぐいと持ち上げた。その皮膚は蒼ざめ、二の腕をもじゃもじゃとおおう長い毛は異様につやがあって、見るも恐ろしいありさまだった。が、不意に、わたしはこれが死体であることを忘れた……

というのも、その二の腕に奇妙な跡がふたつ、ついていたからだ。ひとつは手首のすぐ上、すっきりした一本線の細い切り傷で、血がにじんでいる。もうひとつはそれより十五センチほど上で、こちらは妙に切り口がぎざぎざの、いびつに裂けたようなひっかき傷で、いったい何の傷なのかと、わたしは不思議に思った。

「まずは」検死官はうきうきした口調で言った。「この手首のすぐ上の切り傷です。そのペーパーナイフでつけられた傷で間違いないでしょう。まあ、すくなくとも」博士は早口につけ加えた。「同じくらい鋭利な刃物でつけられた傷です」

「で、もうひとつは?」父が眉間に皺を寄せて訊いた。

「こっちは私にもさっぱりです。ひとつだけはっきり言えるのは、このぎざぎざのひっかき傷は、凶器でつけられたものではないということですね」

わたしはくちびるをなめた。ある考えが浮かんだのだ。「先生、このふたつの傷がいつつけられたのか、特定する方法はありますか?」

みんながいっせいにわたしを振り返った。ヒューム地方検事は何か言おうとしたのをこらえ、父はじっと考えこむ顔になった。検死官は微笑んだ。「いい質問ですよ、お嬢さん。ええ、わかります。どちらの傷も、ごく最近に——殺人が起きたころ、というか、ほぼ同時につけられたものでしょう」

血だらけの凶器を調べていた刑事が、うんざりした顔で身を起こした。「ナイフから指紋は出ません」彼は言った。「こりゃ、やっかいだ」

「では、これで」ブル博士は愛想よく言った。「私の仕事は終わりです。もちろん、検死は必要でしょうが、いま述べた所見に疑いをはさむような情報は出てこんでしょう。それじゃあ、死体を搬送させるので、外にいる公衆衛生局の連中を呼んでくれませんか」

博士は道具のはいった鞄を閉じた。制服姿の男性がふたり、はいってきた。ひとりはくちゃくちゃと何かを噛んでいて、もうひとりは真っ赤な鼻から鼻水を垂らし、音をたててすすっていた。細かいことだが、よく覚えている。あんな冷淡で無神経な仕事ぶりを忘れることは一生できそうにない。わたしは顔をそむけた……。ふたりは机に近寄ると、持ち手の四つついた大きなバスケットのようなものを床に置くと、遺体の腋の下に手を入れ、大きな掛け声と共に椅子から持ち上げ、かごの中に落とし、小枝編みのふたをかぶせ、かがんで——ひとりは相変わらずチューインガムを噛み、もうひとりは洟をすすりながら——大荷物を運んでいった。

わたしはようやく少しずつ息ができるようになって、ほっと安堵の息をついた。とはいえ、机と誰もいない椅子に近寄る勇気をかき集めるのには、さらに数分かかった。この時、廊下の警察官の隣で戸枠に寄りかかっている、ジェレミー・クレイの背の高い姿を見つけて、わたしは少し驚いた。彼はわたしをじっと見つめている。

「ところで」父は、検死官が鞄を取り上げて、せかせかとドアに向かって歩きだすと、ぶっきらぼうに言った。「死亡推定時刻は?」父の眼には不満そうな色があった。たぶん、この殺人事件の捜査がどことなくずさんなので、都会で叩きこまれた徹底的な捜査法が骨の髄まで染みこんでいる父にしてみれば、ケニヨン署長がまったく事件に無関心な様子で、ふらふらと書斎をただ歩きまわっていたり、ブル博士が陽気なメロディを口笛で吹いたりしているのが気に食わないのだ。

「ああ! すみません、うっかりしていました。かなり正確に割り出せますよ」ブル博士は言った。「今夜の十時二十分です。十時二十分。誤差は一分もないでしょう。十時二十分ですよ……」博士はくちびるをなめ、ちょいと会釈すると、戸口の向こうに消えてしまった。

父はうなって、腕時計を見た。あと五分で深夜零時になる。「いやに自信たっぷりだな」父はつぶやいた。

　ジョン・ヒューム地方検事は苛立ったように頭を振り、戸口に近寄った。「カーマイケルをここに」

「カーマイケル？」

「フォーセット上院議員の秘書です。ケニヨンの話では、役立つ証言をたんまり持っているとか。本当かどうかは知りませんが。まあ、すぐにわかることです」

「ケニヨン君、指紋は見つかったか？」父は威厳たっぷりに軽蔑を隠そうともせず、警察署長をじろりと見て、不愛想に言った。

　ケニヨン署長は、急に声をかけられてぎょっとしていた。彼はのんきに、ぼんやりとした顔で、象牙の爪楊枝《つまようじ》で歯の隙間をせせっていたのだ。署長は爪楊枝を口から出して、顔をしかめると、部下のひとりに声をかけた。「指紋はあったのか？」

　訊ねられた部下はかぶりを振った。「外部の者の指紋は出ませんでした。議員と秘書の指紋は山ほどありましたが。こいつをやらかした奴は、推理小説を読む奴ですよ。手袋をしてたんです」

「手袋をしてたんです」ケニヨン署長はそういうと、爪楊枝をまた口に突っこんだ。

　ジョン・ヒューム地方検事が戸口で鋭く言った。「早く、連れてこないか！」父は肩をすくめ、葉巻に火をつけた。わたしにはわかる。父はもう何もかもに嫌気がさしているのだ。

　不意に、ふとももの裏に固い何かの角《かど》が押しつけられるのを感じて、わたしはさっと振り返った。ジェレミー・クレイがにこにこしながら椅子を持っていた。

「坐りなよ、名探偵さん」彼は言った。「どうしてもここに残るんなら、せめて推理する間はきみのきれいなかわいい足を休めてほしいな」

「ちょっと、変なこと言わないで！」わたしはひそひそと言い返した。時と場合ってものがあるでしょうに。彼はにやりとして、わたしを無理やり椅子に坐らせた。そんなわたしたちに、注意を払う人は誰もいなかった。なんだかどうでもよくなって、わたしは逆らわないことにした……その時、ちらっと父の顔が見えた。

父は葉巻を口元から五センチくらい離したまま、じっと戸口を凝視している。

3　黒い箱

戸口には、ひとりの男がたたずんで机を見ていた。椅子から死体が消えていることを認めたからだろう、ほっそりした顔に驚愕の表情が浮かんでいる。やがて、その視線が動いて、彼を凝視している地方検事の視線とぶつかった。男は弱々しく微笑んで、会釈すると、部屋にはいってきて敷物の中央に立ち、まったく取り乱した様子もなく、じっと立っていた。背丈はわたしとたいして変わらなかったが、がっしりした身体つきを見れば、獣のように自在に筋肉を操ることができそうだ。身体つきも身のこなしも、妙に秘書らしく見えない。四十歳にはなっていそうだが、不思議と年齢を感じさせなかった。

わたしはもう一度、父を見た。葉巻はまったく口元に近づいていない。父は心の底から驚いた顔で、この新参者をじろじろと観察している。

そして、死者の秘書も父をまじまじと見つめていた。もしかして父の顔を知っているのかしら、と思ったわたしは、どんな些細な表情も見逃すまいと身構えていたのだが、彼の眼はまったく臆することなく、ちらとも動揺の色を見せなかった。その視線は父から離れ、やがて、わたしの上で止まった。彼は少し驚いた顔をしたが、それはこんな血なまぐさい場所に女がまぎれこんでいるのに気づけば、誰でも見せる程度の表情の動きだった。

わたしはまた父に視線を戻した。すでに父は葉巻をくわえて、ゆったりとくゆらせていたが、その顔はまた無表情になっていた。父が一瞬、驚いていたことに、誰も気づいていないようだ。けれども、わたしには父がこのカーマイケルという男を知っているのだとわかっていた。そしてまた、カーマイケルは顔に出しはしなかったものの、内心で一瞬、ぎょっとしていたのはたしかだという自信が、わたしにはあった。これほどすさまじい自制心を持った人物なら、たしかに警戒しておかなければならない。

「カーマイケルさん」ジョン・ヒューム地方検事が唐突に言った。「ケニヨン署長の話では、何か重大な情報をお持ちだとか」

秘書の両眉がかすかに上がった。「あなたのおっしゃる〝重大〟という言葉の意味次第ですが。もちろん、遺体を発見したのは私で――」

「わかっています、わかっています」地方検事の口調はおそろしくそっけなかった。「フォーセット上院議員の秘書……なるほど、そっけないわけだ。「今夜、ここで起きたことを話してください」

「夕食後に、上院議員は三人の使用人を――料理人と執事と召使を――書斎に呼び集めて、今夜ひと晩、暇をやるから外出しろと言いました。そして――」

「なぜ、あなたがそんなことを知っているんです？」ヒュームが鋭く訊ねた。

カーマイケルはにこりとした。「同席していましたので」

ケニヨン署長がのっそりと猫背ぎみに前に出た。「問題ないです、ヒュームさん。私が直接、使用人たちと話してきました。全員、三十分前に屋敷に帰ってますよ。町へ映画を観に行ってきたそうです」

「カーマイケルさん、続けてください」

「使用人たちを下がらせてから、上院議員は私にも、今夜は外出しろとおっしゃったんです。それで、私は上院議員に言われた手紙を全部、書き上げてから、家を出ました」

「少々、妙な指示ではありませんか?」

秘書は肩をすくめた。「別に」彼は微笑み、一瞬、白い歯が光った。「上院議員はしばしば――その――私的な、ええと、用事がありましたので。家の者をみんな追い出すのは珍しいことではなかったんです。それはともかく、私は思っていたより早く家に戻りました。玄関の扉が大きく開けっぱなしになっていて――」

「待った」父が野太い声で言った。秘書の顔から微笑がふっと消えたが、またにこやかな笑顔に戻った。そして礼儀正しく耳を傾け、父の質問を待った。彼のマナーは完璧だわ、とわたしは思った。そのことが、かえって重要な意味を持つような気がした。ただの一般人の秘書が、殺人事件の現場で事情聴取をされながら冷静に社交術を失わないなんて、とても信じられない。

「家を出た時、玄関のドアを閉めなかったんですか?」

「閉めましたよ! というか、お気づきでしょうが、あのドアはオートロックでしてね。上院議員と私以外で鍵を持っているのは、使用人だけです。それで私は、誰かが訪ねてきて、上院議員がご自分で家に入れたのだろうと思いました」

「憶測はなしでお願いします」ヒューム地方検事がぴしりと釘を刺した。「蠟《ろう》で鍵の型を取ることだってできるんです！　あなたは屋敷に戻って、玄関のドアが開けっぱなしになっているのを見た。それから？」

「おかしい、まずいことが起きたのかもしれないと思って、書斎に駆けこみました。すると上院議員が机の向こうの椅子に坐ったまま亡くなっていたんです。のちにケニヨン署長が見た時と同じ姿勢ですよ。もちろん私は遺体を発見して真っ先に、警察に通報しました」

「遺体に触りませんでしたか？」

「まさか」

「ふうむ。で、カーマイケルさん、発見したのは何時です？」

「きっかり十時半です。上院議員が殺されているのを見てすぐ、私は腕時計を見ました。そういう細かいことが、のちのち重要になると存じていましたから」

ヒューム地方検事は父を見た。「興味深いじゃないですか？　彼は犯行があった十分後に死体を発見したことになる……誰かが家を出ていくところを見なかったんですか？」

「いいえ。家に歩いてくるまでの間、少し考えごとをして、まわりをよく見ていなかったものですから。暗かったですし。私が来るのを聞きつけた犯人が、茂みに隠れてやり過ごし、私が家にはいったすきに逃げるのは簡単だったと思います」

「たしかにな。ヒューム、きみもそう思うだろう」父が不意に言った。「カーマイケルさん、警察に電話をかけたあと、何をしたんです？」

「そこの戸口で、警察が来るのを待っていました。ケニヨン署長はすぐに駆けつけてくれましたよ。電話してから十分足らずで」

父はのしのしと戸口に近寄り、廊下を覗きこんだ。やがて、うなずきながら戻ってきた。

「こいつはうまいぞ。つまり、あんたにはずっと玄関のドアが見えていたわけだ。誰かが家の外に出ようとするのを見るなり聞くなりしましたか？」

カーマイケルはきっぱりとかぶりを振った。「家から出た者も、出ようとした者もいません。家にはいった時、はじめから書斎のドアが開けっぱなしでしたが、私は閉めなかったんです。電話をかける間は戸口の方を向いていたので、書斎の前の廊下を通り過ぎる者がいればすぐに見えました。家の中には私ひとりしかいなかったはずですよ、絶対に」

「つまり、どういうことなんだ――」ジョン・ヒューム地方検事が苛立たしげに言った。

魚のようなどろりとした眼のケニヨン署長が、耳ざわりな軋《きし》る声で割りこんだ。「つまり、こいつをやらかした犯人は、カーマイケルが帰る前にずらかったってことでしょう。我々警察が到着したあとに、ここから逃げた者はいません。しかも、我々はこの家を上から下まで捜索していますす」

「ほかに出入り口は？」父が訊いた。

ケニヨン署長は机の裏にある暖炉につばを吐いてから答えた。「てんでだめです」署長は小馬鹿にしたように笑った。「玄関のドア以外は全部、内側から鍵がかかってましたよ。全部ってのは、窓も入れてです」

「もういい」ヒューム地方検事が言った。「時間の無駄だ」彼は机に歩み寄ると、血まみれのペーパーナイフを取り上げた。「カーマイケルさん、これに見覚えは?」

「ありますよ。上院議員のものです。いつもあの机の上に置いてありました」カーマイケルはほんの一瞬、凶器を見て、顔をそむけた。「まだほかに何かありますか? 少し気が動転しているので……」

動転しているですって! この男、ミジンコなみの無神経のくせに。

地方検事はペーパーナイフを机に転がした。「この事件についてあなたは何を知っていますか? 心当たりでも?」

秘書は、本心から悲しそうに言った。「まったくなんの心当たりもありません、ヒュームさん。もちろん、あなた自身がよくご存じのとおり、政治的な敵なら大勢いましたが……」

ヒューム地方検事はゆっくりと言った。「それは、当てこすりですか?」

カーマイケルは心外だという顔になった。「当てこすり? 別に、言葉どおりの意味ですよ。上院議員には敵が大勢いました。彼を殺したいと思った男は——もちろん女も、数知れずでしょう……」

「そうですか」ヒューム地方検事はつぶやいた。「とりあえずはこんなところです。外で待っていてください」

カーマイケルはうなずき、口元に笑みを浮かべて、書斎を出ていった。

父は地方検事を部屋の片隅にひっぱっていった。そしてがらがら声で、フォーセット上院議員自身や、交友関係や、政治的な悪行の程度について矢継ぎ早に質問攻めにし、秘書のカーマイケルについては、初対面でまったく何も知らないという顔で、根掘り葉掘りしつこく訊いていた。

＊

ケニヨン署長は相変わらず、ぼけっと天井や壁を見上げては、うろつきまわっている。

わたしは、部屋の反対側にある机が気になっていた。実を言うと――カーマイケルが事情聴取されている間じゅう――いま坐っている椅子を離れて、あの机のそばに行ってみたい、とそわそわしていた。机の上にあるさまざまな物が、早く私を調べて、と泣いて訴えているように思えてしかたがなかったのだ。父も地方検事もケニヨン署長も、あの木の机の上に並ぶさまざまな品物を、どうして細心の注意を払って、詳しく調べようとしないのか、わたしには理解できなかった。

あたりを見回してみた。誰も見ていない。

わたしが椅子を抜け出すと、ジェレミーはにやりとした。大急ぎで部屋を突っ切り、誰かに邪魔されたり、おっかないおじさんに叱られたりする前にと、すぐさま机の上にかがみこんだ。

フォーセット上院議員の遺体が坐っていた椅子の、真正面の机の上に、緑色の吸い取り紙が敷かれていた。机の面積の半分をおおっている吸い取り紙の上には、分厚いクリーム色の便箋《びんせん》が一冊、のっている。そのいちばん上の紙はきれいで、何も書かれていない。わたしは注意深く便箋を持ち上げてみた。すると、奇妙なことを見つけた。

上院議員は机の縁に胸をくっつけ、寄りかかって坐っていた。だから、胸の傷から噴き出た血は、たしかズボンにもついておらず、いま見ているとおり椅子にもかからないで、この吸い取り紙の上にあふれ出たのだ。便箋を持ち上げてみると、おびただしい量の血が緑色の吸い取り紙に染みこんでいるのがわかった。けれども、その染みはなんだかおかしかった。それは便箋の下側の角《かど》のひとつに沿った形をしている。つまり、便箋をどかしてみると、新しい緑色の吸い取り紙の上にぶかっこうな、いびつで丸っこい、どす黒い染みがあったが、便箋がのっていた部分だけまっすぐ直角に、汚れていないのだ。

なるほど、そういうことか！　わたしは見回した。父もヒューム地方検事もまだ小声で何か喋っている。ケニヨン署長は相変わらずロボットのようにただ歩きまわっている。けれどもジェレミーと大勢の制服警官たちがわたしを鋭い眼で観察しているので、思わずためらった。やっぱりやめておいた方が……。けれども頭の中で推論が、確認しろと叫んでいる。わたしは腹をくくると、机の上にかがみこみ、便箋の枚数を数え始めた。これは新品だろうか？　一見、そう思える。でも……紙は九十八枚あった。予想が間違っていなければ、表紙にもとの枚数が書いてあるはず……。

ほら！　思ったとおりだ。表紙に、ぴったり百枚と書いてある。

わたしは便箋を、吸い取り紙の上の、もとの位置に正確に置いた。心臓が、まるで犬のしっ

ぽが床を叩くように大きな音をたてている。自分の推論を確かめたことで、もしかするともの
すごく重要なものにぶつかったのかもしれない、とどきどきしているのだ。たしかに、いまは
まだ、これだけではなんの決め手にもならない。それでも、手がかりとしては、間違いなく、
ある可能性を示している……

その時、肩に父の手がのせられるのを感じた。「嗅ぎまわってるのか、パティ?」父はぶっきらぼうに言ったが、わたしが戻した便箋に視線を走らせると、眼をすがめてじっと見つめた。ヒューム地方検事は、ちらりとおざなりにわたしを見て、ちょっと微笑むと、背を向けた。わたしは思った。「あら、そう、ヒュームさん! ずいぶん見くびってくれたものね!」そして、最初のチャンスが来たら、その偉そうな鼻っ柱を叩き折ってやろうと決意した。

「ケニヨン君、さっきのあのわけのわからん物をもう一度、見てみようじゃないか」彼はきびきびと言った。「サム警視のお考えをお聞きしたい」

ケニヨン署長はうなり声を出すと、ポケットに手を突っこんだ。そして、とても不思議な品物を取り出した。

＊

それはおもちゃの一部に見えた。安っぽい、たぶん松か何かのやわらかい木でできたおもちゃの箱。黒ずんださび色の染みが点々とつき、角々には小さい粗悪な留め金が飾りとしてついている。まるでトランクの模型のようで、留め金はトランクの角を保護する真鍮の金具に似て

いた。それでいて、わたしにはこれがトランクとして作られたものに思えなかった。むしろ箱、というか、ふたがついた道具箱のミニチュアのようだ。高さは十センチもない。

けれども、特に目を引く特徴は、これが道具箱のミニチュアの一部でしかない、という点だ。というのも、この物体の右端は、のこぎりですぱっと切り落とされた断面になっていたのである。ケニヨン署長が黒い爪の汚い指でつまんでいるそれは、幅が五センチそこそこしかなかった。わたしはざっと計算してみた。箱の本来の幅は、高さとの比率から言って、十五センチほどが妥当だろう。でも、これは五センチしかない。つまり、もとの箱から切り落とされた三分の一のかけらということになる。

「どうぞ、お好きに」ケニヨン署長は意地悪く言った。「ぜひとも、都会の名探偵のご見解をうかがいたいもんですなあ」

「これはどこで?」

「私らがここに駆けこんだ時、机の上に、でんと立ってましたよ。死体の真ん前に。便箋のうしろ側で」

「たしかに妙だな」父はつぶやいた。そして、ケニヨン署長の手から受け取り、しげしげと近くから観察した。

ふたは——つまり、のこぎりで半分以上を切り落とされた箱の、残っている部分にかぶさる、ふたの切れっぱなしは——小さな蝶番《ちょうつがい》ひとつだけで、かろうじて本体にくっついている。箱には何もはいっていない。内側は着色も何もされない白木のままで、その表面は汚れひとつついていなかった。

そして、父の手にある箱の正面には、色あせた黒い塗料の上に金色で、HEという二文字が丁寧に書かれている。

「なんだ、こりゃ、どういう意味だ?」父はきょとんとしてわたしを見た。「〝彼《HE》〟って誰だ?」

「不思議でしょう?」ヒューム地方検事は、ちょっとした謎を出して愉しんでいるような顔でにっこりした。

「言うまでもないけど」わたしは考えながら言った。「〝彼〟という意味なんて、全然ないのかもしれないわ」

「どうしてそう思われますか、お嬢さん?」

「まあ、ヒュームさん」わたしはとっておきの甘ったるい声を出した。「あなたほど鋭い殿方なら、一瞬でぱぱっといろんな可能性を思いつくんでしょうけど。でも、わたしのような、つまらない女には——」

「私はこれがそれほど重要だとは思っていません」ヒューム地方検事は唐突に言った。その顔からは微笑が消えていた。「ケニヨン署長もです。とはいえ、手がかりになりそうなものを見落としたくはありません。警視、あなたはどうお考えです?」

「いまのところ、娘が一歩リードしとるかな」父は言った。「あれの言ったとおり、何かの単語の一部かもしれん——最初のふた文字だけってことなら、〝彼〟という意味じゃなくなる。でなければ、短い文の最初の単語かもしれん」

ケニヨン署長が馬鹿にしたように大きく鼻を鳴らした。

「これの指紋は、もう?」

ヒューム地方検事はうなずいた。が、釈然としない顔だった。「フォーセットの指紋だけで、ほかの指紋は出ませんでした」

「こいつは机の上にあったわけか」父はつぶやいた。「今夜、カーマイケルが家を出る前には、もうあったんだろうか?」

ヒューム地方検事は眉を上げた。「実を言うと、私はわざわざ訊くほどの価値があるとは思わなかったもので。一応、カーマイケルを呼んで、確かめてみましょう」

地方検事が人をやって呼んでこさせるとすぐ、秘書は穏やかな顔に、慇懃《いんぎん》だが訝《いぶか》しそうな表情を浮かべて現れた。やがてその視線は、父の手の中にある小さな木のかけらの上に留まった。

「ああ、見つけたんですね」彼はつぶやいた。「不思議な物でしょう?」

とたんに、ヒューム地方検事は真顔になった。「というと? これについて何か知ってるんですか?」

「ちょっとした妙な話ですが、ヒュームさん。話す機会がなかったものですから、あなたにも、ケニヨン署長にも……」

「待った」父がゆっくりと言った。「今夜、あんたが部屋を出た時、こいつは上院議員の机にもうあったのかな?」

カーマイケルはあの薄い笑みをちらりと浮かべた。「いいえ」

「ってことは」父が続けた。「こいつはフォーセットか犯人のどっちかにとって、机の上に出しておく価値がひとつふたつ、あったってことだ。どうだ、ヒューム、あんたはこの事実が重要だと思わんか?」

「おっしゃるとおりだと思います。私は、そういう観点から見なかったものですから」

「もちろん、たとえば上院議員が、ひとりでいる時にこっそり見ようとして、たまたま机の上に出したって可能性もなくはない。その場合は、殺人とはなんの関係もないだろうな。しかし、私の経験上、誰かがこういう状況で――つまり、わざわざ家じゅうの人間を追い出しておいて――殺された時に、何かをやっていた場合、その何かは殺人に関連することってのがほとんどだ。どうだろう。私はこいつをよく調べる必要があると思うがね」

「いかがでしょう」カーマイケルが穏やかに提案した。「結論を出す前に、私の話をお聞きになっては。その木箱の一部は何週間も前から、上院議員の机にはいっておりました。この引き出しに」彼は机のうしろにまわると、いちばん上の引き出しを開けた。中はめちゃくちゃだった。「荒らされてる!」

「どうしてわかるんです?」地方検事が素早く訊いた。

「フォーセット上院議員はとてつもなく几帳面なかたでした。すべてが整頓されていないと気が済まなかったのです。偶然ですが、この引き出しの中がきれいに整えられていたのを、私は見て知っています。でも、いまは書類がめちゃくちゃです。あのかたがこんなふうにして、そのままということは絶対にありません。誰かがこの引き出しの中を荒らしたんです!」

ケニヨン署長が部下たちに向かって怒鳴った。「おう、この机をひっかきまわしたか？」口々に否定の言葉が返ってきた。「どういうこった」署長はつぶやいた。「私はちゃんと言ったんですよ、机は絶対に触るなって。くそ、どいつが――」

「落ち着け、ケニヨン」父が野太い声で言った。「我々はたしかに前進しとるんだ。まだ勘にすぎないが、犯人の仕業だろう。で、カーマイケルさん、この妙ちくりんな代物《しろもの》はいったい？こいつにはどんな意味が？」

「警視さん、お教えしたいのはやまやまなのですが」秘書は無念そうに言った。ふたりは無表情のまま見つめあった。「しかし、私も皆さんと同じで、何も知らないのです。そもそも、それがこの部屋に来た経緯が謎めいておりまして。二週間前――いえ、三週間前でしたか――それは……いえ、最初からお話しした方がよろしいでしょう」

「手短に頼む」

カーマイケルはため息をついた。「上院議員は、今度の選挙戦は相当の苦戦を強いられると気づいたのです、ヒュームさん――」

「ほう、そうですか」ヒューム地方検事は重々しくうなずいた。「それがどうかしましたか？」

「そして、フォーセット上院議員は、もし地元の貧困層の味方を装えば――いま、私はあえて〝装う〟と言いましたが――候補者としてさらに人気が出るかもしれない、と考えたんです。それで、バザーを開いて、刑務所の作業所で作った品物を売って――もちろん、あそこのアルゴンキン刑務所で作られたものですが――郡の失業者の救済にあてようと思いつかれました」

「その目論見は〈リーズ・エグザミナー〉紙に、みごとにすっぱ抜かれましたね」ヒューム地方検事は不愛想に口をはさんだ。「枝葉ははしょってくれませんか。その箱がバザーと何の関係があるんです?」

「そして上院議員は州刑務局とマグナス刑務所長の許可を得て、アルゴンキン刑務所へ視察に出向きました」カーマイケルは続けた。「それがだいたいひと月前のことです。上院議員は所長に、刑務所内で作った品物のサンプルを自宅に送ってくれるよう、手配しました。前もって宣伝に使うために」カーマイケルは言葉を切ると、眼をきらりと光らせた。「そして、刑務所内の木工所で作られたおもちゃがいくつも詰まっているボール紙の箱に、この木箱の切れ端もはいっていたのです!」

「ところで」父は小さく言った。「どうしてあんたがそんなことを知ってるんですか?」

「私がボール箱を開けたものですから」

「開けたら、こいつがほかの物と一緒にごちゃっと、はいっとったわけですか」

「少し違います。それだけ別に、鉛筆で上院議員への宛名を書いた汚い紙にくるんであったのです。それと、包みの中には、やはり上院議員への宛先の書かれた手紙を入れた封筒がはいっておりました」

「手紙!」ヒューム地方検事が叫んだ。「きみ、それはとんでもなく重要なことだぞ! どうしていままで誰にも話さなかったんです? その手紙はどこに? 読みましたか? 内容は?」

カーマイケルはしゅんとした。「申し訳ありません、ヒュームさん、ですが、包みも手紙もフォーセット上院議員宛になっていましたので、内容はまったく……。私はあれを見つけてすぐ、上院議員にお渡ししたのです。上院議員はちょうど、私がボール箱を開けている時、机でいろいろ調べものをしておいででした。お渡しした包みをあのかたが開けるまで、私はまったく中身を知らなかったのです。ちらっと宛名が見えただけで。上院議員は、その木箱の切れ端をひと目見たとたん、真っ青になって、封筒を開ける指が震えていました。誇張ではありません。そして、その時、私におっしゃったのです、出ていけと――ボール箱の残りは自分で開けると」

「残念だ、まったく」ヒューム地方検事は険しい声で言った。「つまり、あなたはその手紙がいまどこにあるのか、それどころか、フォーセットさんが処分してしまったのかどうかも、まったく見当がつかないというわけですね？」

「私は、おもちゃやその他の品々を町のバザーの事務局に運んだあとで、ボール箱の中に、あの木箱の切れ端がはいっていないことに気づきました。その後、一週間ほどたったある日、たまたま、机のいちばん上の引き出しにそれがはいっているのを見かけましたが、手紙はあれから二度と見ていません」

ヒューム地方検事が言った。「少し待ってください、カーマイケルさん」そして、ケニヨン署長に何か囁くと、署長はめんどくさそうな顔になり、三人の警察官たちに向かってがらがら声で命令した。ひとりはすぐに机のそばに行き、しゃがみこんで、引き出しをかきまわし始めた。残るふたりは出ていった。

父は考えこみながら眼をすがめて、葉巻の先をじっと見つめた。「そういえば、カーマイケルさん、そのおもちゃがはいったボール箱ってのは、誰がここに持ってきたんだろう？　その話は聞きましたかね？」

「あ、話しませんでしたか？　各部から選ばれた模範囚たちです。もちろん、全然、知らない顔ばかりでした」

「ひとつ訊きたい。そのボール箱は、模範囚たちがお宅に届けた時、封印されてたんだろうか？」

カーマイケルは、はっとした顔になった。「ああ、なるほど。当家に届けた者が途中でボール箱を開けて、包みを中にこっそり忍ばせたとお考えですね？　いえ、警視、それはないと思います。封印は完全なままでした。もし、開けたあとがあれば、私が気づいたはずです」

「ふん」父はくちびるをなめた。「よしよし。これでだいぶ捜査の範囲がせばまるぞ、ヒューム。刑務所の中だ。たしかあんたはそのがらくたは重要じゃないと言ってたな！」

「私の早とちりでした」ヒューム地方検事は認めた。その黒い瞳には少年のような興奮の色が浮かんでいる。「それで、あなたはどうです、お嬢さん――あなたも重要だと思いますか？」

にこやかな顔でからかうような物言いをされて、わたしはかっとなった。また馬鹿にして！　わたしは昂然と顎《あご》を突き出し、毒のある口調で言ってやった。「あら、ヒュームさん、わたしなんかがどう思おうと、別に何も変わらないでしょう？」

「いや、失敬。怒らせるつもりはなかったんですが。本気でうかがいたいんですよ、あなたはこの木箱について、どう思っていらっしゃいますか?」

「どう思ってるかですって」ぴしゃりと言ってやった。「あなたがたの眼はみんな節穴だと思ってるわ!」

4　五番目の手紙

帰国して最初のニューヨークの酷暑の間に、わたしはアメリカ文化に関する素養の不足を補うために、かなりの時を費やしたものだ。そのために、さまざまな通俗雑誌を読みあさったが、特に興味をそそられたのは、広告のページの向こうからわたしを見つめている、アメリカの企業や発展の見本の数々だった。広告を見れば、アメリカを知ることができる！　そんな広告のあるひとつの常套手段に、わたしはほとほと感心していた。実例をあげると、たとえばこんな広告のうたい文句だ。〝私がピアノの前に坐ると、みんなは馬鹿にしたように笑った〟とか〝私がフランス人のウェイターを呼ぶと、みんなは薄笑いを浮かべた〟とか——それらは、友人たちの前で突然、まさか労働者階級出身の人間にできるはずがないと信じられている特技や才能や教養を披露して鼻をあかしてやりたい、という俗っぽい野心に燃えた、いわゆる〝意識の高い〟野望に燃える者の生活のひとこまである。

そしてこの時のわたしはそんな、一目置かれる立場にのしあがることに成功した〝にわか文化人たち〟がうらやましかった。というのも、わたしの言葉を訊いたとたん、ジョン・ヒューム地方検事はくすくす笑い、虫の好かないケニヨン署長は馬鹿にしたような大声を出し、有象《うぞう》無象《むぞう》の警察官たちは鼻で笑い、ジェレミー・クレイさえも口元に笑いを浮かべ……要するに、あなたたちの眼は節穴だ、と言ったわたしを、みんなは馬鹿にして笑ったのだ。

残念ながら、この時のわたしは彼らの眼の節穴具合も、救いようのない馬鹿さかげんも、正確に教えられる立場になかった。そんなわけで、わたしはできるかぎり冷淡にすました顔を作り、いずれ彼らが口をあんぐりと開ける顔を見物してやる、と、固く心に誓ったのである。いま思い返してみると、どうしようもなく子供っぽく、滑稽《こっけい》だった。子供のころに世話をしてくれた教育係が、わたしの気まぐれを許してくれない時は——そんなことはしょっちゅうだった！——想像のかぎりを尽くして、かわいそうな老婦人に身の毛もよだつ恐ろしい罰を与える妄想をしていたものだ。とはいえ、この瞬間のわたしは痛々しいほど真剣そのもので、耳の奥で彼らの嘲笑が響くのを感じつつ、はらわたが煮えくり返る思いで、机の方に戻っていった。かわいそうな父は、穴があったらはいりたいという風情《ふぜい》だった。つぶれた耳の先まで真っ赤になり、ものすごい目つきでわたしを睨みつけてきた。

わたしは内心のくすぶりを隠そうと、机の角《すみ》にきちんと積み上げてある、タイプライターで宛名が書かれて封をされた、切手を貼る前の封筒の山を調べ始めた。目の前から怒りの霧が晴れるまで少し時間がかかった。やっと、眼の焦点が合った時、ジョン・ヒューム地方検事が——たぶん、わたしに恥をかかせたことを後悔して——カーマイケルにこう言っているのが聞こえてきた。「ああ、その手紙がありましたね。お嬢さん、思い出させてくださってありがとうございます。で、カーマイケルさん、あなたがタイプしたんですか？」

「え？」秘書は虚を突かれた顔になった。自分だけの物思いにひたっていたらしい。「ああ、その手紙ですか。はい。私が清書しました。今日の夕食のあとで、上院議員が口述されたのを書き留めて、指示されたとおりに屋敷を出ていく前に、私のタイプライターで清書しておきました。秘書室はこの書斎を出たところにある小さい部屋です」

「その手紙に何か変わったことは？」

「殺人犯を見つける手助けになりそうなことは何もなかったと思います」カーマイケルは寂しげに微笑んだ。「実のところ、あの手紙はどれも、あのかたが待っていた客と関係があるとは思えませんでした。私が清書し終わった手紙を机に持っていくと、大急ぎで全部に目を通し、署名して、たたんで、封筒に入れて、封をしました――そのすべての作業を上の空でさっさとすませておいででした。指が震えていましたが。たぶんこの間ずっとあのかたの頭にあったのは、とにかく私を追い払いたい、という気持ちだけだったと思いますよ」

ヒューム地方検事はうなずいた。「当然、カーボン紙で複写した控えがありますよね？　警視、こうなったら手紙も徹底的に調べた方がいいでしょう。可能性は薄いですが、手がかりがまったくないともかぎらない」

カーマイケルは机に歩み寄り、ワイヤーでできた書類入れのいちばん上にのっている、裏がピンクのつるつるした薄い紙を何枚か取り上げた。ヒューム地方検事はその手紙の控えをざっと読んで頭を振ると、父に手渡した。わたしと父は一緒にそれを読んだ。

いちばん上の紙が、エライヒュー・クレイに宛てた手紙と知って、わたしは思わずぎょっとした。父とわたしは顔を見合わせると、身を乗り出して文面を読み始めた。型どおりの宛名書きのあとに、本文はこう続いていた。

親愛なるエリ

友人のよしみでちょっとした情報をさしあげよう。もちろん、この情報そのものも、出どころも、誰にももらさないでくれると信用しているよ。これはきみと私の間のささやかな秘密だ、これまでと同じく。

来年度の新予算に、ティルデン郡に州立裁判所を建設するための、百万ドルが計上される可能性が大いにある。ご承知のとおり、現在の裁判所は大むかしの遺物そのもので、いつ倒壊してもおかしくない。そんなわけで我々、予算委員会の有志が、新しい建物を建てられるように、この建築費をどうにか通過させようとがんばっている次第だ。これで、ジョエル・フォーセット上院議員が地元の有権者をないがしろにしているとは、誰にも言わせないぞ！

この建設においては、金に糸目をつけず、気前よく出費してくれることを、有志一同、願っている。たとえば、最高級の大理石だけを使う、と。

この情報にきみはきっと〝興味〟を持ってくれると、私は信じているよ。

きみの変わらぬ友

ジョー・フォーセット

「友人のよしみ、だと？」父はうなった。「えらいことが書いてあるぞ、ヒューム。あんたたちが奴と戦おうとしてる理由がよくわかった」父は声をひそめ、用心深くジェレミーをちらりと見た。彼はいまだに部屋の隅に突っ立って、十五本目のたばこの先を見つめながら、こちらをうかがっている。「しかし、こりゃ本気でこんなことを書いてるのか？」

ヒューム地方検事は苦笑した。「違うと思いますよ。上院議員が生前によくやっていた、お気に入りの小細工でしょうね。エライヒュー・クレイは完全に潔白です。こんな手紙に騙されないでください。まるでエリだのジョーだの呼びあう仲だったように書かれていますが、クレイはあの上院議員殿をそれほど親しい人間とみなしていなかったはずですよ」

「つまり、偽の記録を残そうとしたわけか」

「そうです。もしもの時には、この控えがあれば、まるでエライヒュー・クレイが、自社の利益のために、みずから進んで、大理石の不正な売買契約を結んでいた共犯者であるように見せかけることができる。クレイの共同経営者の兄弟である、彼のよき〝友人〟のフォーセット上院議員は、まるでこれまでも似たようなやりとりをたくさんしてきた含みを持たせつつ、情報を提供している。もしこの不正が白日のもとにさらされるようなことがあれば、クレイもお仲間とみなされるでしょう」

「そうか、ともかく、事情がわかって、クレイのためにもよかった。つまり、このフォーセットって野郎はどうしようもないクズだったってことだな！……パティ、次の手紙を読んでみよう。それにしてもよくもまあ、次から次へわかってくるもんだ」

二枚目の控えは〈リーズ・エグザミナー〉紙の編集長に宛てたものだった。

「それは我が町で唯一、フォーセット一派にたてつく気概《きがい》のある新聞です」地方検事は説明した。

この手紙は実に強い言葉で書かれていた。

本日付の貴紙の不当極まりない社説は、私の政治上の経歴におけるいくつかの事実について、恣《し》意的に曲解が加えられていた。

撤回を要求する。そして、貴紙が私の人格をおとしめた卑劣なる歪曲《わいきょく》が、事実無根であると、リーズ市及びティルデン郡の善良なる市民諸氏に広く告知されんことを望む！

「くだらん」父はうなって、そのカーボン紙で複写された手紙の控えを放り出した。「パティ、次のやつを見ようか」

三枚目のピンクの紙は、アルゴンキン刑務所長のマグナス宛で、とても短い手紙だった。

拝啓

刑務所長殿

来年度のアルゴンキン刑務所における各人の昇進に関して、州刑務局に宛てた私の公式推薦状の控えを同封いたします。御高覧下さい。

ジョエル・フォーセット
敬具

「おいおいおい、この野郎、刑務所の人事にまで手を出してたのか？」父が怒鳴った。「なんだこれは——脅迫か？」

ジョン・ヒューム地方検事は苦々しげに言った。「これでわかったでしょう、この自称〝貧民の守り手〟がどんな悪魔か。あの男は、刑務所の職員に昇進という餌をちらつかせて票を集めようとさえしていたんです。彼の刑務局への推薦状とやらにどの程度の重みがあるか知りませんが、たとえ実際には全然効果がなかったとしても、彼は一般市民に恩恵を与えることを考えている、たいそうな慈善家だという印象を与えることはできますからね。まったく！」

父は肩をすくめると、四枚目の紙を取り上げたが、今度は笑いだした。「馬鹿な奴だ！　さっきのとまったく同じ手じゃないか。読んでごらん、パティ。傑作だから」わたしは、この手紙が父の親友のブルーノ知事に宛てたものだと知って、びっくりした。そして、このとんでもない無礼千万な手紙を受け取ったら、知事はいったいなんて言うかしら、と思った。

親愛なるブルーノ殿

ティルデン郡において私が再選される見込みについてよろしくない噂を、貴君が吹聴していると、州議会の友人数名から聞かされました。

そこで、ひとつ申し上げておきましょう。仮にティルデン郡でヒュームが選出されれば——ヒュームの指名は確実です——その政治的な波紋は、将来の貴君の再選に切実な影響を及ぼすでしょう。ティルデン郡はハドソン川流域地帯の戦略的中心地です。ゆめゆめそのことをお忘れなきよう。

貴君のために忠告しておきます。貴君の所属される政党の、著名な上院議員の人格と功績を誹謗中傷される前に、私が述べたことを、いま一度、よく考えられるがよろしい。

J・フォーセット

「涙が出てくるね、まったく」父は手紙の控えを全部、ワイヤーでできた書類入れに戻した。「やれやれ、ヒューム、私はもうこの仕事から手を引きたくなったよ。あんなろくでなしのクズ野郎、胸をぶっ刺されて当然だ……なんだ、何かあったのか、パティ？」

「大ありよ」わたしはゆっくりと言った。「お父さん、手紙の複写は何枚ある？」

「うん？　四枚だぞ」

「あら、でも机には封筒が五通のってるわ！」

わたしは地方検事がぎょっとして、机に積み上がった封筒の小さな束をひったくるように取り上げた様子を見て、ちょっといい気分になった。

「お嬢さんの言うとおりだ！」彼は叫んだ。「カーマイケルさん、どういうことです？　上院議員は何通、口述したんですか」

秘書は本心から驚いているようだった。「四通だけですよ、ヒュームさん。いま皆さんが読まれた分だけです」

＊

ヒューム地方検事は手早く封筒をざっと確認していき、調べ終わったものからわたしたちにまわしてきた。エライヒュー・クレイ宛の封筒がいちばん上にあった。乾いた血痕が派手に飛び散っている。その下の、〈リーズ・エグザミナー〉紙の主筆に宛てた封筒は、隅に〝親展〟という文字がタイプで打たれ、アンダーラインが力強く引かれている。三通目は刑務所長の宛名が書かれ、封筒の表面は左右の端にひとつずつ、内側で何かを留めてあるクリップの形に盛り上がっているのが見える。右下の隅には、〝アルゴンキン刑務所の職員の昇進名簿　整理番号245番〟。知事への手紙は、上院議員個人の印章を押した青い封蠟で二重に封印されており、これもまたタイプされた〝親展〟の文字に、やはり力強くアンダーラインが引いてあった。

けれども、五通目の――カーボン紙で複写した控えが残っていない封筒を見た時、ヒューム地方検事は眼を大きく見開き、食い入るように凝視すると、口笛を吹くように、きゅっとくちびるをすぼめた。

「ファニー・カイザーだと」地方検事は言った。「なるほど、そっちの方にも手を伸ばしていたのか、ふん」そして、わたしたちを手招きした。その封筒の文字はタイプライターで打たれていなかった。ニューヨーク州、リーズ市、所番地、氏名が黒インクで、いかにもエゴイストらしく大胆な筆跡だった。

「ファニー・カイザーってのは何者だ？」父が訊いた。

「ああ、地元の有力な市民ですよ」地方検事が封筒を破りながら、こともなげに言った。ケニヨン署長が、ぎくっと身体をこわばらせたように見えた。彼は足早にこちらに来て、そそくさと輪に加わった。まわりに立っている男たちは、いかがわしい評判のある婦人の名があがった時に、男同士でやるように、いやらしい目くばせをしている。

手紙の中身も、封筒の表書きと同様に手書きだった。やはり同じ、傲慢《ごうまん》そうな、大胆な筆跡だ……。ヒューム地方検事が声に出して読みかけて、最初の単語で口をつぐみ、ちらりと一瞬、わたしの方向にいる誰かを見てから、黙読し始めた。その眼が輝いた。やがて彼は、ケニヨン署長と父とわたしを部屋の片隅に呼び寄せると、それ以外の人たちに背を向け、小さく首を横に振って、声に出さないようにと注意しつつ、わたしたちに読むようにうながした。

前置きは一切なかった。署名もなかった。

Cに盗聴されているらしい。電話を使うな。昨日、話しあった計画ときみの提案は変更すると、アイラにも手紙で連絡する。

落ち着いて、余計なことを喋るな。まだ負けていない。メイジーをこっちによこしてくれ。

友人Hのために、思いついたことがある。


「フォーセットの筆跡か?」父が訊ねた。

「間違いないでしょう。それで、これをどう思います?」

「Cか」ケニヨン署長がつぶやいた。「まさか――?」彼は魚のような小さな眼だけを横に動かし、部屋の向こうでジェレミー・クレイと静かに話しているカーマイケル(Carmichael)を、ちらりと見た。

「だとしても意外じゃない」ヒューム地方検事はつぶやいた。「そうか、そういうことか!どうもあの秘書君は少し様子がおかしいと思っていたんだ」彼は戸口に立つ刑事のひとりに向かって、顎《あご》をしゃくった。刑事は、まるで百回目の拝謁を受ける公爵夫人のように、うんざりした様子でのろのろと歩いてきた。「何人か連れてって、家じゅうの配線を調べてくれ」ヒューム地方検事は低い声で言った。「電話線だ。急げ」

刑事はうなずくと、のろのろ歩き去った。

「ヒュームさん」わたしは訊いた。「メイジーって誰ですか?」

地方検事は口元に皺を寄せて渋い顔になった。「私個人の考えですが、まず間違いなく、このメイジーというのは、ある分野において偉大な才能をお持ちの、若いご婦人でしょうね」

「ああ、わかりました。ヒュームさんたら、そんなまわりくどい言いかたでなく、すぱっとおっしゃればいいのに。わたしはもうおとなよ。それに〝友人H〟とありますけど、フォーセット上院議員は、あなたのことを言っているんじゃありません?」

彼は肩をすくめた。「そのようですね。つまり、我が尊敬すべき政敵殿は、ジョン・ヒュームという男が、自称するほど品行方正な道徳家ではない、と世間に思わせるために、いわゆる〝でっちあげ〟をしようとした。メイジーは、私を誘惑して、おとしめる餌というわけです。こんな工作は珍しくありませんよ、もしこれまで私が、こういった誘惑をはねつけてこなければ、いまごろは、私が――その――好色家であると証言するご婦人が山ほど出てきたでしょう」

「ヒュームさんって、本当に紳士なのね!」わたしは愛想よく言ってやった。「奥様はいらっしゃるの?」

地方検事は微笑んだ。「おや――あなたは私の妻の座をご希望なのですか?」

ちょうどこの瞬間、電話線を調べるように命じられていた刑事が戻ってきてくれたおかげで、気まずい質問に答えずにすんだ。

「配線は何も問題ありませんでしたよ、地方検事。一応、この部屋以外は全部、見ました。あとはこの部屋の配線だけ――」

「待て」ヒューム地方検事は慌てて止めると、声を張り上げた。「カーマイケルさん」呼ばれて、彼は顔をあげた。「いまのところはもう結構です。部屋の外でお待ちください」

カーマイケルは落ち着き払って、ゆうゆうと部屋を出ていった。すぐさま刑事は、机から転換器にのびる電話線を、次いで転換器そのものを、長い時間かけていじっていた。

「ちょっとなんとも言えませんね」彼は立ち上がりながら報告した。「異常ないと思うんですが、私なら、電話会社に専門家をよこしてもらって、徹底的に調べてもらいますね」

ヒューム地方検事はうなずいた。わたしは言った。「ヒュームさん、もうひとつ、思いついたんですけど。そこの封筒を全部、開けてみません？ もしかしたら、中身の手紙が控えと一致しないかもしれないわ」

彼は澄んだ瞳でわたしをじっと見つめてから、微笑んで、また封筒を取り上げた。けれども、手紙はすべて、わたしたちが読んだ控えと一致した。地方検事は特にアルゴンキン刑務所長宛の、上院議員の手紙がひとつのクリップで留められた同封物に興味を持った。その同封物は、昇進を推薦された何人もの人名が連なる名簿だった。彼は苦々しげなまなざしで名簿をじっくりと調べていたが、やがてそれを放り出した。

「空振りだ。お嬢さん、残念でしたね」わたしが考えこむ間に、地方検事は机の電話の受話器を取り上げた。

「電話局ですか？ ヒューム地方検事と申します。ファニー・カイザーの自宅の番号を教えていただきたい。市内です」彼はじっと待っていた。「どうも」そう言うと、ある番号を呼び出した。しばらくそこに立って、待っていたが、「出ないな。ふん！」彼は受話器をもとに戻した。「まず、最初にやる仕事は――ミス・ファニー・カイザーの事情聴取です」そう言うと、厳しい顔のまま、子供っぽく両手をごしごしこすった。

わたしは少し机に近づいた。死者の坐っていた椅子から腕を伸ばせば届く、五十センチほどしか離れていないところにコーヒーテーブルがある。その上に、電熱式のコーヒー沸かし《パーコレーター》がひとつと、コーヒーカップと受け皿がひと揃いをのせたトレイが置いてあった。なんとなく気になって、わたしはコーヒー沸かしの脇に触れてみた。まだほんのり温かい。わたしはカップを覗きこんだ。どろりとしたコーヒーのおりが残っている。

　わたしの理論は、奇跡を起こすインドの苦行僧の綱のぼりのロープのように、どこまでも天高くのぼっていった。そして、これが天から落ちてしまわないことを、切に願った。だって、もし、これが本当だとしたら……

わたしは勝ち誇った眼で振り返った。きっと、それがあまりにもあからさまだったのだろう。ヒューム地方検事は、怒ったような顔でわたしを見返した。彼はわたしをなじるか、問いつめるつもりだったのだと思う。けれどもその時、捜査をすっかり方向転換させてしまうようなことが起きたのだ。

5　六番目の手紙

その発見だが、少し遅れるはこびになった。

部屋の外の廊下からざわざわいう声と足が床にすれる音が聞こえたかと思うと、次の瞬間、戸口に立つケニヨン署長の部下が、まるで王族を出迎えるようにかしこまって、小声で詫びながら脇にどいたのだ。話し声がいっせいに止んだ。権威をかさに着たこの鈍感な男をひざまずかせることができるのは、どんな大人物なのかしら、とわたしは思った。

けれども、一拍の間《ま》をおいて戸口に現れた男性は、見た目はちっとも偉大に思えなかった。赤ら顔でつるつる頭の小柄な老人で、真っ赤な丸いほっぺは、たいてい孫に甘いおじいちゃんにくっついているものだし、前にぽこんと垂れ下がっているおなかも福々《ふくぶく》しくて愛嬌がある。服のサイズはあっていないし、コートはずいぶんくたびれている。

その時、彼の眼に気づいたわたしは、すぐに第一印象をあらためた。この人はどんな集団の中にいても、権力そのものと認識される人なのだ。眉の下の細い青い眼は、ふたつの氷の破片でできているかのようだった。剣呑《けんのん》で、残忍で、まるでこの世の悪の知識を極めた賢者の眼だ。ただ狡猾《こうかつ》というだけではない、あれは全能の悪魔だ。それが、〝おじいちゃんのほっぺ〟に浮かべた楽しそうな微笑みと、ピンクの頭のわざとらしい年寄りくさい動きのせいで、かえって身の毛もよだつほど恐ろしく見えた。

　わたしはジョン・ヒューム地方検事が――革新派の政治家であり、市民のために戦う闘士であり、石を投げて巨人ゴリアテを倒した英雄ダヴィデである彼が――大急ぎで部屋を突っ切り、老人のぽちゃぽちゃした小さな両手を、敬意と歓びを隠そうともせずにしっかり握りしめたのを見て、仰天した。お芝居でやっているの？　あの地方検事が、老人の眼の無慈悲な冷たさに気づかないなんてことがあるわけない。もしかしたら、彼の若々しさも、エネルギーも、正義感も、この新参者の老人のにこやかな顔と同じで偽物なのだろうか……わたしはちらりと父を見たが、いつもと変わらない、醜く、愚直な顔には、まったく批判の色が浮かんでいなかった。

「ちょうど耳にはさんだものでね」小柄な老人は、子供のように震える声で甲高く言った。

「ひどいな、ジョン、まったくひどい。いやもう、慌てて飛んできた。進展は？」

「いえ、ほとんど」ヒューム地方検事は恥じ入った様子で答えた。そしてこの新たな客人を連れて、部屋の向こうから、まっすぐこちらに近づいてきた。「ミス・サム、ご紹介します。こちらは私の政治生命を手の中に握っておられるかたで――ルーファス・コットンさん。そして、ルーファス、このかたがニューヨーク市警のサム警視です」

　ルーファス・コットンはちょっと頭を下げると、にっこりして、わたしの両手をつかんだ。

「こんなところに、あなたのようなかたがいらっしゃるとは。お会いできて嬉しいですよ、お嬢さん」そして、ぽっちゃりした頰がだらりと垂れ下がったかと思うと、彼はつけ加えた。「まったく、えらいことだ」それから、わたしの手を握ったまま、父を振り返った。わたしは、できるだけ失礼にならないようにその手をほどいたが、彼は気づいていないようだった。「ほう、こちらがあの有名なサム警視ですか！　いやあ、お噂はかねがね。よく存じておりますよ、警視。私のむかしからの友人で、ニューヨーク市のバーベッジ警察本部長が――あなたが在職していたのと同じころですな？――それはもう何度となく、あなたのことを話していましたから」「ほほう」父はまんざらでもない顔だった。「あなたがヒュームのうしろだてというわけですか。コットンさん、私もあなたの噂はよく聞いています」

「さよう」ルーファス・コットンは甲高い声で答えた。「このジョンは、州の上院議員を目指していましてな。私も微力ながら後押ししとります。しかし、まさかこんなことが――いやあ、恐ろしいな、まったく！」老人は雌鶏《めんどり》のようにけたたましく喋り続け、その間じゅう、毒を含んでぎらついている眼の光はまったく揺らがなかった。「では、ご無礼いたしますよ、警視。それからお嬢さんも、ごきげんよう」彼はわたしを振り返りながら、にっこりして言い添えた。「ジョンと、この件について少し話しあいたいのでね。まったく、えらいことだ。政局にたいへんな影響が出る……」まだ、喋り続けながら、彼は青年地方検事を脇にひっぱっていった。それから、しばらくふたりは立ったまま顔を寄せあい、低い声で熱心に話しあっていた。わたしは、喋っているのがほとんどヒューム地方検事で、老政治家の方はあのぞっとするような眼を若い秘蔵っ子の顔から離さずに、ときどき、とても鋭く顎《あご》をしゃくっているだけだと気づいた……この正義感にあふれる騎士のような若い政治家に対するわたしの評価は変化した。さっきも思ったが、フォーセット上院議員の死は、ヒューム地方検事と、コットンと、彼らが属する党派にとっては、はかり知れないほどの幸運の一撃だったのだと、いっそう切実に思わずにはいられなかった。この事件は、殺された男の本性を暴くことになり、その結果、対立する改革派の候補者の、当選を盤石なものにしたのだ。フォーセット上院議員側の陣営は、この災難と、続く混乱のさなかで上院議員選に新しい候補者を出し、党の名誉をすべて叩きつぶした悪評をものともせずに有権者の支持を得ることは、もはや絶望的だろう。

その時、わたしは父からの合図に気づいて、慌ててそばに行った。父は発見していた……

*

わたしったら、そのくらいとっくに気づいていなければならなかったのに。「ペイシェンス・サム。あんたって、どうしようもない大馬鹿ね！」父がやっていることを目の当たりにして、わたしはおなかの中で自分を罵《ののし》った。

父は机のうしろにある暖炉の前で膝をつき、ひどく熱心に何かを観察していた。ひとりの刑事が低い声で何か喋っていて、カメラを持った男がひとり、傍らで暖炉の内側を撮ろうと四苦八苦している。ぴかっと青白い閃光に続いて、ぽんというくぐもった小さな爆発音がし、室内が煙に包まれた。カメラマンはその場を離れて脇にどくと、今度は真ん中に置かれた火格子のすぐ前の、ほとんど暖炉にくっついている敷物の端の何かを撮った。よく見てみると、それは男物の左の靴の、くっきりとしたつま先の跡だった。暖炉からこぼれた灰が、部屋の床に散らばっているのを、うっかり踏んでしまったらしい……。カメラマンがうなり声を出し、撮影道具をかたづけ始めた。たぶん彼の仕事は、これでおしまいなのだろう。たしか誰かが、室内のほかの場所や、遺体そのものの写真は、わたしたちが着く前に撮ってしまったと言っていた。

それはともかく、父の興味をひいたのは、敷物の足跡ではなく、火格子の中の何かだった。一見、なんでもないものに見えた——明らかに、昨夜の火の名残に違いない、黒っぽい灰の層が厚めに広がっていて、その上には、ひと目で新しいとわかる小さな淡い色の灰の層がうっすらとのり、てっぺんには、ずいぶんぼやけているものの、はっきり足跡とわかるくぼみが残っている。

「パティ、おまえ、これをどう思う？」父はわたしが肩越しに覗きこむと、そう言った。「おまえにはどう見える？」

「男物の右の靴の跡でしょ」

「そのとおり」父はそう言うと、立ち上がった。「それから、ほかにもある。靴跡がついた上の層と、その下の層の灰の違いがわかるか？　上と下で違う物が燃やされたんだ。下の灰の上で、ちっと前に何かを燃やして踏み消したんだな。どこのどいつが、何を燃やしやがったんだ？」

一応、わたしには考えがあったけれど、言わなかった。

「で、こっちのつま先だけの足跡だが」父はつぶやきながら、敷物を見おろした。「おかげで、状況がはっきり再現できる。そいつは暖炉の真正面に立って、左足で敷物の灰を踏んづけたまま、暖炉の中の何かに火をつけて燃やし、右足で踏み消した……きみ、もういいのか？」父ががらがら声でカメラマンに声をかけると、彼はうなずいた。父はもう一度、床に膝をつくと、淡い色の灰の中を慎重にほじくり始めた。「あった！」父は怒鳴って、勝ち誇ったように立ち上がった。その手には小さな紙片がつままれていた。

それは厚いクリーム色の紙で、間違いなく、最近燃やされた物の一部だった。父は少しだけ紙の端を裂き、マッチで火をつけた。ほんのちょっぴり出た灰は、暖炉の中の淡い色の灰と同じ色だった。

「よし」父は頭をかいた。「ま、そういうわけだな。こいつはどこにあった紙だ？——なあ、パティ。おまえはどう思——」

「机の上の便箋《びんせん》ね」わたしはあっさり答えた。「すぐわかったわ。上院議員が使ってたのは、一見、普通の便箋に見えるけど、とても高級な質の紙よ」

「なるほどな、パティ、おまえの言うとおりだ！」父は慌てて机に向かった。燃え残りの紙と、便箋の紙を比べると一目瞭然で、わたしの予想どおり、暖炉で燃やされたのは、この便箋の紙だった。

父がつぶやいた。「しかし、それがわかっただけじゃ、手がかりにならんな。知りたいのは、いつ燃やされたかだ、どうすりゃわかる？　犯人がここに来るより何時間も前に燃やされてたかもしれん。ひょっとすると、燃やしたのはフォーセット本人かも——ちょっと待った」父は暖炉の前に駆け戻ると、再び灰の中をつつきだした。そしてまた、何かを見つけた——今度は接着剤でべとつくリネンの長い紐の焼け残りで、もろくいまにもぼろぼろと崩れそうだった。

「よし、裏が取れた。こいつは紙をまとめてくっつけてる、便箋のはじっこのべたべたの布テープだな。紙についてたのが、燃え残ったんだろう。しかし――」

父はうしろを向き、発見したものをジョン・ヒューム地方検事とルーファス・コットン翁に見せた。彼らが会議しているすきに、わたしはひとりで調べてみることにした。机の下を覗くと、求めるものがあった――くずかごだ。きれいさっぱり、からっぽだった。次に、わたしは引き出しを次々に探った。けれども、探し物はなかった――使用未使用にかかわらず、もう一冊、便箋が出てこないかと思ったのだ。それでわたしは書斎を抜け出し、カーマイケルを探しに行った。彼は客間でのんきに新聞を読んでいた――まるで詩人W・S・ギルバートの言う〝産みたてのたまご〟のように無垢な知らん顔を装っている刑事に監視されながら。

「カーマイケルさん」わたしは声をかけた。「上院議員の机の便箋ですけど――この家には、あれ一冊しかないんですか?」

彼はぎょっとして、新聞を握りつぶし、飛び上がった。「はっ――ええと、なんですって? 便箋? あ、ああ、はい! あれ一冊ですよ。ほかにもあったんですが、使ってしまいました」

「じゃあ、前のを使いきったのはいつかしら?」

「二日前です。台紙は私が捨てましたよ」

わたしは懸命に考えながら、書斎に引き返した。可能性が多すぎて、脳がきりきり舞いしている。とはいえ、証拠になる事実が全然、足りない。ほかにも事実があるの? いま、わたしが疑っていることを証明できるような事実が――?

わたしの考察は、唐突に破られた。

＊

この日の夜早く、殺人犯と警察とわたしたちとルーファス・コットンを通した戸口に、突然、すさまじく異様な人物が出現した。付き添いの刑事は、異様だろうとなんだろうと油断なく大きな手でその人物の二の腕をがっちりつかみ、眉間に皺を寄せて、このうえなく険しいしかめ面をしている。

その女性はおそろしく背が高く、肩幅も広く、威風堂々とした体格で、アマゾネスそのものだった。わたしはひと目で、彼女の年齢は四十七、八と見てとった。と言っても、わたしが慧《けい》眼《がん》だと自慢しているわけではない——単に彼女が、年齢を隠す努力をまったくしていないというだけの話だ。男性のようにごつい顔には白粉《おしろい》も口紅も塗っていない。広いくちびるの上の濃いうぶげの処理もしていない。毒々しい赤毛にのせたフェルト帽は、おそらく婦人ものではなく、紳士ものだろう。自分が女性であると見せる気は一切ないらしい。というのも、極端なほど男性的な服装に身を包んでいるのだ。折り襟のダブルの上着に、ぴしっとしたスカートの、テーラードスーツ。平べったい踵のずんぐりした靴。首までボタンをはめた白ブラウス。ゆるく結んだ男物のネクタイ……その装いには思わず眼をみはった。ブラウスが男物のようにぱりっと糊がきいていて、上着の袖口からはみ出た袖には、不思議な模様の金銀線細工《フイリグラン》を美しくほどこした大きなカフスボタンがきらめいているのにも気づいて、わたしは感心した。

そして、この摩訶不思議な生き物には、異様だからというだけではなく、心ひかれる何かがあった。彼女の眼はダイヤモンドのように、冴え冴えと鋭く光り輝いていた。その声はとても深みがあってやわらかく、ほんの少ししゃがれているげれども、不快ではない。こんなにも奇妙だが、とても聡明な女性なのはすぐにわかった――粗野で飾り気のないタイプだが。

彼女がファニー・カイザーに違いない。

ケニヨン署長はそれまでの無気力から醒めて、大声で怒鳴った。「いよう、ファニー！」まるで男同士の挨拶のようで、わたしは眼をみはった。この女の人は何者なの？

「やあ、ケニヨン」彼女は雷のような声で言った。「あんた、正気かい、あたしをしょっぴこうなんて。ここで何があったのさ？」

彼女は望遠鏡を覗くように、わたしたちひとりひとりを見た――ヒューム地方検事には、そっけなくうなずいた。ジェレミーには、眉ひとつ動かさず、すぐに視線を移した。父を見た時には、訝《いぶか》しそうに考えていた。そしてわたしを見ると、何か驚いたようでしばらく目を離そうとしなかった。やがて、観察が終わると、彼女は地方検事の眼をじっと覗きこみ、詰め寄った。

「どいつもこいつもだんまりで辛気くさいねえ。お通夜じゃあるまいし。ジョー・フォーセットはどこ？　ちょっと、なんとか言ったらどうなんだい！」

「来てくれて感謝するよ、ファニー」ヒューム地方検事が慌てて言った。「話を聞きたいんだ。こちらから出向く手間がはぶけてありがたい。その――さあ、はいって、さあ！」

彼女は〝考える人〟の彫刻のようにずっしりとした重たい身体ゆえの足取りで、のそのそと大股にはいってきた。太い指を上着の大きな胸ポケットに突っこみ、太い大きな葉巻を取り出して何か考えながら、太いくちびるの間にさしこんだ。ケニヨン署長がどすどすと前に出て、マッチを差し出した。彼女は煙の帯を吐いて、眼をすがめて机を見つめ、大きな白い歯で葉巻を嚙みつぶした。

「で？」彼女は太い声で怒鳴り、机にもたれた。「上院議員の先生様はどうしたのさ？」

「あなたは知らないのか？」ヒューム地方検事が穏やかに訊いた。

葉巻の先端がゆっくりと弧を描くように上がった。「あたしが？」葉巻が垂れ下がった。「知るわけないじゃないか」

ヒューム地方検事は、彼女を連れてきた刑事を振り返った。「パイク、状況は？」

刑事はにやりとした。「堂々と真正面から来ましたよ――家のすぐ近くまで来て、うちの連中が玄関先で何人も見張りに立って、家じゅうの明かりがついてるのを見て――ほんとにびっくりしたような顔をしてました。それで〝何があったんだい？〟と言うので、〝はいりな、ファニー、地方検事があんたに会いたがってる〟と言ったんです」

「逃げるなりなんなりしようとしたか？」

「ヒューム、いいかげんにしな」ファニー・カイザーが突然、言った。「なんであたしが逃げなきゃなんないのさ。いいから、さっさと説明しな、さっきから待ってんだから」

「ご苦労」ヒューム地方検事が言うと、刑事は出ていった。「では、ファニー、今夜ここに来た理由を話してくれないか」

「あんたに何の関係があんのさ？」

「上院議員に会いに来たんだろう？」

葉巻を軽く叩いて、彼女は先についている灰のかたまりを落とした。「あたしがここへ大統領に会いに来たとでも思ってんの。なにさ、会いに来るのは法律違反だってのかい？」

「いや」ヒューム地方検事は微笑した。「ただ、疑っているだけだよ、ファニー。つまり、お友達の上院議員に何があったか知らないと言うんだね？」

眼を怒りにぎらつかせ、彼女は口から葉巻をむしり取った。「ちょっと、さっきからなんなの？　知るわけないだろ！　知ってたら訊くかい？　この悪ふざけは何なのさ？」

「この悪ふざけはだね、ファニー」ヒューム地方検事は親しげに言った。「今夜、上院議員がこの世から旅立ったというわけだ」

「いや、ヒュームさん」ケニヨン署長が耳ざわりな声で割ってはいった。「何を考えてるんです？　ファニーはそんな――」

「ふうん、死んだのか」ファニー・カイザーはゆっくりと言った。「死んだって？　へえ、そうかい。儚《はかな》いもんだねえ――ぽっくり逝っちまったのかい？」

彼女は全然、驚いたふりをしようとしていなかった。けれども、あの大きな顎の筋肉がこわばり、眼が警戒するようにすがめられたのがわかった。

「いや、ファニー。ぽっくり逝ったわけじゃない」

無造作に、彼女は葉巻の煙を吐き出した。「ああ！　自殺か！」

「違う。殺されたんだ」

彼女はまた「ああ！」と言った。平静を装っているけれど、前から覚悟しているか、恐れているかしていて、あらかじめ心の準備をしていたに違いなかった。

「そういうことだから、ファニー」地方検事は愛想よく続けた。「なぜこうして質問しなければならないか、わかっただろう。今夜、フォーセット上院議員と約束があったのか？」

「やれやれ、最悪のタイミングで来あわせちまったもんだねえ……約束だって？」彼女は上の空で、野太い声を出した。「いや。ふらっと寄っただけさ。向こうはあたしが来ることを知らなかったよ——」そう言うと、急に何かを決意したように、肩をそびやかし、暖炉の中に葉巻を投げこんだ——うしろむきのまま、位置を眼で確かめもせず、肩越しに。ということは、この女性はフォーセット上院議員の書斎をよく知っているというわけだ。父の顔から表情が消えた。父もまた、いまの行動が何を意味するのか、気づいたのだ。「いいかい、坊や」彼女はヒューム地方検事に向かって、憎々しげに怒鳴った。「あんたが脳味噌ん中でどんなことを考えてるか、よくわかってんだ。あんたはなかなかいい子だけどね、このファニー・カイザーに罪をなすりつけようったって、そうは問屋がおろさないよ。もし、あたしがこの殺しに関わってたら、こんなふうにのこのことやってくるかい？　もう、あたしにかまわないどくれ、帰らしてもらうよ」

それだけ言うと、重たい足音を響かせて大股に戸口へ向かった。

「ちょっと待ってくれ、ファニー」ヒューム地方検事が、一歩も動かずに言った。彼女は立ち止まった。「早とちりしないでほしい。私はあなたに何の容疑もかけていない。ただ、ひとつだけどうしても知りたいことがある。今夜、あなたはフォーセットに何の用があったんだ？」

彼女は剣呑《けんのん》な口調で言った。「あたしにかまうなって言ったよ」

「ファニー、よく考えてくれ、あなたのために言っているんだ」

「いいかい、坊や」彼女は口をつぐむと、ガーゴイルのような化け物じみた笑顔になり、うしろで不気味な笑みを顔に貼りつけた石像のように立っているルーファス・コットンに、妙におもしろがっているような一瞥《いちべつ》をくれた。「あたしはね、商売がら、知り合いがそりゃあ大勢いるんだ。この郡のお偉いさんたちと、どんだけたくさん友達づきあいをしてるか知ったら、あんたはきっと腰を抜かすだろうね。あたしをはめようとしたら思い知ることになるよ、坊や。あたしのお得意さんたちは、名前を出されちゃ困る人ばっかりなんだ。おかしなまねをしようとすりゃ、あたしのお客さんたちはあんたを踏みつけるよ、ほら――」彼女は右足で敷物をこれでもかと踏みにじった。「――こんなふうに！」

ヒューム地方検事は顔を真っ赤にして背を向けたが、いきなり振り向いて、虚を突かれたファニーのたくましい鼻っ柱に、フォーセット上院議員が彼女に宛てた手紙を突きつけた。例の机に積んであった山の、五番目の手紙だ。

彼女はその短い手紙を、またたきひとつせず、涼しい顔で読んだ。けれども、仮面の裏では死ぬほどうろたえているのが、わたしにはわかった。この上院議員直筆の、明らかに馴れ馴れしい、そして秘密めいた言葉づかいで彼女に宛てられた手紙は、一笑に付したり、脅しの言葉を投げつけたりできるものではなかったのだ。

「これはどういうことだ?」ヒューム地方検事は冷ややかに言った。「このメイジーというのは誰だ? 上院議員が盗聴を恐れた謎の電話とは何だ? 〝友人H〟というのは誰のことだ?」

「さあね」彼女の瞳は凍てついていた。「あんた、字が読めるんだろ?」

ケニヨン署長が滑稽《こっけい》なほどおろおろしながら割ってはいり、ヒューム地方検事を部屋の片隅にひっぱっていき、耳元で何かを話しだした時、わたしは瞬時に、上院議員が書いた手紙をファニー・カイザーに見せたのは戦略的にまずかったと気づいた。彼女は手紙の内容を知ったことで、反撃態勢を整えてしまった。見れば、冷酷な決意を固めた顔をしており、決して恐怖ではなく、何か油断ならない脅威に満ちた、不穏な空気をかもしだしている……。そしてヒューム地方検事がケニヨン署長の耳ざわりな声の抗議に耳を傾けている間に、彼女は昂然と頭を上げると、深く息を吸いこんで、ルーファス・コットンを氷のようなまなざしで見つめてから、眉間に奇妙な皺を寄せて、大股に書斎を出ていった。

ヒューム地方検事は、ファニーの邪魔をしようとせず、出ていくがままに見送った。見るからに怒っていたが、あきらめているようだった。彼はそっけなくケニヨン署長にうなずくと、父に向きなおった。

「あの女を捕らえるわけにはいきません」彼はつぶやいた。「しかし、監視はつけます」

「おもしろい女だな」父がゆっくりと言った。「あいつは何の商売を?」

地方検事が声をひそめて何か言うと、父のぼさぼさの眉が跳ね上がった。「そういうことか！」父がそう言うのが聞こえた。「おれも焼きがまわったな。ああいう手合いはよく知ってたはずなんだが。ありゃあ、手ごわいぞ」

「あのう」わたしはヒューム地方検事に向かって辛辣《しんらつ》に言った。「わたしも内緒話のお仲間に入れていただけないかしら。つまり、あの人は清らかな女神様じゃないってこと？」

ヒューム地方検事はかぶりを振り、父は苦笑した。「パティや、おまえはそんなことを知らなくてもいいんだ。そろそろクレイの家に戻ったらどうだ？　あの若いのがおまえを連れ帰ってくれ……」

「いやよ！」わたしは腹を立てた。「なんでそんなこと言うの——いいかげんにして、わたし、もう二十一よ、お父さん。あの女があんなにいばりちらしてる、力の秘密は何？　まさかお色気ってわけ……」

「これ、パティ！」

わたしはジェレミーに近づいた。おじさん連中よりも素直で扱いやすいと踏んだからだ。彼なら、あれがどんな女で、リーズをどんなあくどいやりかたで牛耳っているのか知っているだろう。ところが、この情けない坊やはもじもじと、弱々しく、話題を変えようとしたのだ。

「ええと」ついに彼は私から視線をそらしながら言った。「彼女は、ゴシップ紙がよく〝悪徳の女王〟と呼ぶタイプの女性だよ」

「やっぱり！」わたしはぴしゃりと言った。「みんな、ほんとに時代錯誤ね！　お父さんも、わたしを修道院育ちの乙女みたいに扱わないでほしいわ。で、なんですって、悪徳の女王様？

へえ、そう！　それでどうして、あの人たちは彼女を怖がってるの？」

「まあ……ケニヨンは」彼は肩をすくめた。「あの女のいかがわしい組織の下っ端だし。金をもらってるんだろ。あの女の商売を守るかわりに、報酬を受け取ってるのさ」

「ふうん、ルーファス・コットンも、いやらしいお仲間ってわけ？」

彼は真っ赤になった。「ええと、パット——ぼくがそんなこと知るわけないだろ」

「もう、しょうがない人ね、あなたも」わたしはくちびるを乱暴に嚙んだ。「あの女！　全部つながったわ。あの女とフォーセット上院議員様。要するに、上院議員もぐるで、あの汚らしい女と一緒に商売をしてたんでしょ？」

「そういう噂だね」ジェレミーは力なく言った。「ねえ、パット。もう、出よう。きみのような若いお嬢さんが来るところじゃない」

「あなたのおばあさんの時代と違うわよっ！」わたしは怒鳴った。「男だからって何様なの。ただ――ただ、ズボンをはいてるってだけじゃない。なによ、偉そうに――馬鹿みたい！　いい、ジェレミー、わたしは絶対に帰らないわよ――そして、あの鬼ばばあをやっつけるチャンスを見つけたら、容赦《ようしゃ》しないんだから！」

＊

その時、青天の霹靂《へきれき》のように重大なことが起きた。何時間も捜査していたのに、これからフォーセット殺しの焦点となる哀れな人物に対して、その瞬間まで、誰もまったく疑いをかけていなかった。もしも、あの手紙が発見されなかったら、どうなっていただろう。とはいえ、すべてがわかったあとで思い返してみれば、別に見つからなくても結果は大差なかった。その男とフォーセット上院議員のつながりが暴かれるのは時間の問題だったのだから、続く出来事が少し遅れたというだけだ。それでも、もしそのせいでまんまと逃げられてしまっていたら……

刑事がひとり、さんざんいじられてしわくちゃになった紙を頭の上でひらひらさせながら、部屋に飛びこんできた。「ヒュームさん！」刑事は叫んだ。「ありました！　二階の上院議員の寝室の金庫から、あの木箱の切れっぱしと一緒に送られてきた手紙が見つかりましたよ！」

ヒューム地方検事は、溺れる者が救命具に手を伸ばすように、その手紙につかみかかった。わたしたちもまわりを取り囲んだ。血のめぐりの悪いケニヨン署長さえ――この男は進化論の生き証人だ。カンブリア紀の彼の先祖が海底の泥の中でのたうっているのが目に浮かぶ！――この大発見で血が騒いだのか、息を吸いこんだ彼の真っ赤な頬は、ぶよぶよ震えた。

部屋の中は静まり返った。

ヒューム地方検事がゆっくりと読み上げた。

親愛なるフォーセット上院議員閣下、

おれがのこぎりで刻んでやったおもちゃで何か思い出したか？　おまえはあの日、刑務所の木工所にいたおれに気がつかなかったんだろうが、おれは気づいたぜ。やっとこのアーロン様にツキがまわってきたな。

聞け、クズ野郎。おれはもうじき釈放されることになってんだ。シャバに出た日に電話する。そしたら、その日の夜、おまえんちでおれに五万ドルよこしな、上院議員様よ。えらく出世したもんじゃないか、なあ、クズ野郎。言うとおりにしないと、この町のサツにあの話をしてやるぞ……

わかってるな。おとなしく金を払え、でないとアーロン様がじまんののどで歌ってやるぞ。おかしなことは考えるな。

アーロン・ドウ

そして、わたしはその粗野な、鉛筆でブロック体をひと文字ひと文字苦労して書いたらしい――汚れた指の跡だらけで、綴《つづ》りが間違っていて、品のない言葉づかいの、自暴自棄になった低俗な男の手紙をじっと見つめていたが、不意にぞくっと身体が震えた。冷たい影が部屋におりた気がして、わたしはそれが丘の上の刑務所の影だと知った。

＊

ヒューム地方検事の口が真一文字に結ばれたかと思うと、冷笑で小鼻が震えた。

「よし」彼はゆっくり言いながら、手紙を革の書類入れにしまった。「手がかりをつかんだぞ。これさえあれば、あとは――あとは――」彼は言葉を探して、口をつぐんだ。わたしは不安になってきた。大丈夫かしら……

「まあ、あせらずにいこうじゃないか、ヒューム」父が穏やかに声をかけた。

「おまかせください、警視」

地方検事は電話のそばに行った。「もしもし、アルゴンキン刑務所のマグナス所長につないでください……所長ですか？　ヒューム地方検事です。こんな夜遅くに起こして申し訳ない。例のニュースはお聞き及びでしょう……今晩、フォーセット上院議員が殺された件で……そう、そうです。いやー―それで、ちょっとうかがいたいのですが。アーロン・ドウという名前に何か特別な心当たりはありますか？」

息苦しい沈黙の中、わたしたちは待った。ヒューム地方検事は送話口を胸に押し当て、何を見るともなく暖炉の中にぼんやりと視線を向けている。

五分間、わたしたちは誰ひとり、動かなかった。

不意に、地方検事の眼が鋭くなった。彼はじっと耳を傾け、うなずいて言った。「すぐ行きます、マグナス所長」そして、受話器を机に戻した。

「なんですって？」ケニヨン署長がしゃがれた声を出した。

ヒューム地方検事は微笑んだ。「マグナスがいま調べてくれた。アーロン・ドウという囚人は、木工所に勤務していたが、今日の昼間に釈放されたそうだ！」

6　アーロン・ドウの登場

この瞬間までわたしは、漠然とした影の存在を、夢のようにはるか彼方の頭上にうっすらと感じていただけだった。頭の中でいくつもの事実がぶつかりあう音がうるさくて、視界は朦朧《もうろう》とし、迫《せま》りくる破局はぼやけて、よく見えずにいた。けれどもいま、ナイフで背中をひと突きされたように、突然、視界が澄みわたり、すべてがはっきりと見えた。アーロン・ドウ……その名前自体は、わたしにとって何の意味もなかった。ジョン・スミスでも、ナット・ソレンセンでも同じことだ。そんな名前を聞いたこともなければ、そんな男に会ったこともない。それでも――超能力か、第六感か、はたまた、消化不良のデータから無意識に導き出した結論か、わからないけれど――とにかく神がかっているとしか言いようのない力のおかげで、わたしはわかってしまったのだ。この人物は、この元囚人は、このおそらく社会のせいでひねくれてしまった犠牲者は、いまわたしたち全員の上に大きくおおいかぶさり、生々しく息づいている影によって、身の毛もよだつほど悲惨な目にあわせられる、生贄《いけにえ》に違いない、と。

当時の細かな出来事はほとんど覚えていない。わたしの脳は形にならない考えのせいでぐちゃぐちゃで、心臓は胸を殴りつけるように鳴り響いていた。とにかく心細くてたまらず、隣には父が、頼りになる砦として、どっしりと立ってくれているのに、いつしかわたしは、ハムレット荘で名残惜しそうにいつまでも見送ってくれたあの偉大な老紳士がここにいてくれたら、と願っていた。

気づけば、ヒューム地方検事とルーファス・コットンが、またひそひそと密談している。そしてケニヨン署長は、刑務所から出てきたばかりで身を守るすべを持たない哀れな男を捕らえる期待に元気づけられたかのように、急にしゃっきりと生気を取り戻し、大股に歩きまわりながら、あの耳ざわりな声で命令を下し始めた。ひっきりなしに電話の報告がはいるので、猟犬たちが――もしかすると比喩でなく、文字どおりに本物の猟犬が！――このアーロン・ドウという、アルゴンキン刑務所から釈放されたてほやほやだが、たった数時間後にもう追われる身になる男を、すでに追跡にかかっているのだと気がついて、全身が震えた……

ジェレミー・クレイの力強い腕がわたしを支えて、外に停めてある彼の車に乗せてくれたこと、そうしながら、すがすがしい夜の空気を吸いこんだ時の喜びを、わたしはいまでも覚えている。地方検事はジェレミーの隣に、父とわたしはうしろの席に坐った。車は猛スピードで走り、わたしの頭はくらくらし、父はだんまりのままで、ヒューム地方検事は勝ち誇った顔で暗い道をじっと見つめ、ジェレミーはくちびるを引き結んでひたすら車を走らせていた。あの急な丘の坂をのぼっていく間は、まるで夢の中にいるようだった。このドライブに関係する記憶はすべて、頼りなく移ろい、霧がかっていた。

そうこうするうちに、真っ暗な風景の中に突然ぬっと浮かびあがり、悪夢に出てくる肉を食らう化け物のように、わたしたちの頭上から、襲いかかってきたのは――アルゴンキン刑務所であった。

　石と鋼でできた命を持たない物体が、生きているとしか思えない悪意の妖気を放つことがあるなんて、それまでのわたしなら絶対に信じなかった。たしかに子供のころは、暗黒の幽霊屋敷や、朽ちた城や、魂のさまよえる教会といった怪談の建物をひどく怖がりもした。けれども、長年にわたる旅の間に、ヨーロッパの廃墟をさんざん訪ねたけれど、たかが人間の造った建築物で、わきあがる恐怖をもたらす力を持つものに出合ったことは一度もない……それなのにいま、ジェレミーが巨大な鋼鉄の門の前でクラクションを派手にこだまさせた時、突然、わたしは建物に恐怖を覚えるということが、どんなことなのか、初めて知ってしまったのだ。刑務所のほとんどは深い暗闇に沈んでいた。月はとうのむかしに姿を消し、風はもの悲しくすすり泣いている。そびえたつ塀の向こうからは、人のたてる音がまったく聞こえない。刑務所のすぐそばにいるのに、明かりひとつ見えなかった。わたしは車の中で坐ったまま縮こまり、手探りで父の手に触れた。父はすぐにぎゅっと握って、小声で言った。「どうした、パティ？」

——もう、お父さんったら、想像力のかけらもないんだから！——父のこの愚直なうなり声が、わたしを現実世界に引き戻してくれた。悪魔は逃げ去った。わたしは自分の心をふるいたたせ、どうにか恐ろしさを振り払った。

　突然、がしゃんとものすごい音をたてて門が開いた。ジェレミーは車を前に進めた。ぎらつくヘッドライトの光の中に、黒っぽい制服を着て、四角いひさしの帽子をかぶり、ライフルを握った、見るからに恐ろしい男たちが数人、照らし出された。

「ヒューム地方検事です！」ジェレミーが怒鳴った。

「まず、ライトを消せ！」がらがら声が鋭く言った。ジェレミーが言うとおりにすると、ひと条《すじ》の強力な光線がわたしたちの顔をひとりずつ順番に照らしていった。看守たちは特に疑っているわけでも、歓迎しているわけでもない、事務的なまなざしでこちらをじっと凝視している。

「問題ないよ、きみたち」ヒューム地方検事が急いで言った。「ヒュームは私だ、この人たちは私の友人でね」

「マグナス所長がお待ちです、ヒュームさん」同じ声が、さっきより温かみのある声で言った。

「しかし、ほかのかたがたは――外でお待ちください」

「この人たちの身元は私が保証する」そして、彼はジェレミーに囁いた。「クレイ君、きみはお嬢さんと車の中で待っていた方がいい」

　地方検事は車を降りた。ジェレミーはどうしようかと迷っていたが、ライフルを持った強面《こわもて》の男たちにすっかり怖気づいたようで、しおらしくうなずき、座席に背中をあずけた。父はコンクリートのかたまりの建物に向かって、足音を響かせながら歩いていき、わたしはそのあとをくっついていった。看守たちの間を通り抜けて刑務所の中庭にはいっていく間、父も地方検事もわたしに気づいていないようだった。そして看守たちは、わたしがいることを変だと思わなかったらしく、何も言わなかった。それからしばらくして、振り返ったヒューム地方検事は、わたしが無言でついてくるのに気づいたが、肩をすくめただけで、そのまま進んでいった。

　気がつくと、大きく開けた場所に出た――暗闇の中では、どのくらい広いのかわからなかったが、わたしたちの足音が敷石の上で虚ろに鳴り響いている。階段を二段上がったところにある巨大な鋼鉄の扉を、内側から青い制服を着た門番が素早く開けてくれて、通り抜けた先は――どうやら、管理事務棟のようだ。がらんとして、音ひとつなく、まったく人気《ひとけ》が感じられない。壁さえもわたしを意地悪くじろじろ見ては、声なき声で怪談を囁きかけてくる。この壁は監房ではなく、ただの事務棟の壁だというのにだ。いまわたしたちがいるこの恐ろしい建物には、いったいどんな魑魅魍魎《ちみもうりょう》が巣くって、甲高く泣きわめいているのだろう。

建物のさらに奥へ進み、石の階段をのぼり始めた父とヒューム地方検事のあとを一生懸命に追っていった。やがて、わたしたちは飾り気のない殺風景なドアの前に立っていた。見れば、一般の会社の部屋のように〈マグナス所長〉と名札がかかっている。

ヒューム地方検事がノックすると、鋭い目つきの私服の男が――ずいぶん着崩れているので、明らかにベッドから慌てて起きだしてきたに違いない――ドアを開けた。書記とか秘書とかそういった人らしい――刑務所にはこういう職種の人もいるのね、とわたしは思った。彼は笑顔も温かさも優しさも見せず、うなり声を出しただけで、大きな待合室を突っ切り、応接用のオフィスを通り抜けて、奥の私室に続くドアにわたしたちを案内した。彼はそのドアをわたしたちのために開けると、むっつりした顔で脇に立った。わたしが前を通り過ぎると、彼は嫌悪感を隠そうともせず冷たい眼でわたしを見た。

ふと、まったく関係ないことなのに、そういえば、ここまでの短い距離の間に見た窓は全部、鉄格子がはまっていたと気づいた。

＊

整理整頓された静かな部屋で、椅子から立ち上がって出迎えてくれた男性は、まるで銀行家のようだった。落ち着いたグレーのスーツに、大急ぎで締めたらしいネクタイは少し崩れていたけれども、それ以外の身だしなみは非の打ちどころがなかった。彼は長年にわたって人間の不幸というものに顔を突きあわせ続けた人らしい、厳しく、重々しく、疲れた顔をしており、常に危険にさらされて一瞬たりとも気の抜けない生活をし続けてきた人らしい、思慮深いまなざしをしていた。白髪まじりの頭は薄くなりつつあり、服のサイズは少し大きすぎるように見える。

「こんばんは、所長」地方検事は低い声で言った。「こんな夜中に叩き起こして申し訳ありません。しかし、殺人犯というのは、他人に対する配慮を持ちあわせていない連中ですね。はは！……警視、おはいりください。どうぞ、お嬢さんも」

マグナス所長はふっと微笑んで、椅子を指し示した。「こんなに大勢で来てくださるとは思っていませんでした」穏やかな声で言った。

「いや、こちらのご令嬢は――お嬢さん、マグナス所長をご紹介します。こちらはサム警視です。マグナス所長――その、お嬢さんは名探偵なので。サム警視はこの道の大ベテランですし」

「ははあ、なるほど。いえ、来ていただいて全然かまいませんよ」そう言うと、所長は真顔になった。「そうですか、フォーセット上院議員がお亡くなりに。まったく、運命というものはわからないものです、ねえ、ヒュームさん」

「彼の場合は因果応報ですが」ヒューム地方検事は淡々と言った。

わたしたちは腰をおろしたが、突然、父が口を開いた。「そうか、やっと思い出した！　所長、十五年くらい前は警察にいませんでしたか？　たしか、北部の方で？」

マグナス所長は眼を見開いて、笑顔になった。「いやあ、懐かしいことを……はい、バッファローで。じゃあ、あなたがあの有名なサム警視でしたか。いや、こんなところでお目にかかれて光栄ですよ。たしかご退職なさったと聞いておりますが？……」

ふたりはそれから思い出話に花を咲かせ始めた。わたしはずきずきする頭のうしろを椅子の背にあずけて、眼を閉じた。アルゴンキン刑務所。……わたしを包んでいるこの巨大な静まり返った場所には千人以上の――もしかすると、二千人以上の――男が、痛めつけられた身体をろくに伸ばせないような狭い小部屋で眠り、あるいは、眠ろうとしている。通路を歩きまわるのは制服姿の男たち。外の屋根の上には空と夜気が広がり、そう遠くない場所にざわめく森。ハムレット荘では病身の老人が眠っている。鋼鉄の門の向こうではジェレミー・クレイが仏頂《ぶっちょう》面《づら》をしている。リーズの死体保管所《モルグ》では、わずかな期間、権力をふるった男の死体が、解剖台の上に横たわっている……。みんな、何をぐずぐずしているの？　どうして誰もアーロン・ドウの話をしようとしないの？

蝶番《ちょうつがい》の軋《きし》る音がして、わたしは眼を開けた。さっきの鋭い眼つきの秘書が戸口に立っていた。「所長、ミュア神父がお見えです」

「通してくれ」

やがて、銀色の髪の、分厚い眼鏡をかけた、皺だらけで赤ら顔の小柄な男性がはいってきて、ドアが閉められた。こんなに優しそうで、善良そうな顔の人は見たことがなかった。顔をおっている苦悩と心痛の表情も、内からにじみ出る気高さは隠せずにいる。この年老いた聖職者は誰もが本能的にひきつけられずにいられない人物だった。わたしは、こういう聖職者がどうして、もっとも凶悪な囚人の心の殻《から》の奥から本音を引き出せるのか、わかった気がした。

神父は鈍い黒の法衣《カソック》をかきあわせると、明るい光に眼鏡の奥の眼をしばたたかせ、右手にはぴかぴかの小さな祈禱書をつかんだまま、こんな罰当たりな時間に刑務所長の部屋に、見知らぬ人間が何人もいるのを見て、明らかに困惑していた。

「はいってください、神父さん、どうぞ中へ」マグナス所長が穏やかに声をかけた。「皆さんを紹介しましょう」彼はわたしたちを引きあわせた。

「これはこれは」ミュア神父は言った。「恐れ入ります」丁寧な、きちんとした受け答えのわりに、上の空のようだった。わたしの番が来ると、気づかうように見つめてきた。「お嬢さん、ようこそ」それから、神父は所長の机に駆け寄ると叫んだ。「マグナスさん、こんな恐ろしいことがあってたまりますか！　信じません、神かけて、私は信じません！」

「落ち着いてください、神父さん」所長は優しい口調で言った。「遅かれ早かれ、つまずく時は来るものですよ。まあ、お坐りください。これからみんなで問題を検討するところです」

「しかし、アーロンは」ミュア神父は声を震わせた。「アーロンは本当に善良で、正直で」

「まあまあ。さて、ヒュームさん、そろそろ本題にはいりたいでしょうが、少しお待ちください。あの男の完全な記録をお目にかけますから」マグナス所長が机のボタンに触れると、さっきの秘書がまたドアを開けて現れた。「ドウの記録を持ってきてくれ。アーロン・ドウだ。今日の昼間に釈放された」秘書は姿を消し、すぐに大きな青いカードを持って再び現れた。「これです。アーロン・ドウ、囚人番号83532番。入所時の年齢は四十七歳」

「何年、服役を?」父が訊ねた。

「十二年と少しですね……身長百六十八センチ、体重五十五キロ、眼の色は青、髪は白髪まじり、左胸に半円形の傷跡――」マグナス所長は顔を上げて、思い返しているようだった。「この十二年間で、あの男はずいぶん変わりましたねえ。髪はほとんどなくなりましたし、身体もずいぶん弱々しくなって――考えてみれば、もう六十近いわけですから」

「罪状は?」地方検事が質問した。

「殺人です。ニューヨークのプロクター判事から十五年の刑を言い渡されました。ニューヨークの波止場の酒場で、男をひとり殺したんです。どうも安酒をかっくらって、泥酔したあげくに暴れたようですね。検事の調べたかぎりでは、被害者とは面識がなかった模様で」

「前科は?」父が訊いた。

マグナス所長は記録を確認した。「見つかりませんでした。そもそも、ドウの素性を突き止められなかったんです。証明はできませんが、名前もおそらく偽名でしょう」

わたしはその男を思い描いてみようとした。彼は目の前に人の形を取り始めたものの、まだぼんやりしていた。何か決定的に欠けた部分があるのだ。「所長さん、そのドウというのは、どんなタイプの囚人でしたか？　扱いづらかったとか？」わたしは、おそるおそる訊ねてみた。

マグナス所長が微笑んだ。「いい質問ですね、お嬢さん。いいえ、彼は模範囚でした——当刑務所の基準ではAクラスです。囚人は全員、入所してすぐに着替え、オリエンテーションを受けてから、石炭積みの実習にはいり、その後は配置局に振り分けられて、刑務所内の正規の刑務にそれぞれ配属されます。成績次第で、さまざまな特権を手に入れることができるというわけです。正規の刑務作業をまかされてからは、この小さな社会の中で——刑務所の中は言ってみればひとつの町のようなものですよ——どんな身分を手に入れられるかは、すべて本人の努力にかかっています。問題を起こさず、命令に逆らわず、すべての規則を守れば、囚人は奪われた尊厳をある程度、取り戻すことができるというわけです。アーロン・ドウは一度も当刑務所の風紀係である主任看守の手を煩《わずら》わせたことがなかった。その結果、彼はAクラスとして認められて、多くの特権を享受したうえ、素行が優秀ということで、三十ヶ月ほど刑期が短縮されたんです」

ミュア神父は深い、穏やかな眼をわたしに向けた。「お嬢さん、どうか私の言葉を信じてください、アーロンはまことに人畜無害な男です。私はアーロンをよく知っています。彼は信心に目覚め、私の宗派ではありませんが、信仰に生きるようになりました。その彼が、あんなことをできるはずがありません、できるわけがないんです、どうか——」

「彼はかつて一度、人を殺しています」ヒューム地方検事は淡々と言った。「前例がある、ということです」

「そういえば」父が言った。「十二年前にニューヨークで殺《や》った時には、どうやって？　そっちも刺殺だったんだろうか？」

マグナス所長はかぶりを振った。「満タンのウィスキーの瓶で頭をぶん殴ったら、相手が脳震盪を起こしてそのまま死んだということですよ」

「それがどうしたんです？」地方検事は苛立ったように言った。「所長、彼についてほかにご存じのことはありませんか？」

「いえ、ほとんど。まあ、一般的に、刑期が長いほど、いろいろあるものなんですが」マグナス所長はまた青いカードをじっくり読みなおしていた。「ああ！　人相を見分ける役に立つだけかもしれませんが、これなんか皆さんの参考になりそうですね。入所二年目に、事故で右眼を失明、右腕に麻痺が残る――いやな話ですが、しかしこれは完全に彼の不注意が原因で、旋盤を扱っている時に――」

「それじゃあ、彼は片眼なんですね！」ヒューム地方検事は叫んだ。「それは重要な情報です。いい情報をいただきました」

マグナス所長はため息をついた。「もちろん、この事件に関してはマスコミに一切、もらしていません。こんなニュースが広まっては困るんですよ。ご存じでしょうが、この州も含めて国内のどこの州でも刑務所の環境がかなり劣悪だったのはそう遠いむかしの話ではなく――残念ながら、囚人は獣のように扱われ、現在の刑務所管理学の定義する病人とみなされることはほとんどありませんでした。世間は――すくなくとも一部の人々は――刑務所というものが、ロシア帝国のシベリアの獄舎のような環境だと思いこんでいるもので、我々はそういった印象を払拭《ふっしょく》しようと必死に努力しております。ドウがあの事故を起こした時には――」

「なるほど」地方検事は儀礼的につぶやいた。

「ええ。はい」マグナス所長は乗り出していた身を引っこめ、少し気を悪くしたようだった。

「ともかく、しばらくは、彼をどう扱っていいものか、我々としてもずいぶん悩みました。右利きなのに右腕が麻痺してしまったので、異例ですが、配属局はなにか別の作業をさせることにしました。あの男はろくな教育を受けていませんでしたね。一応読み書きはできましたが、子供のようにブロック体しか書けなくて。お世辞にも頭がいいとは言えなかった。事故当時は、さっきも言ったとおり、木工所で旋盤を扱っていました。まあ、いろいろあって結局、もとの木工所に戻されることになったんですが、この記録によれば、右腕がうまく使えないにもかかわらず、手作業の木工の技術がずいぶん上達したようです……ああ！　事件とは関係ない、どうでもいいことばかりだと思っておいでですね。たしかにそうかもしれませんが、ただ私はあの男の人間像をなるべく完全な形でお伝えしたいんです――私の個人的な理由ですが」

「どういう意味です？」ヒューム地方検事は、さっと背筋を伸ばして、鋭く訊ねた。

マグナス所長は眉を寄せた。「まあ、あせらずに……まずは最後まで話させてください。ドウには身よりも知人もいませんでした――すくなくとも、そう思われました。というのも、このアルゴンキンで服役していた十二年間に、手紙一通受け取ったことも出したこともなく、誰ひとり面会に来たことがなかったんです」

「妙だな」父はつぶやいて、無精ひげの生えてきた顎《あご》を手でこすった。

「そうでしょう？　私に言わせれば、とんでもないことですよ、まったくイカれている――ああ、失礼しました、お嬢さん！」

「お気づかいなく」わたしはうんざりして答えた。〝イカれている〟だの〝畜生〟だのと、ちょっと品のない単語を言うたび、いちいち謝られるのに、いいかげん飽き飽きしていた。「とんでもないと言ったのは」マグナス所長は続けた。「私も刑務所勤めは長いですが、ドウほど外界から隔絶された囚人は見たことも聞いたこともありません。あの男が生きようが死のうが、塀の外には誰ひとり、気にかけてくれる人はいないんでしょうかねえ。しかし、どう考えても不自然ですよ。うちではどんな極悪人でさえ、心配してくれる人は必ずいるものでしたから――母親とか、姉妹とか、恋人とか。そもそも、ドウは外の世界と連絡をとったことがないどころか、最初の年にほかの囚人と同様にしばらく道路工事に配属されていた以外は、昨日まで塀の外に一歩も出たことがないんです！　出ようと思えば、いくらでも出られたんですよ。模範囚の多くは――非常に成績優秀な囚人は――あれやこれやと仕事をまかされて、外の空気を吸ってこられるんです。しかし、ドウがまったく問題を起こさず、模範的であり続けたのは、特権を手に入れるのが目当てだったわけでなく、単に無気力だっただけのようですね。何をする元気もなく、何にも関心がなく、そもそも悪いことをする気力がなかっただけという」

「恐喝《ゆすり》ができるタマに聞こえんな」父がつぶやいた。「そんな抜け殻みたいな奴に、殺しができるか?」

「そうでしょう!」ミュア神父が熱っぽく叫んだ。「警視さん、私もずっとそう考えておりました。皆さん、どうかもう一度――」

「失礼ですが」地方検事がにべもなく言った。「これでは堂々めぐりです」そんな会話をわたしは夢うつつに聞いていた。まるで何百人もの運命の行先が決められる奇妙な神殿の中でじっとしている間にまばゆい光明を見た気がした。いまこそ、わたしが知っていることを、厳密な論理が指し示すことを、みんなに話す時だと思った。わたしは口を開きかけた。が、すんでのところで、また口を閉じた。このいくつかの些細な事柄は――本当にわたしの考えどおりのことを意味しているのだろうか? わたしはヒューム地方検事の鋭い少年のような顔を見て、やはり内心の警告に従うことにした。彼を納得させるには、論理や理屈だけではだめだ。まだ時間はある……

「では、そろそろ」所長は青いカードを机の上に放り出して言った。「今夜、皆さんをここにお招きした目的の、ささやかな話をお伝えしましょうか」

「それはありがたい!」ヒューム地方検事はきびきびと言った。「ぜひうかがいましょう」

「これだけは申し上げておきますが」マグナス所長は重々しく言った。「出所したからと言って、こちらはドウに対する関心をなくしたわけではありません。我々は少なからず、釈放した者たちから目を離さずにいます。なぜなら、結局は戻ってくる連中が多くて――このごろでは三割もですよ――最近は刑務所学も、罪を犯した者を更生させるより、罪を犯させないといういきません。ですから、これは私の当然の義務として、お伝えします」

ミュア神父は苦痛をこらえているように、真っ青だった。黒い衣《ころも》の上で、握りしめている手の関節が白くなっている。

「三週間前にフォーセット上院議員が私に会いに来て、ある囚人について遠まわしに質問をされました」

「ああ、マリア様！」神父はうめき声をあげた。

「その囚人というのは、もちろん、アーロン・ドウですが」

ヒューム地方検事の眼が光った。「なぜフォーセットは来たのでしょう。ドウについて、どんなことを知りたがっていましたか？」

マグナス所長はため息をついた。「それですが、上院議員はドウの記録と、刑務所の登録写真を見たいと言ったんです。普段なら、規則ですから、そんなことを頼まれても断るんですが、ドウの釈放はもう間近《まぢか》でしたし、それになんといってもフォーセットさんはこの町の有力者でしたから――」所長は渋い顔をした。「――それで私は写真とカードをお見せしました。もちろん、写真は十二年前にドウが入所した時に撮ったものです。それでも、上院議員はドウの顔がわかったようで、見たとたんに、ごくりと咽喉《のど》を鳴らして、ひどくそわそわし始めました。そのあとの長い話をひとことではしょりますと、上院議員はとんでもない要求をしてきたんです。私に、ドウをあと二、三ヶ月、牢につないでおいてほしいと言ったんですよ！　〝つないでおいてくれ〟――本当にそう言ったんです。どう思いますか？」

ヒューム地方検事は両手をこすりあわせた。わたしはその仕種がなんだか不愉快だった。

「それは絶対に何かある！　続けてください、所長」

「まあ、こんなずうずうしい要求ができる、面の皮の厚さにあきれはしましたが」マグナス所長はぐっと奥歯を嚙みしめた。「私は、この問題は慎重に取り扱う必要がある、と思いました。これは見過ごせないと。囚人と市民、それもフォーセットのような悪評のある市民との間に何かしらのつながりがあるとなれば、私にはそれを追及する義務があるわけですから。そういうわけで、私は知らん顔で勝手に喋らせておいたんです。内心、不思議でたまりませんでした。なぜ、この人はアーロン・ドウをつないでおきたいんだろう、と」

「理由を言っていたのか？」父は眉を寄せた。

「最初は言おうとしませんでした。初めてウォッカを飲んだみたいに、大汗をかいて震えていましてね。そのうちに、ようやく喋ってくれました――なんと、ドウに強請《ゆす》られていたと言うんです！」

「それは承知しています」ヒューム地方検事はつぶやいた。

「そんな馬鹿な、と思いましたが、顔には出しませんでした。でも、いま本当だとおっしゃいましたか？　ともかく、私にはそんなことができるとはとても信じられなかったので上院議員に、いったいどんな方法でドウが連絡をとれたのかと訊いてみたんです。なんといっても、我々はすべての郵便物をかなり厳しく検閲しておりますし、とにかく外部との接触に関しては厳密に取り締まっているんですから」

「刑務所で制作されたおもちゃを詰めあわせたボール箱の中に、のこぎりで引いた木箱の一部と手紙を忍ばせたのです」地方検事が説明した。

「なるほど」マグナス所長は考えこんで、口をきっと結んだ。「盲点でしたな、その穴はすぐにふさがなければ。たしかにそれなら可能だ、しかも、たいして難しいことじゃない……ですが、その時の私にはさっぱりわかりませんでしたから、どうしても聞き出さなければとやっきになりました。刑務所の内と外で秘密に連絡をとりあうなど、言語道断です。そもそもこれは我々がいちばん頭を悩ませていた問題で、私はもうずっと前から、どこかに穴があるはずだと疑っていたんですよ。ともあれ、フォーセットはドウと連絡をとる方法を、頑として話そうとしないので、私は聞き出すのをあきらめました」

わたしはくちびるを湿した。ひどく乾いていた。「フォーセット上院議員は、そのドウという男に弱みを握られていると認めたんですか?」

「いいえ。ドウの話は嘘八百のでたらめだと言っていました——よくある言い訳ですね。もちろん、私は信じませんでしたよ。ドウが弱みを握っているという話に根も葉もないというにしては、あまりにも取り乱していましたからね。もちろんこんな話は嘘っぱちだが、たとえ噂だけでも新聞沙汰《ざた》になれば、州上院議員として再選される見込みがなくなりはしなくても、選挙で相当不利になってしまう、と必死に言いつくろっていました」

「不利になる? ほう?」ヒューム地方検事は無表情に言った。「彼が再選する見込みなんか、最初からありませんでしたよ。いや、余計なことを申しました。ともかく、ドウが握っていた彼の弱みは、はったりでなく本物だったということでしょうね」

　マグナス所長は肩をすくめた。「私もそう思います。とはいえ、私は困った立場に立たされました。フォーセットの言葉だけを根拠に、ドウを罰することはできません。そこで私は彼に、要求に応えることはできないと言いました。もしどうしてもドウをつないでおけと言うなら、まずはその〝嘘っぱち〟の内容を教えてもらわなければ、どうしようもないと……ところが私がそう言ったとたんに上院議員は、Ａクラスの模範囚をつないでおけと要求した時と同じくらい逆上しました。絶対におおやけにするつもりはない、と言ってきかないんです。それどころか、もしドウを二、三ヶ月、独房に入れておいてくれるなら、政治的に私の〝力になる〟こともやぶさかでない、とほのめかしてきました」マグナス所長は、歯をむき出して気味の悪い笑顔になった。「ただの会談のはずが、よくあるメロドラマのワンシーンに変貌したわけです。役人をたぶらかして思いどおりに動かそう、というような。言うまでもなく、うちの刑務所の中ではどんな政治活動もご法度です。これでも私は、買収のきかない清廉潔白な男として評判でしてね、そのことをフォーセットにしっかり言い聞かせました。彼はこれ以上、何を言っても無駄だと悟ったのか、帰っていきましたよ」

「怯えていたんだろうか？」父が太い声で訊ねた。

「というより、茫然としているようでしたね。もちろん、私はぐずぐずしていませんでした。フォーセットがいなくなるとすぐに、アーロン・ドウを私の部屋に呼び出しました。彼はしらを切りましたよ。上院議員を脅迫なんて、考えたこともないと。なにぶん私はフォーセットから、問題を大ごとにするなと釘を刺されている身ですのでね、もしその脅迫話に少しでも本当のことがあるとわかれば、釈放は取り消すし、模範囚としての特権もすべて剝奪《はくだつ》する、と警告することしかできませんでした」

「話はそれで全部ですか？」ヒューム地方検事は訊ねた。

「いいえ、まだもう少し。今朝——というより、昨日の朝ですね——フォーセットがここに電話をかけてきて、〝でたらめな作り話〟が世間に広まるのを放っておくよりも、ドウの沈黙を〝買う〟方がましだと決めたから、この話は全部忘れてくれ、と私に言ったんです」

「そりゃまた変な話だ」父は考えこんだ。「どうもくさいぞ！　まったくフォーセットらしくない。その電話をかけてきたのは、間違いなくフォーセットだったのか？」

「間違いありません。私も、ずいぶん変な電話だと思いましたよ、なんで脅迫に対して金を払うことにしたとわざわざ私に報告してきたんだろうと」

「たしかに変ですね」地方検事は眉を寄せた。「昨日のうちにドウが釈放されると、上院議員に教えましたか？」

「いいえ。訊かれませんでしたから、私からは何も」

「ひとついいか」父が巨神の石像を思わせる仕種で脚を組みながら言い出した。「その電話のことだ。いま、思いついた。ひょっとして、フォーセット上院議員は、その気の毒なアーロン・ドウに二股の罠をしかけたんじゃないか？」

「どういう意味ですか？」所長は興味をひかれたようだった。

父はにやりとした。「足跡を残したのさ。アリバイ工作だ。ヒューム、フォーセットの銀行口座を調べてみるんだな。おれの全財産賭けてもいい、フォーセット本人が五万ドル引き出してるはずだ。従順な被害者づらをして。な、わかるだろう？　恐喝の金を言われたとおりに払おうとした、ところが――とんでもないことが起きた！というわけだ」

「わかりません。つまり？」地方検事がぴしりと言った。

「要するに、フォーセットはドウを殺す気だったってことだな！　所長の証言と、自分が金を引き出した記録という証拠《アリバイ》を作ったうえで、自分は言われたとおりにおとなしく金を払うつもりだったのに、ドウがさらに無理難題をふっかけてきて、取っ組み合いの大喧嘩になり、はずみで最悪のことになってしまった、あれは事故だと言うつもりだったんだ。なあ、ヒューム、フォーセットは絶体絶命だった。あのままドウにうろちょろされるよりは、リスクがあっても殺しちまう方が安全だと、結論を出したんだろうよ」

「可能性はあるか」ヒューム地方検事はつぶやいて、じっと考えた。「たしかに、ありえる！しかし上院議員は思惑がはずれて返り討ちにあってしまったと。ふうむ」

「お待ちください！」ミュア神父が悲痛な声をあげた。「アーロン・ドウがそんな血なまぐさいことをするはずがありません！　ヒュームさん、裏にはきっと何か恐ろしい企みが隠れているはずです。神はきっと無実の者をお見捨てにはならないでしょう。彼はただ不運な……」

父が言った。「所長、ついさっきヒュームが、ドウからフォーセットに宛てた手紙は、木箱の小さい切れっぱしと一緒に届けられたと説明しただろ。ここの木工所では、横っぱらに金文字を入れた小さい木箱を作ってるのか？」

「お調べします」マグナス所長は内線電話で刑務所内の交換手と話してから、回答できる者が起きてくるのを待っているようだった。やがて、受話器を置くと、所長はかぶりを振った。「警視さん、そういう物は作っていないそうです。そもそも、うちの木工玩具部門はわりと新しいんですよ。ドウと、あとふたりの入所者に彫刻の腕前があるとわかったので、彼らのためにこの部門を作ったようなものですから」

父が意見を求めるようにヒューム地方検事をちらりと見ると、彼は早口に言った。「ええ、その木のかけらにどんな意味があるのか、正確に知る必要があると私も思います」けれども、彼がそんなことはたいして重要でない、動機に関連するつまらない些事と考えていることは、わたしでもわかった。地方検事は所長の電話機に手を伸ばした。「よろしいですか？……警視、例のドウが要求した五万ドルが引き出されているはずだというあなたの予感が正しいかどうか確かめてみます」

所長は眼をぱちくりさせた。「フォーセットはよほどまずいことをドウに握られてたんですね。五万ドルも払おうとするなんて！」

「いますぐフォーセットの取引銀行に人をやって、大至急で調べさせます。少し、お待ちください」彼は刑務所内の電話交換手にどこかの電話番号を伝えた。「もしもし！　マルカヒーか？　ヒュームだ。何かわかったか？」地方検事の口元が引き締まった。「よし！　今度は、そのファニー・カイザーの線を追及するんだ。あの女と上院議員の間に金銭的なつながりがないか調べてくれ」彼は受話器を置き、唐突に言った。「警視、おっしゃるとおりでした。フォーセットは昨日の午後に、株券と小額紙幣で五万ドルを引き出していました——つまり、昨日の昼間に金を引き出して、その夜、殺されたというわけです」

「しかし、どうも気に食わんな」父が顔をしかめた。「よく考えると、金を強請り取っておいて、素直に金をよこした相手を殺すってのは理屈に合わん」

「そうでしょう、そうでしょう」ミュア神父が熱っぽく言った。「ヒュームさん、これはよく考えなければならない点ではありませんか」

地方検事は肩をすくめた。「しかし、争いになったとしたら？　凶器がフォーセットのペーパーナイフだったことを忘れないでください。これはつまり計画的な殺人ではなかったことの証拠でしょう。最初から殺す気だったら、自前の凶器を持っていったはずです。フォーセットは金を渡したあと、ドウに口論をふっかけたか、実際に手を出したかして、そのまま取っ組み合いになり、ドウはそこにあったペーパーナイフをつかんで——あとはごらんになったとおりというわけです」

「でもヒュームさん、もしかすると」わたしはやんわりと指摘してあげた。「殺人者はあらかじめ凶器を持っていったけれども、その場でペーパーナイフを見つけたので、手近なそれを使うことにした、という可能性だってありますよね」

ジョン・ヒューム地方検事はあからさまに、むっとしたようだった。「ずいぶんまわりくどい仮説を考えますね、お嬢さん」彼はそっけなく言った。そして所長とミュア神父も驚いた顔でうなずいていた。まるで、たかが小娘がよくこんなややこしい理屈を思いついたものだ、と言いたそうに。

その時、マグナス所長の机にのっている電話のひとつが鳴りだした。所長は受話器を取った。

「ヒュームさん、あなたにです。ずいぶん興奮しているようですが」

地方検事は椅子から飛び出すと、受話器をひったくった……。受話器を戻した彼がもう一度こちらを向いた時、わたしの心臓は高鳴った。彼の顔の表情を見ただけで、何か一大事が起きたとわかる。地方検事の眼は勝利の喜びに輝いていた。

「ケニヨン署長からでした」彼はゆっくりと言った。「リーズの町はずれの森の中で、格闘の末に、アーロン・ドウを捕らえたそうです！」

＊

短い沈黙の間、聞こえるのは神父のかすかにうめく声だけだった。

「全身汚れて、前後不覚に酔っぱらっていたそうです」ヒューム地方検事の声がいちだんと高くなった。「これで一件落着だ。では、所長、たいへんお世話になりました。あとで裁判になった時には、証言のご協力をお願いすると思いますが――」

「ちょっと待った、ヒューム」父が静かに声をかけた。「ケニヨンはドウが金を持っているのを見つけたのか？」

「それは、その——いいえ。でも、そんなのはたいしたことではありませんよ。きっとどこかに埋めたのでしょう。重要なのは、フォーセットを殺した犯人を捕まえたということです！」

わたしは立ち上がり、手袋をつけ始めた。「ねえ、ヒュームさん、本当に捕まえたと思って？」

彼はわたしを見つめた。「どういうことかわからないのですが——」

「そりゃそうよ、あなたは何もわかろうとしないんですもの」

「な——どういう意味です、お嬢さん？」

わたしは口紅を取り出した。「アーロン・ドウは」わたしはすぼめたくちびるに口紅を塗り始めた。「フォーセット上院議員を殺してません。だって」わたしは片方の手袋をはずすと、コンパクトを覗いて、小指の先で口紅をきれいにのばしながら言ってやった。「わたし、証明できるわ！」

7　縄の輪は締まる

「パティ」翌朝になって、父が言った。「この町は、どっかが腐ってるな」

「でしょ？」わたしはぼそりと言った。「お父さんも気がついた？　クサいわよね」

「そういう口をきくんじゃない」父は苦虫を嚙みつぶしたように言った。「レディらしくないぞ。それに、どうして教えてくれないんだ――ああ、ヒュームに腹を立ててるのはわかるぞ、だけど――お父さんにはいいだろう？　どうしてドウが無実だとわかる？　なんでおまえはそこまで確信してるんだ？」

　わたしはたじろいだ。あのひとことは軽率だった。本当は、証明なんてできない。ひとつだけ、足りない要素があるのだ。それさえ手にはいれば、みんなをぎゃふんと言わせてやれるのに……だから、わたしは言った。「まだ、言えないの」

「ふうむ！　とにかく今回の事件で妙なのは、お父さんの考えでも、あの男は絶対にフォーセットを殺してないはずだってことだな」

「やだ、お父さんったら、もう大好き！」わたしは叫んで、父にキスした。「わたしも彼がやったんじゃないって、わかってるわ。ドウは慎み深いお嬢様と同じくらい潔白よ。あの上院議員とは名ばかりの、中身からっぽのろくでなし野郎を殺せたはずがないわ」わたしは道路のずっと先に姿を消そうとしているジェレミーの広い背中を見つめた。かわいそうなくらいまじめな彼は、今朝からまた労働者の仲間入りをして、夕食の時間になれば馬鹿正直に埃の山を頭からかぶって、帰ってくるはずだ。「それで、どうしてお父さんはそう思うの?」

「おいおい、なんだ?」父はうなった。「試験か？　そんなことより、おまえはまだひよっこなんだから、あっちでもこっちでもあんな大見得を切ってまわるんじゃない。証明できるだと？　いいか、パティ、もっと口に気をつけなさい。自分がまわりからどう思われるか、用心し――」

「お父さんはわたしのこと、恥ずかしいと思ってるのね?」

「違う、パティ、そういう意味じゃな――」

「女のくせに男の世界に首を突っこみたがる、でしゃばりだって思ってるんでしょ？　わたしを毛布にくるんで、戸棚の中にしまっておきたいんでしょ、どうせ」

「おい――」

「女はむかしみたいに、スカートを針金の輪でふくらませたドレスを着るものだと思ってるんでしょ？　女は選挙に行くものじゃないし、たばこを吸っちゃだめだし、下品な言葉も使っちゃいけないし、男友達も作っちゃだめだし、騒ぎを起こすものじゃないって、そう考えてるんでしょ？　避妊は悪魔の考えだって、いまだに信じてるでしょ?」

「パティ」父は顔をしかめながら、立ち上がった。「お父さんに向かってそんな口をきくんじゃない」そう言い残して、どすんどすんとエライヒュー・クレイのすてきなコロニアル風の屋敷の中にはいっていった。十分後、引き返してきた父は、わたしの新しいたばこにマッチで火をつけてくれて、謝ってから、どうしていいかわからない様子でもじもじしていた。かわいそうなお父さん！　女の扱いかたを全然知らないんだから。

それから、わたしたちは連れ立って町に向かった。

ジェレミーの父とわたしの父は、今朝のうちに相談して――この日は土曜日で、殺人が起き、アルゴンキン刑務所であの異様な会合をした次の日だ――わたしたちはこのまましばらくクレイ家に滞在するということで話が決まった。昨夜、父は去り際に、ヒューム地方検事と部下たちに、父の元刑事としての身分や評判について、誰にも喋らないように口止めをした。父もエライヒュー・クレイも、フォーセット医師がやたらとうまみのある大理石加工の契約を魔法のように次から次へ取りつけてくる、その才能に関する父の調査がフォーセット上院議員殺害事件を解決するための一要素だと感じていたのだ。素知らぬふうで観察してまわり、できるだけのことを知ろうというのが父の計画だった。わたしにとって、この決断はとても重大だった。なぜなら、ヒューム地方検事たちに神の啓示でもくだらないかぎり、かわいそうなアーロン・ドウの身は深刻な危険にさらされたままだからだ。

父もわたしも前の晩に、あの哀れな酒びたりの男が捕まってから、ふたつのことに主な関心を持った。ひとつ目は、彼に言い分があるなら聞き出すこと。ふたつ目は、フォーセット医師という雲をつかむような人物に会って話をすることだ。土曜の朝になっても、相変わらずこの医師の行方は謎のままだったので、わたしたちは、ひとつ目の目的を達することにエネルギーを費やすことにした。

リーズの大きな石造りの庁舎の中にあるヒューム地方検事の執務室を訪ねると、待たされることなく、すぐに通された。この日の朝、ヒューム地方検事はご機嫌だった――きびきびと動きまわり、元気いっぱいで、愛想よく、目を輝かせ、わたしに対しては憎らしいほど勝ち誇った目を向けてきた。

「やあ、おはようございます、ようこそ!」彼は両手をこすりあわせながら言った。「あなたはご機嫌いかがですか、お嬢さん? まだ我々が無実の男を不当に苦しめていると考えていますか? いまもあなたには証明できるとお思いのようですが」

「ええ、ヒュームさん、ますますそう思ってます」わたしはすすめられた椅子とたばこのもてなしを受けた。

「ほう。まあ、ご自分で判断されるといいでしょう。ビル!」彼は執務室から続いている秘書室に向かって怒鳴った。「郡拘置所に電話をかけて、ドウを取り調べたいから、もう一度ここによこすように行ってくれ」

「つまり、すでにきみが一度、調べてるってわけか」父が確かめた。

「もちろん。ですが、あなたがたにもご自身で納得いくまで調べていただきたいと思いましたので」地方検事は、神の御旗《みはた》がうしろだてだと言わんばかりに自信たっぷりだった。父とわたしが、あくまで対立的な態度を取り続けることに寛容な顔をしているものの、アーロン・ドウが、カインと同じ罪を犯したと考えているのは明らかだ。そしてわたしは、地方検事の真正直で頑固そうな顔をひと目見た時から、彼に考えを変えさせるのは至難の業だと悟っていた。わたしの推理は、論理という名の衣《ころも》でできている。でも、この男が認めるのは、証拠という名の甲冑《かっちゅう》だけなのだ。

*

アーロン・ドウはふたりの筋骨隆々とした刑事に連行されてきたが、見ていて悲しくなるほど、そんな用心は不必要に思えた。この前科者は痩せ細ってひからびた小柄な弱々しい老人で、幅の狭い肩は薄っぺらく、どちらの見張りの刑事も、片手で軽くこの老人の背骨をへし折れそうだった。見る影もなく老いさらばえたこの男の外見を、わたしは会う前からあれこれ想像していたが、実際に会ってみると、マグナス所長による描写は、老人の哀れっぽさを十分に伝えきれていなかった。

彼の手斧のような形の小さな顔は――げっそりとこけて、皺だらけで、肌は灰色で、知的には見えず、しょぼくれていて――いまは恐怖と絶望にひきつり、誰でもひと目見れば同情せずにいられないありさまで、一切心を動かさないのは、情け容赦《ようしゃ》のない愚かなケニヨン署長と、なんとしても犯人を捕まえなければという義務感でいっぱいのヒューム地方検事くらいだ。このさんざん痛めつけられて怯えきった、抜け殻のような老人が人を殺しているはずがないことくらい、一目瞭然だろう。むしろ無実だからこそ取り乱して、犯人くさく見えてしまうのだろうに、この横暴なふたりときたら、普通の人間の自然な反応というものをまったく理解していないのだ。ジョエル・フォーセット上院議員を殺した犯人は、冷静沈着で、たいした役者と思われる。それが、この事件におけるさまざまな事実から必然的に引き出される結論というものだろう。ところが、このみじめな老人はどうだ？

「ドウ、坐りたまえ」ヒューム地方検事はいくらか温かい口調で言った。老人はぎこちなく、言われたとおりにした。その青い隻眼《せきがん》は希望と恐怖とで涙ぐんでいる。右のまぶたはずっとおりたままで、右腕が——少し萎《な》えしぼんでいるのが見ただけでわかる——だらりと下がっているのは、彼に悪い印象を与えるどころか、不思議と弱々しさを強調していた。刑務所の塀という烙印が、環境という見えない手で彼の身体に焼きつけられているのがわかる。猿のようにびくっとひきつる頭の動き。蠟《ろう》に似た不気味な肌。ずるずると足を引きずる歩きかた……

彼はざらつく声を軋《きし》らせて答えた。「へえ、旦那。へえ、ヒューム様。へえ、へえ」まるで忠犬のような従順さで、大急ぎでそう言った。歪《ゆが》んだ小さな口の、こわばったくちびるの片隅からものを言うその話しかたさえ、見るからに囚人らしかった。突然、彼がそのひとつだけの眼を向けてきたので、わたしは思わず息を吞んだ。彼はなぜわたしがいるのか戸惑っているようだ。そして、もしかするとわたしが同席していることで、救ってもらえるかもしれない、と期待を抱《いだ》いたらしかった。

父が静かに立ち上がると、あの表情豊かなひとつ眼が、興味をひかれたように、救いを求めて、さっと上を向いた。

「ドウ」ヒューム地方検事が言った。「こちらの紳士は、きみを助けたいとおっしゃっている。

きみと話をするためだけに、わざわざニューヨークから来てくださったんだ」それはちょっと事実をねじ曲げすぎでよくないわ、とわたしは思った。

アーロン・ドウの雄弁な隻眼が、突然、疑わしげにぎらりと光った。「へえ、旦那」そう言うと、椅子の中にまたちぢこまった。「けど、わしは何もやっとらん。ほんとです、ヒューム様。わしは――ぶち殺しちゃいねえ」

父が身振りで合図すると、ヒューム地方検事はうなずいて椅子に坐った。わたしは、わくわくして見守った。父が実際に尋問するところをわたしは見たことがない。警察官としての父の仕事ぶりは、わたしにとっては伝説でしかなかったのだ。すぐにわたしは、父が非凡な才能の持ち主だと悟った。アーロン・ドウの信頼を勝ち得るために取った方法で、父は新たな一面を見せてくれたのだ。決してあか抜けてはいないが、父はずば抜けて優れた心理学者だった。

「ま、こっちを見てごらん、ドウ」父は適度に威厳を残した、ごく気安い口調で声をかけた。哀れな老人はびくっと身をこわばらせ、父の顔を見た。ふたりは無言のまま、しばらく見つめあっていた。「私を知ってるかい?」

ドウはくちびるをなめた。「い、いや。旦那、知らねえです」

「ニューヨーク市警のサム警視ってもんだ」

「え」前科者はびっくりした顔になり、警戒の色を強めた。薄い白髪頭をきょろきょろさせつつ、わたしたちと絶対に目を合わせようとしない。あきらめと希望がないまぜになっているようで、いますぐ逃げ出したそうでもあり、すり寄ってきたそうでもあった。

「その顔だと、私のことを聞いたことがあるようだね」父は続けた。

「ええと……」ドウは黙っていたいという本能と、話したいという欲望のはざまで迷っていた。

「ムショで盗みのおつとめをしてた野郎と会ったんで。そいつは、旦那が——旦那のおかげで、電気椅子から助けてもらったって言ってました」

「ムショってのは、アルゴンキン刑務所のことか？」

「うん……へえ、旦那」

「なら、ヒューストン街のギャングのサム・レヴィだな」父は懐かしそうな微笑みを浮かべた。

「あれはいい奴だった、レヴィはな。気の毒に、殺し屋の一味にいいように利用されて、裏切られちまったのさ。それじゃ、よく聞けよ、ドウ。レヴィは私のことで何か言ってたか？」

ドウはそわそわと椅子の上で身じろぎした。「なんでそんなこと訊くんで？」

「ちょっと気になったからさ。まさか、あれだけ世話してやったのに、レヴィが私の悪口を言ってたり——」

「言ってねえです！」ドウはむっとしたようにじろりと横目で見やり、甲高く叫んだ。「旦那のことは、正直で公平な人だって言ってました」

「ほう、そうか」父は太い声で言った。「まあ、そりゃそうだろう。ともかく、私がシロをクロにするような男じゃないってことはわかってくれたか？　ひどい目にあわせるようなことは絶対にしないって、わかるだろう？」

「へ——へえ、そう思ってます、旦那」

「そうかそうか！　ならお互い、よくわかりあえてるじゃないか、なあ」父は腰をおろすと、くつろいだように脚を組んだ。「ところで、ドウ、こちらのヒュームさんは、おまえさんがフォーセット上院議員を殺《や》っちまったと考えてるんだ。単刀直入に言うぞ。ごまかしはなしだ。おまえさんは、かなりまずい立場にいる」老人のひとつだけの眼がまた恐怖でいっぱいになった。彼がぎょろりとヒューム地方検事の方に視線を向けると、地方検事は少し顔を赤くして、怒ったように父を見た。「私は――おれはな、おまえさんがフォーセットを殺ったとは思ってない。そして、うちの娘も――そこのべっぴんだ――やっぱりそう思ってないんだ、ドウ。娘もおまえさんが無実だと考えている」

「へえ――へえ」ドウはうつむいたままつぶやいた。

「さて、どうしておれが、おまえさんはフォーセットを殺してないと思ってるか――わかるか、ドウ？」

　今度の返事は、はっきりしていた。囚《とら》われ人は父の眼を真正面から見つめ、無気力だった顔が好奇心と希望に輝きを見せていた。「いや、旦那、わかんねえです！　わしがわかるのは、わしは殺してねえってことだけで。なんでですか？」

「理由を教えてやろう」父は大きな手を老人の骨ばかりの小さな膝にのせた。わたしはその膝が小刻みに震えていることに気づいた。「それはな、おれが人間ってものを知ってるからだ。おれは人殺しって種類の人間をよく知ってる。ああ、そりゃ、おまえさんが十二年前に、喧嘩のはずみで、たまたま酔っ払いを死なせちまったのはたしかだろうさ。けどな、おまえさんみたいな人間は、人殺しじゃない」

「そうです、旦那！」

「たとえば、誰かをやっつけてやりたいと思った時、おまえさんはナイフを使ったりせんだろう？」

「しねえ！」叫んだドウの痩せた首には、静脈が青く盛り上がっていた。「しねえ、人を刺すなんて！　そんなおっかねえこと！」

「ああ、そうだな、もちろんだ。そこんとこは、もうはっきりしてる。さて、おまえさんは自分がフォーセット上院議員を殺してないと言った。そして、おれはおまえさんを信じる。しかし、誰かが彼を殺した、それはたしかなんだ。なあ、誰がやったと思う？」

ごつごつと荒れた筋肉質の老いた左手が、固く握られた。「旦那、わしはなんにも知らねえ、ほんとに。わしは、はめられたんです。はめられたんだ」

「わかってるさ。しかし、おまえさんはフォーセットを知ってるんだろう？」

ドウは椅子から飛び上がった。「知ってまさあ、あのクソの詐欺師野郎！」そう言ってから、自分がかまをかけられて、不利な事実を認めてしまったと思ったのだろう、顔に恐怖の色を浮かべ、はっと口をつぐむと、すさまじい憎悪の念をこめて父を睨んだものだから、わたしは思わず父と他人のふりをしたくなったほどだった。

すると父は、どんな事態にも臨機応変に機転をきかせるたぐい稀《まれ》な才能で、ひどく傷ついた顔になってみせた。「ドウよ、そりゃあ誤解だ」父は訴えるように言った。「おれがおまえさんをひっかけて自白させようとしたと思ってるんだろう。違う、そんなことはしない。だってそもそもおまえさんは別に、フォーセット上院議員を知ってるかどうか、認める必要はないんだよ。そんなことくらい、地方検事はとっくに知っている——フォーセットの机でおまえさんが書いた手紙を見つけてるんだ。どうだ、わかってくれたか?」

前科者の老人はぶつぶつ言いながら、おとなしくなった。そして今回は、父の表情を、穴が開くほど必死の形相《ぎようそう》で見つめていた。わたしは老人の顔を観察し、ぶるっと身震いした。あの品のない、尖《とが》った顔に浮かんでいる、疑念と期待のまざった表情は、これから先、何日も夢に出てきそうだった。わたしはジョン・ヒューム地方検事をちらりと見た。彼はまったくどこ吹く風という顔をしている。のちに、地方検事と刑事たちによる最初の取り調べで、アーロン・ドウは頑固に、例の決定的な手紙を突きつけられてさえ、何ひとつ認めようとしなかったと聞いた。それを知ってわたしは、父がこの老人の固い殻《から》を破ろうとして、本能的に駆け引きするその巧みさが、いっそうすばらしいものに思えた。

「わかりました」ドウはぼそぼそと言った。「わかりましたよ、旦那」

「そりゃよかった」父は落ち着いて言った。「なあ、ドウ、おまえさんが正直に喋ってくれないと、助けてやることができんぞ。フォーセット上院議員とはどのくらい前から知り合いなんだ?」

かわいそうな老人はかさかさのくちびるをまたなめた。「わしは——その……ずっとむかしっからで」

「おまえさん、何かひどいことをされたのか?」

「それは、旦那、言えませんで」

「うん、そうか」父はすぐに攻撃の手を変えた。ある点において、ドウはかたくなに喋らないということに、わたしよりも早く気づいたのだ。「しかし、アルゴンキンの中からフォーセットに連絡をとったんだろう?」

「それは……へえ、まあ」

沈黙が落ちた。しばらくして——「へえ。へえ、旦那。しました」

「のこぎりで切った木箱のかけらに手紙をつけて、おもちゃのボール箱に入れたんだな?」

「で、どういう意味があるんだ——その木箱のかけらに?」

たぶん一瞬で、その場にいた全員が悟ったはずだ。どんなに状況がドウにとって有利になろうとすべての真実を彼の口から引き出せる見込みはまったくないのだと。おもちゃの木箱のかけらについて訊かれたことで、ドウは急に楽観的な考えを持ったようだった。なぜなら、彼のくしゃくしゃの顔に、はっきりと微笑が浮かび、ひとつだけの眼にはまぎれもない狡猾《こうかつ》な光がよぎったからである。父もそれを見たが、失望を押し殺した。

「あれは、まあ、ちょっとした合図みたいなもんで」ドウは用心深く、きいきい声を絞り出した。「わしだってことがわかる印でさ」

「なるほど。手紙には、おまえさんが釈放された日に電話をかけるつもりだと書いてある。電話したのか?」

「へえ、しました」

「フォーセット本人と話したんだな?」

「そりゃそうでさ」ドウは鼻で笑ったが、すぐに態度をあらためた。「へえ、あいつが出ましたよ、へえ」

「で、昨夜、会う約束をしたわけだね?」

あのじっと見つめてくる青い隻眼に、再び疑念が忍び入ってきた。「まあ……へえ」

「約束は何時だった?」

「六点鐘《ろくてんしょう》で。その、十一時です」

「それで、おまえさんは時間どおりに行ったのか?」

「いいや、行ってねえです、旦那、信じてくだせえ!」言葉が口からほとばしり出た。「わしは十二年もくらいこんでました。一の字《エース》の連中とはわけが違いまさあ。十二年ってな、死ぬほど長《なげ》えもんです。だからわしはまず、ちょっとばかし咽喉《のど》におしめりでもくれてやろうと思ったんで。酒なんざ、もう何年もじゃがいも水しか飲んでねえから、本物の酒がどんなもんだったかすっかり忘れちまって」のちに父は〝一の字〟というのが刑務所内の隠語で懲役一年のことだと教えてくれた。さらにマグナス所長が、〝じゃがいも水〟はどうしても酒を飲みたい受刑者たちが、じゃがいもの皮や野菜くずを発酵させて作る密造酒なのだと補足した。「わしはもぐりの酒場に行って、すぐにいい気分になっちまいました。そこの角《かど》にあるシェナンゴとスミスの酒場でさ。バーテンに聞いてください、旦那、証言してくれますから!」

父は眉を寄せた。「ヒューム、それは本当か？　裏は取ったのか？」

ヒューム地方検事は微笑した。「もちろんです。申し上げたでしょう、警視、私は無実の人間に罪を着せるようなまねはしません。ただ、残念ながら、もぐり酒場の亭主はドウの話を裏づけたものの、昨夜の八時ごろにドウが店を出ていったとも証言しました。フォーセットは十時二十分に殺害されているので、アリバイは成立しないのです」

「わしは酔っぱらっちまいました」ドウはもそもそと言った。「あんまし久しぶりに安酒をがぶ飲みしたもんで、すっかり頭にまわっちまって。酒場を出てから自分が何をしたのか、さっぱし覚えてねえんです。とにかく、そのへんをぶらついてました。そうやってるうち、十一時ごろになったらずいぶん酔いが醒めてきました」老人は身をすくませると、飢えた猫のように何度もくちびるをなめた。

「それから？」父は優しく言った。「フォーセットの家に行ったんだろう？」

ドウは眼に苦悩の色を浮かべて叫んだ。「そりゃ、行ったけど、でも、はいってねえ、うちん中にはいってねえんです！　明かりがついてて、サツやらデカやらうようよしてるのが見えて、わしはすぐにはめられたって気がついて、酔いもいっぺんに吹っ飛んで。そんで、すぐ逃げ出して、森の中をそりゃもう死に物狂いで走って、そしたら――みんなが追っついてきて、わしを捕まえたんで。けど、わしはやってねえ、ほんとです、神に誓って、やってねえんだ！」

父は立ち上がると、落ち着きなく行ったり来たりし始めた。わたしはため息をついた。状況はかんばしくない。ヒューム地方検事が勝ち誇った微笑を浮かべているのが示しているとおりだ。法律の知識がないわたしでさえ、この不運な老人がどれだけ八方ふさがりな事件の渦中に巻きこまれているのかよくわかる。おまけに彼は、圧倒的な状況証拠に対し、何のうしろだてもない重罪人である自分の言葉だけで反証しなければならないのだ。

「で、おまえさんは五万ドルを受け取ってないんだな?」

「五万ドル?」元囚人は甲高く叫んだ。「見たこともねえです!」

「そうか、わかった、ドウ」父はうめくように言った。「できるだけのことはしてやる」

ヒューム地方検事はふたりの刑事に合図した。「拘置所に戻してくれ」

ふたりは、アーロン・ドウに何か言う暇も与えず、さっさと部屋の外に追い立ててしまった。

*

わたしたちがとても期待をかけていた容疑者との面会では、結局、新事実を得ることに関してなんの成果もあげられなかった。ドウは大陪審にかけられるためにリーズの拘置所に勾留されたままで、わたしたちには起訴を差し止める手立てが何ひとつない。政治家のやり口に明るい父は、別れ際にヒューム地方検事の言った何かの言葉から、ドウがすみやかに〝正義〟の犠牲に処されるに違いないと確信したようだった。ニューヨーク市では裁判の予定がたてこんでいるので、たいていの刑事裁判は準備期間と称して何ヶ月も待たされる。しかし、この郊外の北部では、それほど事件の数が多くなく、おまけに政治的ななんらかの理由で、地方検事がすみやかに裁判にかけることにやたらと乗り気なのだから、アーロン・ドウは驚くような素早さで起訴され、審議され、有罪の判決を受けるに違いない。

「市民は」ヒューム地方検事は言った。「この事件の早期解決を望んでいますよ、警視」

「つまり」父は愛想よく言った。「地方検事殿はベルトに戦利品の頭の皮をもう一枚ぶら下げたいし、フォーセット一味のギャングたちは血祭りの復讐を望んでるしで、利害が一致してると、そういう意味だな。ところで、フォーセット医師はどこにいるんだろう？　まだ何もつかめてないのか？」

「よろしいですか、警視」ヒューム地方検事は顔を真っ赤にして、ぴしゃりと言った。「そういうおっしゃりようは心外ですね。先に申し上げましたが、私は本当にあの男が――有罪だと信じているのです。状況証拠も決定的だ。わたしは事実を追っています。論理などという雲をつかむようなものではなく！　それに、私が政治的にこの事件を利用してうまい汁を吸おうとしているような当てこすりをさっきから――」

「まあ、落ち着け」父は淡々と言った。「わかってるよ、きみが真正直だってことは。しかし、きみは視野が狭い、そして、絶好のチャンスだと思えばすぐに飛びついてしまう。まあ、きみの立場ならしかたもないか。だが、ヒューム、この事件は全部が、どうもうまくできすぎている。いちばん怪しい容疑者を、ここまではっきり指し示す証拠が転がってる事件なんてそうそうあるもんじゃないぞ。それに心理的に見ても、とにかく辻褄《つじつま》が合わない。あのみじめな老いぼれネズミは犯人像にまったくそぐわない、それだけだ……ところで、私の質問にまだ答えてくれてないな。アイラ・フォーセット医師の居所は？」

「まだ見つかりません」ヒューム地方検事は低い声で言った。「ドウについて、あなたがそうお感じになっているのは残念です、警視。明らかな真実が目の前にあるのに、なぜわざわざ七面倒な説明を探さなければならないのですか？　まだわかっていないことなんて、あの小さい木箱のかけらに説明がつかないことを除けば、ふたつみっつしか残っていませんよ——そのかけらだって、どうせたいした意味はないでしょう、由来以外は」

「ふうむ」父はうなった。「そうかね。じゃあ、そろそろ失礼しようか」

そして意気消沈したわたしたちは、どん底の気分で、丘の上に建つクレイの屋敷に戻っていった。

＊

日曜日、父とエライヒュー・クレイは、採石場で帳簿や記録をもう一度、調べなおしたが、結局、徒労に終わった。わたし自身は、ジェレミーがあからさまにおもしろくなさそうにしているのを無視し、自分の部屋にこもって、たばこをひと箱、煙にしながら、事件について考え続けていた。ベッドの上にパジャマで寝そべっているわたしの素足を、太陽の光は温めてくれたが、心まではぬくめてくれなかった。ドウの置かれた立場の恐ろしさにあらためて気づき、自分自身の無力さを悟ってしまったわたしは身も心も寒くてたまらず、吐き気さえしていた。自分の推理の鎖の輪をひとつひとつ丁寧に見ていったが、論理的に強固なのは間違いないのに、ドウの無実を証明する、具体的な決め手の証拠はひとつも見つからなかった。証拠がなければ、法廷では信じてもらえない……

　ジェレミーがわたしの部屋のドアをノックしている。「パット、少しはぼくをかわいそうだと思ってくれよ。一緒に遠乗りに行かないか」

「いい子だからあっちに行ってて」

「最高に気持ちがいい日だよ、パティ。晴れてるし、緑も何もかも、まぶしいくらいきれいだ。なあ、はいってもいいかい？」

「何言ってんのよ！　パジャマを着たまんまで、若い男をもてなせって言うの？」

「いいから、付き合ってくれないか。話がしたいんだ」

「変な気を起こさないって約束できる？」

「ぼくは約束なんかしないよ。いいから入れてくれ」

「もう」わたしはため息をついた。「鍵はかかってないわ、ジェレミー、もし、あなたがか弱い女につけこもうとしても、わたしには止められないわね」

　彼ははいってくると、わたしのベッドの端に腰をおろした。その巻き毛に当たる日差しが、陽気に光をふりまいている。

「いらっしゃい、今日もパパの言うことを聞いていい子にしてた？」

「おい！　なあ、パット、まじめに聞いてくれ。話があるんだ」

「ふうん、聞いてあげるわ。あなた、熱はないみたいだし」

　彼はわたしの手をぎゅっとつかんだ。「いいかげん、探偵ごっこから手を引いたらどうなんだ？」

　わたしはやれやれと天井に向かって息を吐き出した。「なあんだ、話って、おせっかいなお説教？　なんでそんなこと言うのよ、ジェレミー。あなた、わかんないの、無実の人がひとり、電気椅子にかけられそうになってるって！」

「そんなの、いちばん適任な奴にまかせとけばいいだろ」

「ジェレミー・クレイさん」わたしは苦々しい思いで言った。「いままで聞いた中で、いちばん馬鹿な意見ね。いちばん適任な奴って誰よ？　ヒューム地方検事？　誇大妄想の若い自信家さんで、見えるものといったら、自分のりっぱで偉そうな鼻の先だけだわ。ケニヨン署長？　無能のぼんくらで、つま先まで悪意のかたまりよ。このふたりがリーズの法の番人ってわけ、わかる、お坊ちゃま？　連中にまかせといたら、かわいそうなアーロン・ドウに助かるチャンスなんてこれっぽっちもないわ」

「きみのお父さんはどうなんだ？」彼は意地悪く訊いた。

「ああ、父なら正しい道をたどってるわ、だけど、手助けくらい、いくらあっても罰は当たらないでしょ……。あのね、どうでもいいけど、クレイさん、わたしの手をそんなにこすらないでくださる？　すりきれちゃうわ」

　彼はさらにすり寄ってきた。「ペイシェンス、ダーリン、ぼくは――」

「さあ」わたしはベッドの上に起きなおった。「出ていく頃合いよ。若い男性が妙に熱っぽくなって、欲望で眼をぎらつかせながら、そんなことを言い出したら……」

彼が出ていくと、わたしはため息をついた。ジェレミーはとても魅力的な青年だけれど、状況証拠だらけの混沌の海で溺れかけているアーロン・ドウを救助する役にはほとんど立ちそうにない。

その時、わたしの頭にドルリー・レーン氏が浮かんで、少しだけ気持ちが楽になった。もし、本当にどうしようもなくなったら……

8　救いの神《デウス・エクス・マキナ》

この事件を振り返るうちに、ひとつの要素がわたしの心を不自然に大きな割合で占めていることに気づいた。それは、被害者の兄弟が異様なくらいおもてに出てこないという事実だ。ヒューム地方検事は、あれやこれやと罪な手抜かりは数あれど、中でも、フォーセット医師の不自然な逃避については、あまりに軽んじすぎていると思う。わたしはすでに、この透明人間のような紳士を相手にするための作戦を立てていた。のらりくらりと雲隠れし続けている彼に興味をかきたてられる一方で、むかっ腹が立ってきたのだ。

もしかすると、わたしの考えすぎだったのかもしれない。フォーセット医師がようやく姿を現した時、医師のそれまでの居場所をつきとめることに、地方検事があまり熱心でなかったのも、無理はないと思う。だとしても、この男は軽く考えていい存在ではないと、わたしは感じていた。そして実際にほんの短い時間、会っただけで、エライヒュー・クレイの疑念には確実な根拠があるに違いない、という父の意見に、わたしも完全に同意していた。

それはアーロン・ドウとの会見の結果にがっかりした翌々日の、月曜の夜のことだった。フォーセット医師が姿を現したのである。月曜は朝からこれといって何もないままに過ぎていき、父などはすっかり意気消沈してエライヒュー・クレイに、残念だがこの依頼からは手を引こうと思っていると弱音を吐いたほどだった。父がどんなに、今度こそはと意気ごんでも、追及するたびに調査は行き止まりに突き当たってしまうのだ。

月曜の昼食の席で、わたしたちはエライヒュー・クレイから、フォーセット医師が帰ったことを、初めて聞かされた。

「私の共同経営者が戻ってきました」彼は息を切らしながら父に報告した。「今朝がた、ひょっこり現れたそうで」

「なんだって！」父は怒鳴った。「なんで、あのケニヨンの馬鹿野郎もヒュームも、おれに知らせてこないんだ？　あなたはいつ知ったんです？」

「ついさっきです、それで、こうして慌てて家で昼食をとりに、飛んで帰ってきたわけですよ。フォーセット本人がリーズから私に電話をかけてきたんです」

「なんと言ってました？　事件をどう受け止めてますか？　そもそもどこに行ってたんです？」

クレイは疲れた苦笑を浮かべてかぶりを振った。「何もわかりません。でも、ずいぶん参っているような声でした。ヒューム地方検事のオフィスからかけていると言っていましたが」

「会いたいな」父はうなった。「いま、どこに？」

「すぐに会えますよ。今夜、いろいろ話しにここに来るそうです。あなたがどんなかたなのかは言っていませんが、我が家に滞在中のお客様だと伝えておきました」

夕食が済んですぐに、渦中の人物がクレイ邸を訪ねてきた。彼はとてもすてきなリムジンで乗りつけてきて、父は〝納税者から搾り取った血と汗のかたまり〟と皮肉った。運転手はつぶれた耳とボクサーらしい鼻をした、一筋縄ではいかなそうな強面《こわもて》の男だった。わたしでも、ひと目見ただけで、彼の仕事が車の運転だけではなく、用心棒も兼ねていることはわかった。

フォーセット医師は背の高い、死人のように蒼ざめた男で、亡き兄弟によく似ていたが、頑丈そうな黄色い歯と、その歯をむき出しにした笑顔と、先の尖《とが》った黒い貧相なあごひげが全然、違っていた。鼻が曲がりそうなたばこの臭いと、消毒薬の刺激臭を、ふんぷんとまき散らしている——政治家と医者を思わせるその香りは、興味深いとはいえ、快いとは言えず、彼の魅力を増すものではなかった。兄弟のうち、たぶん医師の方が兄だと思ったが、のちにそのとおりだと知った。なんとなく、医師には虫の好かないところがある。彼のような男が、小さな町で権力のためなら手段を選ばない策謀家になるのは、さもありそうなことに思えた。とはいえ、政治の反対派のボスであるルーファス・コットンがわたしに残した、いまだにはらわたの煮え返る不愉快な印象を思い出すと、選択肢のかぎられているティルデン郡の善良な市民たちが、気の毒でしかたなかった。

エライヒュー・クレイに紹介された彼が、わたしの全身をじろじろと見た時、すぐにひとつだけ確信したことがある。たとえこの世のすべての黄金を積まれても、この医者とは絶対にふたりきりになってはいけない、ということだ。彼は舌の先でくちびるをなめまわす、いやらしい癖があった。これまでの不愉快な経験上、よく知っているけれど、こういうことをしている時、男はだいたい、似たようなことを考えているものだ。そしてフォーセット医師は、もっとも世慣れた女でさえ、簡単に手玉に取れるような男ではない。何の良心の呵責《かしゃく》も感じずに、あらゆる手段で、我《が》を通そうとするだろう。

わたしは胸の内でつぶやいた。「ペイシェンス・サム、気をつけなさい。計画は変更よ」

彼はレントゲンのような視線でわたしをすっかり眺め終わると、ほかの人々の方に向きなおって、また肉親を殺されてショックを受けているような顔に戻った。実際、がっくりと疲れて見えた。どうやら、彼は父を――クレイは父を〝サムさん〟と紹介していた――怪しんでいたようだが、わたしがいることで安心したのだろう、眼に浮かんだ疑念の光はすぐに消え、そのあとはほとんど共同経営者のクレイにばかり話しかけていた。

「ヒューム君やケニヨン君と昼間は一緒だったんだが、いやあ、あんなおっかない目にあったのは初めてだよ」彼はそう言いながら、あごひげをしごいた。「クレイ、きみにはわからないだろうな、どれだけ私がショックを受けたか。殺人だぞ！　なんてことだ――」

「ああ、わかっている」クレイはぼそりと言った。「きみは知らなかったのか、今朝、戻ってくるまで？」

「まったく、これっぽっちもだよ。先週、きみに行先を言ってから、発てばよかったな、しかし、まさかこんなことが起きるなんて夢にも――ほら、私はここを出てから、文明というものから隔絶された場所にいたからね。新聞も読んでいなかったんだ。いやいや、驚いた――そのドウって男は……まったく、狂っている！」

「じゃあ、あなたはそいつを全然知らないんですか？」父が何食わぬ顔で訊いた。

「もちろんですよ。赤の他人です。ヒューム君がジョエルの机にのっていた手紙を見せてくれました、あ、いや――」彼はくちびるを噛み、視線が稲妻の速さで、さっと皆の顔をなでた。失言に気づいたのだ。「――つまり、ジョエルの寝室の金庫にはいっていた手紙です。ショックでしたよ。恐喝とは！　信じられない、とてもとても。何かとんでもない間違いに決まっています」

ということは、この男もファニー・カイザーを知っているのね！　あっちの手紙……。医師の心は、ドウが鉛筆でたどたどしく書いた手紙ではなく、弟があの一風変わった女傑に宛てて書いた手紙のことでいっぱいなのだ。そしていま、わたしは彼の動揺がまるっきり嘘というわけではないと気づいた。たしかに彼の言葉には嘘くさい響きがあるものの、本心のずっと奥底では悩んでいるのだ。医師は得体の知れない何かに憑かれてでもいるような、ひどく怯えた顔をしていた。まるでむかし話の、一本の髪の毛で吊るされた抜き身の剣の真下に坐っているダモクレスのようだ。

「本当にショックだったでしょう、フォーセット先生」わたしはしとやかに声をかけた。「お気持ち、お察しします。殺されるなんて……」そして、わたしはいかにも臆病な淑女らしく身震いしてみせた。彼はこちらに目を向けると、またわたしをじっくりと眺めたが、今度はいっそう個人的な興味を抱《いだ》いたようだった。そしてまた、くちびるをなめまわしたが、まるで古くさいメロドラマに出てくる口ひげを生やしたいやらしい悪漢そのものだった。

「ありがとうございます、お嬢さん」彼は深みのある、押し殺したような声で言った。父が落ち着かないように身じろぎした。「そのドウというのは」父はうなった。「弟さんの弱みを握っていたんでしょうなあ」

また何かに憑かれているような表情がよみがえり、フォーセット医師はわたしのことを忘れたらしかった。この事件の得体の知れない何かというのが、リーズの拘置所にいる、骨と皮ばかりの老いた囚人だというのは明らかだった。ファニー・カイザーのことはまた別の話というわけだ。だけど、フォーセット医師はなぜ、ドウを恐れているのだろう？　あのみじめったらしい老人に、いったいどんな力があるの？

「ヒューム君はなかなかがんばってくれていますよ」クレイは眼をすがめて、葉巻の先を見つめた。

フォーセット医師の片手が地方検事を払いのけるような仕種をした。「ああ、わかっていますよ、もちろん。彼には別に、文句はありません。なかなかいい男です、ヒューム君は。政治的な信念で、多少、どうかと思うところはありますが。しかし、他人《ひと》の不幸を自分のために利用しようというのは、人間の業《ごう》というものでしょうかねえ。新聞に書かれているとおり——ヒューム君は私の弟が殺されたことを、政治的に利用しようとしているんでしょう。殺人事件のような大ごとでなくても、選挙に影響するのはよくあることですから……いや、そんなことはいいんです、どうでも。大事なのは、この恐ろしい事件だ」

「ヒュームさんはドウが犯人だと思ってるらしいですね」父は、誰かに聞かされた話を単純に繰り返しているだけというふりを装って言った。

医師は腫れぼったい眼を父に向けた。「当然でしょう！　何か、あの男の仕業ということに疑いでもあるんですか？」

　父は肩をすくめた。「なんだかそういう噂があるみたいですよ。私は、事件のことはよく知らんのですが、地元には、気の毒な男が罠にかけられたんだって言ってる人もそこそこいるようですね」

「そうなんですか」彼はまたくちびるを嚙んで、眉を寄せた。「そんなことは、まったく考えもしませんでしたよ。もちろん、正義が行われなければならないということを、私は主張するものですが、同時に、卑しい直感で正義の遂行を断じて妨げてはなりません」わたしは叫びだしたくなった。この男は人形使いのように、大げさな口上をぺらぺらと喋っているだけだ。

「その噂についても調べなければいけませんね。ヒューム君に話さなければ……」

　わたしは質問が山ほど、咽喉《のど》まで出かかっていたのだが、父がちらりとこちらに向けたまなざしに、声を吞みこんだ。父の眼はわたしに、おもてに出てくるなと言っていた。

「では」フォーセット医師は立ち上がりながら言った。「失礼するよ、クレイ。それから、あなたも、お嬢さん」彼はまたわたしをじっくりとなめるように見た。「ぜひ、またお目にかかりたい――ふたりきりで」最後の言葉を小声で囁くと、彼はわたしの手を握り、いやらしく指を這わせた。「まったく」彼は続けた。「ショックでどうにかなりそうだ。さて、もう帰らないと。いろいろやらなければならないことが……クレイ、明日の朝、採石所に行くよ、そこで話そう」

　彼の車が轟音と共に去っていくと、エライヒュー・クレイが父に声をかけた。「警視さん、私の共同経営者をどう思いますか？」

「詐欺師ですね」

クレイはため息をついた。「私の疑いが、ただの考えすぎだと言ってもらえるのを期待していたのですが。それにしても、彼はなぜ、今夜、うちに来たんでしょう？　電話では何か相談したいことがあると言ってたんですよ」「それなのに、今日になったら、明日話すと言うし」

「今夜、来たわけならわかってますよ」父はご機嫌ななめだった。「どこかで――どうせ、ヒューームのオフィスだ――私の素性を聞いたに決まってる！」

「本当にそう思われますか？」クレイは口ごもった。

「まず間違いない。それで、自分の眼で確かめに来たんです。まあ、単なる疑い程度だろうが」

「まずいですね、警視さん」

「それどころか」父は苦虫を嚙みつぶしたように言った。「もっとまずいことになりそうだ。あの男の図太さが気に入らん。あれはまったく油断ならん奴だ」

＊

その夜、わたしはベッドに不気味な怪物たちがよじのぼってくる悪夢を見た。怪物はどれも――無理もないことだけれど――尖ったあごひげを生やし、歯をむき出した気味の悪い笑顔だった。朝が来てくれて、わたしは心から嬉しかった。

朝食がすむと、父とわたしはすぐさまリーズの地方検事のオフィスに出向いた。

「なあ」父はヒューム地方検事が礼儀正しく朝の挨拶をする前に、不機嫌な声をかけた。「昨日、フォーセットにおれの素性を明かしたか?」

ヒューム地方検事はきょとんとした。「私が? そんなことするわけないじゃありませんか。まさか、彼はあなたが誰なのか、知っていたんですか?」

「まあ、聞いてくれ。あの野郎は全部、お見通しだ。昨夜、クレイの家に押しかけてきたんだが、あいつがおれを見る目つきでわかった。みんな、ばれてる」

「ふうむ。では、ケニヨンからもれたのでしょう」

「つまり、あの男はフォーセットにお手当をもらってるってわけか?」

地方検事は肩をすくめた。「私は骨の髄まで法律家ですので、そのようなことは、たとえ内輪でも口にするわけに参りません。ですが、警視、あなたが推察される分には、どうぞ、ご自由に」

「お父さんたら、そんなこと言わないの」わたしは優しく言った。「ヒュームさん、昨日、ここであったことを教えていただけません? 当局の秘密をもらしてもかまわなければの話ですけど」

「別に、これといったことはありませんでしたよ、お嬢さん。フォーセット医師は弟が殺害されてショックを受けたけれども、そのことについては何も知らなかったとか、そんなことばかり言っていました。何か捜査の役に立ちそうなことは、ひとつも出てきませんでしたね」

「週末をどこで過ごしたのか、言ってましたか?」

「いえ。私も追及はしませんでした」

わたしはちらりと横目で父を見た。「女と一緒だったのかしら、ね、警視さん?」

「これっ、パティ!」

「我々は会議で激論を戦わせました」ヒューム地方検事は、きっとした口調で言った。「彼には監視もつけています。昨日、この部屋を出ていってすぐ、あの男は、ろくでなしの政治屋仲間の集団と秘密の会合を開いていました。絶対に、何かよからぬことを企んでいるに違いありません。フォーセット上院議員が亡くなったいま、できるだけ早くその穴を埋める必要が……」

父は手を振った。「悪いが、ヒューム、きみや彼の政治的な抗争について熱心に語られても、こっちはゆっくり聞いてる暇はないんだ。ひとつ訊きたいんだが、奴はあの木箱のかけらについて、何か知っていたか?」

「知らないと言っていましたね」

「で、奴はドウと会ったのか?」

ヒューム地方検事は一瞬、沈黙した。「ええ。非常に興味深いことがわかりました。しかし」彼は慌てて言い添えた。「だからと言って、ドウに対する嫌疑が晴れるとか、ぶちこわされるとか、そういうわけではありませんよ。むしろ、かえって強めるものでした」

「何があった?」

「まず、我々はドウに会わせるために、フォーセット医師を拘置所に連れていきました」

「それで?」

「それで、我らが敬愛する医学博士殿がなんと言おうと、医師とドウはむかしからの知り合いなんです」ヒューム地方検事はこぶしで、どんと机を叩いた。「間違いありません。あのふたりは眼と眼で合図しているように見えました。その場にいれば、あなたもそう思ったはずですよ、彼らが無言で何かを示しあわせていると。私は、どうやら何かに関して沈黙を守ることが双方の利益になるという、確たる印象を受けましたよ」

「あら、ヒュームさん」わたしはそっと言った。「あなたは確たる証拠でしか動かない人じゃなかったかしら」

　彼はばつが悪そうだった。「いつもは、印象なんてあやふやなものに重きを置くことはしませんよ。ですが、フォーセットはドウを憎んでいます――知っているだけでなく、憎んでいるのです。さらに、恐れてもいる……一方、ドウですが、フォーセット医師とほんの短時間、話しただけで、希望を持ったようでした。おかしいと思いませんか？　でも、実際に、ドウは急に横柄《おうへい》な態度になったのです」

「ふうん」父はむっつりと言った。「どういうことだか、さっぱりわからん。ところで、ブル先生の検死の結果から、何か進展は？」

「新しいものは何も。殺人の夜に見立てしてもらった時のままです」

「ファニー・カイザーは近頃、どうしている？」

「興味ありますか？」

「もちろん。あの女は何かを知ってる」

「なるほど」ヒューム地方検事は背もたれに寄りかかった。「あの女については、私なりに考えがあります。頑固に黙秘を続けていますよ――何ひとつ、引き出せません。しかし、近いうちにあの女の度肝《どぎも》を抜いてみせます！」

「ふうん、つまり上院議員のところにあった手紙をほじくろうって腹か」

「そんなところです」

「そうか、まあ、がんばってくれ、奇跡が起きれば御《おん》の字だしな」父は立ち上がった。「帰ろうか、パティ」

「ひとつだけ、お訊きしたいことがあるんですけど」わたしはゆっくりと言った。ヒューム地方検事は頭のうしろで両手を組み、にこやかな眼でわたしを見た。「ヒュームさん、犯行の細部をひとつひとつ検討しました？」

「どういう意味でしょう、お嬢さん？」

「つまり」わたしは言った。「たとえば、暖炉の前に足跡がありましたよね。フォーセット議員のスリッパや靴と比較したのかしら？」

「ああ、しましたよ！　上院議員のものではありません。スリッパは全然違います――幅が広すぎますから。靴は靴で大きすぎました」

わたしはほっと安堵の息をついた。「ドウは？　ドウの靴も確認したんですか？」

ヒューム地方検事は肩をすくめた。「お嬢さん、我々はすべて調べつくしました。そもそも忘れないでいただきたいですね、あの足跡は鮮明でなかったでしょう。ドウの足跡だとしても、おかしくはありません」

わたしは手袋に手をすべりこませた。「行きましょ、お父さん。わたしが議論に巻きこまれないうちにね。ヒュームさん、もしアーロン・ドウがあの二ヶ所の——敷物と、暖炉の——足跡を本当につけたんだったら、わたし、大通りでどんな芸当でも喜んでやってあげるわ」

＊

あらためてアーロン・ドウの不思議な事件を振り返ってみると、大ざっぱに三つの発展段階に分けられるとわかる。当時はまだ、事件がどの方向に向かっているのか見当もついていなかったが、この時点でわたしたちは第一段階の終わりに、思いもよらないくらいの猛スピードで近づいていたのだ。

いま振り返れば、事態を急速に発展させた何かは、完全にわたしたちの不意を突いて訪れたとは言えない。実を言えば、無意識のうちに、わたしは半分、それが起きることを予期していたのである。

あの最初の夜、殺された上院議員の書斎に立っていた時、わたしは父にカーマイケルのことを訊こうと思った。先に記したとおり、父はカーマイケルが初めて書斎にはいってきた時、ひどく驚いた顔をしていた。そして、カーマイケルの反応もまた、父を見知っていたに違いない、とわたしは確信した。あのあと、どうして父に彼のことを訊かなかったのか、自分でもわからない。たぶん、そのあとにいろいろなことが続けざまに起きて、カーマイケルに関する疑問が頭から飛んでしまったのだろう。でも、いまのわたしにはわかる。カーマイケル自身と彼の素性は、父にとって最初から大きな意味を持っていた。あの秘書を父は、言ってみれば〝切り札〟として取っておいたのだ、機が熟すのを待ちながら……

数日たってから突然、カーマイケルに関するつかみどころのない疑問が、わたしの頭の中に再びよみがえったのは、何もかもが絶望的で、状況が混沌としているころだった。ジェレミーがわたしの足をうっとり眺めていた時――あの時はたしか、ふたりでポーチに坐っていたのだけれど、彼がわたしの足首をつかんで、馬鹿馬鹿しいほど大げさな美辞麗句を詩のように並べ立てながら、華奢《きやしや》さをほめたたえていて――父はエライヒュー・クレイの書斎にかかってきた電話に呼ばれていった。やがて、ひどく興奮して戻ってきた父は、足首を握っているジェレミーの手から、わたしをひきはがして、話をするために脇へひっぱっていった。

「パティ」父は声をひそめて言った。「やったぞ！　いま、カーマイケルから電話がかかってきた！」

そのとたん、わたしはすっかり頭から飛んでいた例の疑問を思い出した。「すごい！　あのね、お父さんに訊こうと思ってたの。カーマイケルって何者？」

「いまは時間がない。大至急、リーズ郊外のどこやらであいつに会わなきゃならん。街道沿いの宿だと言ってた。おまえも仕度しなさい」

わたしたちはクレイの家を出るために、でたらめの口実を作って――父は、古い友人から招待されたと言っていたと思う――クレイの車を一台借り、カーマイケルとの面会に出かけた。

指定された道路に出るまで、五、六回、道に迷ったけれども、そのころにはふたりとも好奇心ではちきれそうになっていた。

「びっくりするなよ」父は運転席に坐りながら言った。「カーマイケルは政府の諜報員だ」

わたしはまじまじと父を見た。「ほんとに？　スパイってこと？」

父はくすくす笑った。「ワシントンの公安局所属の捜査官だよ。お父さんが現役だったころ、何回か会ったことがある。当局でも、いちにを争う腕利きだ。あいつがフォーセットの部屋にはいってきた瞬間に気がついたが、素性を明かすのはまずいと思った。あんなふうに秘書になりすましてんなら、正体をばらされちゃ困るんだろう」

その宿というのは、幹線道路をはずれた静かな場所だった。まだ時刻が早いので、がらんとしている。わたしたちの——というより、父の——策は巧妙だった。ふたりきりで食事のできる個室を頼む、と父は言ったのだ。宿の亭主が、わかっていますよという顔で浮かべた、いやらしい笑いを見れば、わたしたちのことを、人目を忍んであいびきを繰り返す、アメリカらしい〝すてきな〟カップルと受け取ったのは一目瞭然だった。ここでは白髪まじりの不良老年が、自分の娘ほど若い女を連れ歩くのは、アメリカの家庭生活においてはやむを得ないこととして認められているのだ。

わたしたちは個室に案内された。父はにやりとした。「いや、パティ、お父さんは遊び人じゃないぞ」その時、ドアが開いてカーマイケルがするりとはいってきた。彼は鍵をかけ、やがて、ウェイターがノックすると、父が不機嫌な声で応えた。「邪魔するな、気のきかん奴だな」

こうしたことに慣れっこになっているらしいウェイターからは、礼儀正しい忍び笑いが返ってきた。

嬉しそうに握手を交わしたあと、カーマイケルはわたしにお辞儀をした。「お嬢さん、そのご様子だともう、あなたの不良お父さんから私の素性をお聞きになったようですね」

「ええ、カーマイケルさん、あなたは王立——じゃなかった、米国諜報部のかたなんですってね」わたしは感嘆の声をあげた。「すごいわ、嘘みたい！　あなたのようなかたは、オッペンハイムの探偵小説の中にしかいないと思っていました」

「我々は実在するんですよ」彼は悲しげに言った。「小説に出てくる連中のような、おもしろい思いをすることはまったくないのですが。さて、警視、時間がありません。私は一時間だけ、やっと抜け出してきたんです」彼の物腰には、これまでになかった力強さがあった。いまは前よりも自信ありげで、そして——何より——危険な香りを放っている。わたしの中のロマンティックな一面が、いつものように頭をもたげてきた。その時、わたしは彼のいかつい体形と、年齢不詳でぱっとしない外見をあらためて見て、ため息をついた。彼がジェレミー・クレイのような肉体の持ち主だったら！

「なんで、いままで連絡をくれなかった？」父はきつい口調で言った。「そりゃもう、首を長くして待ってたのに」

「できなかったんですよ」彼は軽々と足音をたてずに、動物のような独特の足取りで歩きまわった。「ずっと監視されていたもので。最初は、たぶんファニー・カイザーがさし向けてきた女に。そのあとはフォーセット医師に。いまのところはまだなんとか見破られていませんが、だんだんばれそうになってきているんです。へたを打って、自分から退場を早めたくない……では、いいですか、お伝えします」

わたしは固唾《かたず》を呑んだ。どんな話かしら？

「聞こう」父はうなった。

＊

カーマイケルは静かな声で状況を説明した。彼はもう長年にわたって、フォーセット上院議員の行跡と、ティルデン郡の政治屋たちを追っていたのだ。連中はほぼひとり残らず、所得税の不正で連邦政府から嫌疑をかけられていた。

彼は遠まわりな方法で、まんまと内部に潜入することに成功した。フォーセット上院議員の秘書になってから――おそらく彼の前任者が、なるべく早く追い出されるように仕向けて、後釜に坐ったのだろう――カーマイケルは少しずつ、少しずつ、フォーセットの仲間たちの脱税の証拠になる文書を集めていたのだ。

「アイラもか？」父は訊ねた。

「ひどいもんですよ」

上院議員がファニー・カイザーに宛てて書いた手紙の中で、〝C〟と頭文字で表現していたのは、おそらくカーマイケルのことだろう。カーマイケルは屋敷の外から通話を傍受していた。

しかしそのしかけが見つかってしまい、それ以来、身をひそめていたというわけだった。

「カーマイケルさん、ファニー・カイザーって、どんな女性ですか？」わたしは訊ねた。

「ティルデン郡におけるあらゆる犯罪に関わっていますよ。フォーセットのお仲間たちと手を組んで——彼ら政治家たちからは保護を受け、引き換えにたんまりと礼をはずんでいるわけです。ヒューム君がじきにすべてを明るみに出すでしょう、そうすれば、あの一味は一巻の終わりだ」

フォーセット医師は、弟の上院議員の大きな背中のうしろからあれこれ指示を出す頭で、何も知らない無実のエライヒュー・クレイを利用して新たな副業に手を伸ばそうとしている、いったい何本腕があるのかわからない蛸《たこ》の化け物のような奴だ、とカーマイケルは言った。そして彼は父に、郡やリーズが、クレイの知らないところで彼の会社に大理石売買の契約を違法に結ばせる、その方法について、詳細な情報をたっぷりとくれた。父は逐一、メモを取った。

「それよりも、いまこうしてあなたに伝えに来た内容の方がはるかに重要です」諜報員はきびきびと続けた。「上院議員の身辺を整理するという名目で、私がまだ、あの屋敷にいられるうちに、打ち明けておいた方がいいと判断しました……私は殺人事件に関して、非常に興味深い情報をつかんだんです！」

父もわたしも仰天した。「じゃあ、あなたは犯人をご存じなの？」わたしは叫んだ。

「いいえ。しかし、私だけがつかんでいる事実がいくつかあります。ですが、ヒューム君に打ち明けるわけにいかないんです。その情報を得た方法を説明するには、私の素性も言わなければばなりません。でも、それはまだ明かしたくない」

わたしはしゃんと背を伸ばした。これこそわたしがずっと望んでいた、最後の重要な小さな点なの？

「私は何ヶ月も上院議員を監視していましてね。殺人の夜、彼が私を外出させた時、なにか怪しいと思いました。どうにも不自然で、それで家を離れずに何が起きるか見届けることにしたんです。それで、玄関を出て階段をおりたあと、庭の小径《こみち》からはずれた植え込みの裏に隠れていました。これが九時四十五分のことです。それから十五分間は誰も来ませんでし——」

「ちょっと待って、カーマイケルさん」わたしはすっかり興奮して叫んだ。「あなたは九時四十五分から十時まで、玄関のドアをずっと見ていたっていうこと？」

「もっとですよ。十時半に、家の中に戻るまでです。それはともかく、続けさせてください」

わたしは思わず叫びそうになった。勝ったわ！

彼は続けた。——十時になると、眼の下まで覆面で隠した男がひとり、庭の小径を急ぎ足で歩いてきて、階段をのぼり、玄関の呼び鈴を鳴らした。上院議員がみずから招き入れた。曇りガラスの向こうにフォーセット上院議員のシルエットが映ったのが、カーマイケルに見えたのだ。その男のほかに、家にはいっていった者はいない。十時二十五分、同じ覆面姿の者が、ひとりきりで出てきた。それから五分間、カーマイケルは待った。いよいよ怪しみながら、十時半に家の中にはいってみると、机の向こう側でフォーセットが死んでいた。残念なことに、カーマイケルはひとりで来た訪問者の人相などを説明することはできなかった。男は眼の下まで覆面していたうえ、家の外は真っ暗だった。そう、アーロン・ドウだったとしてもおかしくはないのである。

わたしは苛立って、その可能性を振り払った。時刻。時刻よ！　これが何よりも重要だわ。

「カーマイケルさん」わたしは緊張して言った。「家を出た瞬間から、もう一度はいるまで、あなたは玄関のドアから、間違いなく目を離さなかったんですか？　絶対に？　そのひとりの覆面のほかは、本当に誰ひとり出入りしていないんですね？」

彼は傷ついたようだった。「いや、お嬢さん、確実でなければそんなことは言いませんよ」

「それと、出てきたのは、はいっていったのと同一人物ですか？」

「ええ、絶対に」

わたしは深く息を吸った。必要なのは、あともうひとつだけ。それで、わたしの推理は完璧になる。「書斎にはいって、上院議員が亡くなっているのを見つけた時、あなたは暖炉の前に足を踏み入れましたか？」

「いいえ」

*

わたしたちはお互いに沈黙を約束しあって別れた。クレイの屋敷に戻るまで、わたしの口の中はからからに乾いていた。推理の美しさと単純さに、我ながら怖くなる……ダッシュボードのライトに照らし出された父の顔を盗み見ると、顎《あご》をしっかりと引き締め、思い悩んでいるような眼をしていた。

「お父さん」わたしは優しく声をかけた。「わたし、わかったの」

「うん？」

「アーロン・ドウは無実だってこと、いまならもう証明できるわ」

突然、車が大きく蛇行して、父は小声で罵《ののし》りながら、どうにか軌道を修正した。「また始まった！　じゃあ、おまえはそうやってふんぞりかえって、さっきカーマイケルの言ったことがドウの無実を証明するって言うのか？」

「ううん。でも、推理の最後の小さなピースがはまったわ。だからもう、ダイヤモンドのように一点の曇りもないのよ」

父は長いこと、無言で運転していた。そして、言った。「物証があるのか？」

わたしはかぶりを振った。「法廷に提出できるような証拠はひとつもないの」わたしは沈んだ声で答えた。

父はうなった。「パティ、ともかく、お父さんに話してみたらどうだ」

わたしは話した。それから十分ほど、風が耳をかすめていくのを感じながら、熱をこめて話し続けた。父は何も言わずに聞いていたが、わたしが話し終わると、うなずいた。

「なるほど」父はつぶやいた。「えらいもんだな。まったく、レーン大先生の奇跡みたいな推理をえんえん聞いてるみたいだったぞ。しかし、なあ――」

わたしはがっかりした。かわいそうな父は、どうしようか決めあぐねて悩んでいるのだ。

「参った」父はため息をついた。「パティや、こりゃあ、お父さんの手には負えん。そもそも、こいつを判断する資格がお父さんにはない。ただ、ひとつだけ、どうにも腑に落ちない点がある。なあ、パティ」ハンドルを握る父の両手にぐっと力がこもった。「ちょっとふたりで旅行に行こうか」

わたしは仰天した。「お父さん！　まさか、いまから？」

父はにやりとした。「明日の朝だよ。ここはひとつ、あの偏屈屋のところに行って、相談する方がいいと思う」

「もうお父さんってば！　わかるように言って。誰に会いに行くの？」

「レーンに決まってるじゃないか。おまえの推理に何か問題があれば、あのじいさまならきっと見つけてくれる。とにかく、お父さんはこのままここにいても、どうしようもないからな」

そんなふうに事は運んだ。朝になると、父は情報の出どころは明かさずに、フォーセット医師の陰謀に関してわかった事実をすべて、エライヒュー・クレイに打ち明けたうえで、わたしたちが戻るまで、絶対に何の行動も起こさないように忠告した。

それから、わたしたちは出発した。が、あまり希望は抱いていなかった。

9　論理学の講義

ハムレット荘はどこまでも広がる鮮やかな青天井の下、何千という小鳥の鳴き声の壁に囲まれて、緑の絨毯をしきつめた真ん中で、ぬくぬくとくつろいでいるように見えた。超のつく文明的な世界で教育を受けたわたしは、大自然の単純な美に胸を打たれて、ため息をつくおしとやかなレディとはほど遠かったはずだ。それなのに、この楽園の甘美さと力強さにうっとりしてしまい、昨今の煤《すす》だらけの空気と鋼だけの建物の中で生きるハードボイルドかぶれの若い娘らしくもなくはしゃいで、息をはずませていたことは、告白しなければならない。

ドルリー・レーン氏はいぐさを編んだハンモックの上であぐらをかいてひなたぼっこをしていた。その顔にはほんの少し、苦々しい表情が浮かんでいる。よく見ると、スプーンの縁からこぼれそうなほどたっぷりな薬を、小鬼みたいなクェイシー老人の手で飲ませてもらっているところだった。小さな老人は、古い革でできたような顔を心配そうに歪《ゆが》めている。レーンさんはどろりとした薬を飲みこむと、顔をしかめ、裸の身体に木綿のローブをいっそうかき寄せた。上半身は七十歳という年齢にしてはきたえられていたが、痛々しく痩せており、あまり健康がすぐれないのは明らかだった。

その時、ふと顔をあげた彼は、わたしたちを見つけた。

「サム警視!」レーンさんは顔を輝かせて、叫んだ。「しかもペイシェンスさんまで! これはまた、おまえのくれる薬よりも、ずっといい薬だよ、キャリバン!」

レーンさんは勢いよく立ち上がると、わたしたちの手を嬉しそうに握った。興奮して、眼をきらめかせ、子供のように大はしゃぎで、心から大歓迎してくれるその様子に、わたしたちの方が恐縮してしまった。彼はクェイシーに冷たい飲み物を取りにやらせると、わたしを彼の足元に坐らせた。

「ペイシェンスさん」彼は真顔でわたしをじっと見た。「あなたはまさに、天が遣わされた一服の清涼剤ですよ。それで、おふたかたはなぜ、拙宅に来ようと思われたのでしょう? 大歓迎です、こんなにありがたいことはない」

「具合が悪いんですか?」父はひどく心配そうな眼をして訊いた。

「ひどいものです。寄る年波には勝てませんな。医学の本に出てくる、ありとあらゆる病気と契約を結んだ気がしますよ……そんなことより、さあ、おふたりの旅のお話を聞かせてください。どうでした? 調査はどんな具合です? もうその詐欺師のフォーセット医師とやらは檻の中ですか?」

父とわたしはびっくりして顔を見合わせた。「レーンさん、新聞をごらんになってないの?」わたしはようやく訊ねた。

「えっ?」レーンさんは微笑を消し、鋭くわたしたちを見つめた。「ええ。主治医たちから今日まで、刺激になるものは一切、禁じられておりましたので……おふたりの顔を見るかぎり、何か、まったく予想外のことが起きたようですな」

そこで、父はジョエル・フォーセット上院議員が殺害された事件について語った。〝殺害〟という単語を耳にしたとたん、老紳士の鋭い眼がきらめき、頬はさっと紅潮した。まったく無意識に、彼は木綿のガウンを脱ぎ捨て、深く息を吸いこんだ。そして、父からわたしの方に向きを変えると、おそろしく的を射た質問をいくつも投げてきた。

「ふむ」質問が終わると、彼はそう言った。「興味深いですね。実に興味深い。しかし、なぜおふたりは現場を離れられたのですか？　ペイシェンスさん、あなたらしくもない。追跡をあきらめたのですか？　私はてっきり、あなたなら器量よしの小さな警察犬のように、最後の最後まで食らいつくと思っていましたよ」

「ああ、娘なら食らいついてます、がっぷりね」父はうなった。「実を言うと、レーンさん、警察はいま、手詰まりなんですよ。パティには考えがあるらしいんですが――まったく、うちの娘は口をきいたら、あなたそっくりだ！　まあ、ともかく、こうして来たのは、あなたにアドバイスをもらいたいと思いまして」

「もちろん、さしあげますよ」レーンさんは悲しげに言った。「お役に立てればいいのですが。最近はとんと自信がなくなってまいりましてな」ちょうどこの時、クェイシーがサンドイッチと飲み物をのせたテーブルをかかえて、えっちらおっちらと戻ってきた。わたしたちが、がつがつとそれを平らげているのを、レーンさんは黙って見守りながらも待ち遠しそうにしていた。

「では」わたしたちが食べ終わるのとほぼ同時に、レーンさんは訊ねてきた。「最初から最後まで、細大もらさずお聞かせください」

「話してくれ、パティや」父はため息をついた。「まったく、歴史ってのは繰り返すもんだ！　覚えてますかね——あれはいつだ——十一年前、かな？　ブルーノと私が初めてあなたにハーリー・ロングストリート殺しの件で相談にきた時のことを。あれからずいぶんたちましたなあ、レーンさん」

「あなたはそうやっていつも、私に輝かしい過去を思い出させようとなさる。困ったお人だ」老紳士はつぶやいた。「どうぞ、始めてください、ペイシェンスさん。一瞬たりとも、あなたのくちびるから眼を離しませんから。何ひとつもらさずに、お願いします」

そういうわけで、わたしはフォーセット上院議員殺人事件の長い話を語った。出来事も、事実も、登場人物の印象も、何もかも、それこそ外科医さながらの緻密さで細大もらさず描写した。レーンさんは象牙の仏像のようにじっと坐ったまま、眼という名の耳でわたしの話を聞いていた。そして、まるでわたしの言ったことに重大な意味があると気づいたかのように、何度かあのすばらしい眼をきらめかせ、軽くうなずいていた。

例の道路脇の宿でカーマイケルから聞いた証言も交えて、わたしはこの日までの時系列に沿ってすべてを説明し終えた。すると、彼は元気よくうなずいて、微笑むと、暖かな芝生の上に、あおむけに寝転がった。

父もわたしも無言で待っていた。空を仰ぐレーンさんの、彫刻のような横顔は奇妙なほど無表情だった。わたしは眼を閉じて、ため息をつき、どんな判決が下るか、どきどきしていた。

わたしの分析に何か見落としがあっただろうか？　何度も何度も考えて、脳に刻みこまれた推理のあらましを話してほしいと言われるだろうか？

わたしは眼を開けた。レーンさんはまた身を起こしているところだった。

「アーロン・ドウは」彼は、ごく自然に響く豊かな声で言った。「無実ですね」

＊

「やったあ！」わたしは叫んだ。「どう、お父さん、あなたの娘もまんざらでもないでしょ？」

「お父さんは、あいつが無実じゃないとはひとことも言ってないぞ」父はぶつぶつと言った。

「気になってるのは、おまえがそこにたどりついた過程だ」父は二度、太陽に向かって眼をしばたたかせると、ひたとレーンさんを見つめた。「あなたはどうしてそう思ったんです？」

「では、お嬢さんも同じ結論に達したのですね」レーンさんは静かに言った。「あなたを見ていると、サミュエル・ジョンソンの詩の定義を思い出します。詩の本質は発明――すなわち、驚きを生み出す発明であると。あなたというかたは実に驚嘆すべき詩そのものですな、ペイシエンスさん」

「ま、先生ったら」わたしはわざと厳しく言った。「まるで口説き文句に聞こえましてよ」

「すてきなお嬢さん、私がもっと若ければ……さて、ではあなたがどうやって、アーロン・ドウが無実であると結論づけたのか、教えていただけますか」

わたしは彼の足元の芝生にゆったり坐ると、自分の考えを意気ごんで語りだした。

「フォーセット上院議員の右腕に、ふたつの特徴的な傷がついていました。ひとつは手首の少し上にナイフでつけられた傷、もうひとつは――検死官のブル先生のお話では、絶対にナイフの傷ではないそうです――それよりも十五センチほど上にありました。さらに、ブル先生は、どちらの傷もわたしたちが死体を見つける直前、ほぼ同時につけられたものだとおっしゃっています。この証言の内容は、直近に起きた事件と時間的にぴったり合いますから、わたしはどちらの傷も殺人の最中についたものだと考えるのが妥当だと考えました」

「なかなかすばらしい」老紳士はつぶやいた。「ええ、おっしゃるとおりでしょうな。どうぞ、続けてください」

「そのことがはじめからずっと気になってしかたなかったんです。つまり、どうやってふたつの異なる傷が――もっとわかりやすく言えば、二種類の明らかに違う物による傷が――同時につけられたのか。だって、ちょっと考えただけでも、ものすごく不自然でしょう。わたしはとても疑り深いたちなんですよ、レーンさん。だから、まずこの点をはっきりさせなくちゃって思ったんです」

彼は顔じゅうほころばせていた。「ペイシェンスさん、私はあなたが半径二万キロ以内にいらっしゃる間は、絶対に人を殺さないことにしましたよ。まったく鋭いお嬢さんだ！　それで、どういう結論を出されたのです？」

「ええっと、ナイフの傷は簡単に説明がつきます。机の前の椅子に坐っていた死体の姿勢から、ある程度、殺人の状況を再現するのは簡単ですから。犯人は被害者と向かいあって立っていました。机をはさんで真正面か、少しはす向かいに。そして犯人は、机の上にあったペーパーナイフをつかんで、被害者に向かって突き出します。すると、次は何が起きますか？　上院議員は本能的に、攻撃を避けようとしてとっさに右腕をあげるでしょう。それでペーパーナイフが彼の手首をかすめて、切り傷をつけたんですよ。これが唯一の、わたしが事実から推定できる再現図です」

「まるで写真を見るようですよ、お嬢さん。実にすばらしい。では、ほかには？　もうひとつの傷については？」

「それなんですけど。もうひとつはナイフの傷ではありませんでした。すくなくとも、上院議員の手首に切り傷をつけたナイフによる傷ではないはずです。だって、その傷は――なんていうか、すぱっとしたきれいな傷じゃなくて、裂けたような、表面がぎざぎざの傷なんですよ。このふたつ目の傷は上院議員の腕に、手首をナイフがかすめたのとほぼ同時につきました。もっときちんと言えば、右腕の、ナイフでついた傷より十五センチくらい上についています」わたしは深く息を吸った。「つまり、それは犯人の手に握られたナイフの刃から十五センチくらい離れた場所にある、刃物ほど鋭利でないものの、ひっかき傷がつくような何かによるものだったんです」

「おみごとですな」

「言い換えれば、ふたつ目の傷の説明をするためには、犯人の腕にくっついている物を探さなければならないということです。じゃあ、犯人が握っているナイフの刃から十五センチくらい離れて、腕にくっついている物って何でしょう?」

老紳士は勢いよくうなずいた。「ペイシェンスさん、あなたの出した結論は?」

「女性のブレスレットです」わたしは勝ち誇って叫んだ。「宝石がついていたり、細工がされていたりするような。それがフォーセットのむき出しの腕をひっかかいたんです――ほら、彼はシャツ一枚で、上着を着てなかったでしょう――ナイフが彼の手首をかすめた時に!」

父は口の中でぶつくさ言い、レーンさんは微笑んだ。「これもまた鋭い推理ですが、お嬢さん、ずいぶん限定されますな。すると、フォーセット上院議員を殺したのは女、ということですか? 必ずしもそうとはかぎらないでしょう。腕を振り上げた時に、女性のブレスレットと同じ位置で、男の腕についている物がありませんか……」

わたしはぽかんとしてレーンさんをまじまじと見てしまった。どうしよう、最初の間違い? 脳が沸騰するほど、ぐるぐると考える。その時、気がついた。「ああ、男性のカフスボタンのことですか? もちろん! それは考えましたけど、女のブレスレットの方がぴったりくるように、直感的に思ったんです」

レーンさんは首を横に振った。「それは危険だ、ペイシェンスさん。そんなことをしてはいけません。あくまでも論理的に可能性を追求なさい……ともかく我々は考察を経た末にようやく、犯人が男か女のどちらかである、と推定できる地点にたどりついたわけです」彼はくすりと微笑んだ。「こんな結論になってしまうのは単に、完全に理解できていないことが問題なのでしょう。詩人のアレグザンダー・ポープは、すべての不調和は、理解されていない調和のことである、と言っています。理解できさえすれば……まあ、それはそれとして、ペイシェンスさん、続けてください。あなたは実にすばらしいですよ」

「レーンさん、その男か女か知りませんけど、ナイフを使うことで二本の傷をつけた人間についてひとつだけは、はっきりしています。犯人は左手でフォーセット上院議員に切りつけたんです」

「なぜ、わかります？」

「単純な論理です。ナイフの傷は上院議員の右手首に、カフスボタンか何かの傷はそこからさらに十五センチくらい上の右腕についていました。もっと言えば、カフスの傷はナイフの傷より左側にあったんです。ここまでは大丈夫ですよね？　じゃあ、もし犯人が右手にナイフを持っていたとしたら、カフスの傷はナイフの傷よりも右側につくはずです。これはためしてみればすぐにわかります。言い換えると、右手でナイフを持っていれば、カフスの傷は必ず右側につくし、左手でナイフを持っていれば、カフスの傷は左側につくということです。実際はどうだったでしょう？　カフスの傷はナイフの傷の左側にありました。それでわたしは、犯人が一撃をふるった時に左手を使ったと結論を出したんです。逆立ちしてたんなら話は別ですけど、そんな馬鹿げたことするはずないですし」

「警視さん」老紳士は優しい口調で言った。「あなたはお嬢さんを誇りに思うべきです。まったく信じられませんな」彼はつぶやきながら、わたしに微笑みかけた。「かくも明確な推理を、若い娘さんがやってのけるとは。ペイシェンスさん、あなたは——まさに宝石です。続けてください」

「レーンさん、ここまでは同意してくださいます?」

「私はあなたの推理の揺るぎない必然の前にひれ伏しましょう」彼はくすくす笑った。「ここまでは完璧です。しかしお嬢さん、気をつけなさい。ひとつ、とても重要な点をまだ示しておられませんよ」

「そんなことないです」わたしは言い返した。「あっ、ええ！　たしかにまだ示していませんけど、それはただ、そこまで話が進んでなかっただけで……アーロン・ドウはアルゴンキン刑務所に投獄された十二、三年前には右利きでした――これはほかの事実と一緒に、マグナス所長が話してくれたことです。レーンさんがおっしゃりたかったのは、このことですか?」

「そうです。私はあなたがそれをどう解釈されるのか、興味があります」

「わたしはこう思うんです。アルゴンキンに来てから二年後に、アーロン・ドウは事故で右腕が麻痺してしまいました。それから、彼は左手だけを使って生活するすべを身につけます。言い換えると、彼はこの十年間、左利きだったんです」

　父が立ち上がった。「そこなんですよ、レーンさん」父は叫ぶように言った。「そこんとこで、私はぐらついてんです」

「あなたが何を気に病んでいるのか、なんとなくわかりますよ」老紳士は言った。「続けてください、ペイシェンスさん」

「わたしは何も気に病むことなんてないし、もうはっきりしてます」きっぱりとわたしは言った。「専門家じゃないから常識と観察でしか裏打ちできませんけど——右利き性《デクストラリティ》と左利き性《シニストラリティ》（こんな言葉があったかしら？）は、腕と同じように脚にも作用するはずなんです」

「おまえはどこの国の言葉を喋ってるんだ」父はうなった。「どこでそんな言葉を覚えてきた」

「お父さんたら！　わたしが言ってるのは、生まれつき右利きの人は、脚も右利きだってことよ。同じように、左利きの人は、脚も左利きってこと。わたしは右利きでしょ、だから、脚も右をいつも優先して使うわ。わたしが見て知ってるかぎり、誰でもそうよ。レーンさん、わたしのこの仮説はおかしいですか？」

「ペイシェンスさん、私は医学の権威でもなんでもありませんが、その点については、医学もあなたの見解を支持すると思いますよ。それで？」

「ええと、ここまでの前提を認めてくださったら、次にわたしが主張したいのは、右利きの人間が右手を使えなくなってから、アーロン・ドウのように十年間、左手を使う訓練を積んだら、両脚とも無傷だったとしても、いつの間にか無意識に、脚まで左利きになってくるはずだっていうことなんです。そして、父が疑ってるのはそこなんですよ。でも、わたしのこの主張は論理的だと思いませんか？」

　レーンさんは眉を寄せた。「ペイシェンスさん、生理的な事実が常に論理どおりとはかぎりませんよ」わたしはがっかりした。もし、この点がだめだと言われたら、わたしの推理全体が崩壊してしまう。「ですが」——その言葉に、わたしの胸に希望がよみがえった——「あなたのお話にはもうひとつ、大いに助けてくれる事実があります。それは、アーロン・ドウの右眼が、右腕が麻痺するのと同時期に見えなくなったことです」

「そいつで何が変わるんですかね？」父は面食らっていた。

「警視さん、それはもう、たいそう変わります。数年前ですが、私もちょうど、その筋の権威に同じ問題について相談したことがありましてね。左利きか右利きかがとても重要な問題になった、あのブリンカー事件を覚えておいででしょうか？」父はうなずいた。「私が相談した先生によると、右利き左利きについての論理でもっとも医学者に支持されているのは、視覚説なのだそうです。私の記憶が正しければ、先生がおっしゃるには、視覚説では、幼児期のあらゆる自発的な動作は、視覚に依存していると。そしてまた、眼、手、脚、話す、書く、これらに関する神経の刺激はすべて脳の同じ部位に——部位の名前は忘れてしまいましたが——直結しているとも。


さて、視覚はふたつの眼で作られますが、同時に、ひとつひとつの眼球は独立した器官であり、それぞれの眼が見た映像は、完全に独立して別々に、意識に到達します。そして、ふたつの眼のうち、ひとつが銃のように〝照準〟を合わせるのですよ。その照準を合わせる眼が、その人の左利きか右利きかを決定します。もし、照準を合わせる眼が見えなくなれば、その能力はもう片方の眼に移るのです」

「何をおっしゃりたいのか、わかります」わたしはゆっくりと言った。「つまり、視覚説によれば、右利きの人は右眼で照準を合わせる。そしてもし、右の視力を失い、左眼ばかりを使うようになると、照準を合わせる機能も左眼に移るので、それが生理的な機能に影響し、手も左利きに変化する、ということでしょう？」

「大ざっぱに言えば、そうです。むろんほかにも習慣など、いろいろな要素もからんでくるのは承知しておりますよ。しかし、ドウは確実に十年間、左眼だけに頼り、腕も左ばかり使っているのです。こうした場合は、その生活習慣と神経の働きの交替によって、脚も左利きに変化して不思議ではないと思うのですよ」

「すてき！」思わず声をあげた。「わたしって、冴えてる！　全然、間違った事実から、結局、正しい答えを出していたんだわ……それじゃ、もしアーロン・ドウがこの十年間で、手と同じように、脚も左利きになっていたというのが本当だとしたら、証拠の中にとんでもない矛盾があることになるんです」

「ふむ、あなたは、犯人が左手を使ったに違いないことを証明された。つまり、犯人の特徴はドウと符合すると。それで、矛盾というのは？」

わたしは震える指でたばこに火をつけた。「別の角度から見てみましょう。わたしが話の中で、暖炉の灰に足跡がひとつ残っていたと言ったのを覚えてらっしゃいますか——右足の。ほかのいろいろな事実から、誰かが何かを燃やして、踏み消したことはわかっています。それが、その右足の跡です。ところで、火を踏み消すという行為は——この主張を否定する人がいたら、髪の毛をむしり取ってやるわ！——まったく無意識の、本能的な動作のはずでしょう」

「疑いの余地はありませんな」

「誰だって、もし何かを踏みつけようとしたら、使い慣れてる足を使うものですよね。あ、利き足が右の人でも、姿勢や位置の関係で左足を使うことがあるのはわかってますよ。でも、あの暖炉の灰を踏みつけた人は、そういうケースに当てはまらないんです。だって、最初にお話ししたとおり、暖炉で何かを燃やした位置のすぐ前にある敷物に、左のつま先の跡が残ってるんだもの。つまり、その人物は火を消すのに、どちらでも好きな足を使えたんです。それなら、普段から使い慣れた方の足で踏み消すはずだわ。でも、この人はどっちの足を使ってますか？　右足です！　ということは、犯人の利き足は右であり、必然的に、利き手も右ということになります！」

　父は聞き取れないくらい小声でぶつくさ言った。老紳士はため息をついて、言った。「それで結局、何がどう矛盾していることになるのですか？」

「ですから、ナイフを使った人物は左手を使ってますよね。そして、灰を踏みつけた人物は右利きのはずです。言い換えれば、ふたりの人物がいるように思えます。殺人を犯した人物は左利きで、紙を燃やして踏み消した人物は右利き、ということです」

「それの何がいけないのですか、お嬢さん？」老紳士は優しく言った。「あなたのおっしゃるとおり、ふたりの人間が関わっていた。それが何だと言うのです？」

　わたしはまじまじと彼を見た。「本気でおっしゃってるの？」

　レーンさんはくすくす笑った。「さあ？」

「もう、冗談ばっかり！　続けますよ。この結論がどんなふうにアーロン・ドウに影響するでしょう？　とにかく、ドウがどんな形で関わっていたとしても、紙を燃やして踏み消した人間でないのは確実です。もしドウなら、左足を使ったはずですから。それはさっき、はっきりさせましたよね。そして、実際には右足で踏み消されています。

いいですか？　それなら紙が燃やされたのは、いつでしょう？　机にのっていた便箋《びんせん》はおろしたてでした——まだ二枚しか用紙がなくなっていません。フォーセット上院議員が致命傷を負うと、坐っていた目の前の机に血が飛び散りました。机の上の吸い取り紙に広がった大きな血の染みは、端の一部が直角にえぐれています。直角の白い部分は、吸い取り紙の上に便箋がのっていたあとです。そして、便箋のいちばん上の用紙は、わたしたちが見つけた時は真っ白でした——全然、血がついていなかったんです。でも、どうしたらそんなことになるでしょう？　もしいちばん上の用紙が、上院議員の殺された時に、机にのっていたものだとすれば、当然、それは血がべったりついていたはずです。なぜなら、その下に敷いてあった吸い取り紙は、血だらけだったんですから。ということは、わたしたちが見つけた時にきれいだった用紙は、上院議員が出血した時にいちばん上だった紙ではないんです。言い換えれば、もともといちばん上で、実際に血だらけになった紙が別にあるはずで、汚れた紙は、便箋の台紙からはぎ取られて、わたしたちが便箋を見つけた時には、その下のきれいな紙がいちばん上になっていたことになります」

「ええ、たしかに」

「ところで、わたしたちはなくなった二枚の用紙のうち、一枚はすでに特定しました。フォーセット上院議員自身が殺される前に使って、ファニー・カイザーに宛てた封筒の中に入れた紙です。すると、唯一、見つかっていない用紙は――暖炉の火格子の上で燃やされた紙は、便箋の用紙と同じものだと、父が自分で確かめているとおり――あるはずなのにない血だらけの紙、つまり、便箋のいちばん上からはぎ取られた紙に違いないんです。

でも、この行方不明の紙に血がついていたとすれば、それは殺人のあとにはぎ取られたに違いありません。だって、そもそも紙を血で汚した原因は、殺人なんですから。ということは、燃やされたのも殺人のあとだし、火を踏み消したのも殺人のあとです。燃やしたのは誰でしょう？　殺人犯でしょうか？　でも、もし殺人犯と、紙を燃やして踏み消した人が同一人物なら、ドウはわたしが証明したとおり、紙を燃やして踏み消した人ではありえないんですから、殺人犯のはずがないんです！」

「いや、いや！」老紳士が優しく声をあげた。「ペイシェンスさん、そう急がないでください。あなたは殺人犯と火を踏み消した人間は同一人物であると推定されました。しかし、証明できますか？　証明する方法はちゃんとありますよ」

「なんだって！」父はうめいて、仏頂面《ぶっちょうづら》で足元を睨みつけた。

「証明ですか？　もちろん！　殺人犯と火を踏み消した人物が、別々にふたりいると仮定しましょう。ブル先生のお話では、殺人は十時二十分に起きています。カーマイケルは家の外で九時四十五分から十時半まで見張っている間に、たったひとりの人間が家にはいり、同じ人間が出ていくのを見ていました。さらに、家は警察に上から下まで捜索されましたから、誰も隠れていないとわかっています。カーマイケルが死体を見つけてから、警察が到着するまでの間に家を出ていった者はいません。カーマイケルが見張っていた玄関のドア以外の場所から家を出ることはできませんでした。なぜなら、ほかのドアも窓も全部、内側から鍵がかかったままだったからです……」父がまたうめいた。「ね、すごいでしょう、レーンさん！　だって、関わっていた人間はふたりじゃなくて、最初から最後までひとりだったたって意味ですもの。それなら、現場の部屋にいた唯一の人間が、殺害を実行し、紙を燃やして踏み消したことになりますよね。でもアーロン・ドウは、わたしが証明したとおり、踏みつけた人物ではありえません。つまり、アーロン・ドウは殺人者でもありえないということになります。ゆえに《エルゴ》、アーロン・ドウは子供時代のわたしと同じくらい潔白です！」

＊

ここでわたしは、ひと息ついて、ほめ言葉を待ちながら、疲れを癒やすために、口をつぐんだ。

レーンさんは少し悲しそうだった。「警視さん、とうとう私は自分が社会の役立たずになってしまったと、思い知りましたよ。あなたは本物のホームズを生み出された。おかげで、私が世間にほんの少しばかり貢献してきた役割も取り上げられてしまいました。いや、お嬢さん、実に鮮やかな分析です。まったくあなたのおっしゃったとおりだ――お話のここまでは」

「ちょっと待った」父は怒鳴ると、がばっと立ち上がった。「まだ、話の先があるんですか？」

「もっともっとあるはずですよ、警視さん。それも、はるかに重要なことが」

「それはつまり」わたしは意気ごんで言った。「わたしがまだ当然の帰結を引き出してないって意味ですか？　もちろん、そんなのとっくに出てます――ドウが無実なら、誰かが彼をはめたんです」

「それで？」

「ドウをはめた敵《かたき》は右利きです。ドウを殺人犯に見せかけるために、わざと左手を使って辻褄《つじつま》を合わせようとしたものの、無意識に右足を使ったので、本当は右利きだと明かしてしまったんだわ」

「ふうむ。私が申し上げたのはそういう意味ではなかったのですが。あなたははるかに驚くべき推理の材料になる別の要素を見過ごしておいでか、それとも、考慮しておられないようですな！」

父は完全にお手上げというポーズを取った。わたしはというと、小さくなっておそるおそる言った。「どういうことでしょう？」

レーンさんがわたしに鋭い一瞥《いちべつ》をくれて、一瞬、わたしたちの視線が交差した。すると、彼は微笑んだ。「では、あなたもお気づきになったのですな？」

そして彼は考えにふけり、わたしはわたしで、尖《とが》った草をもてあそびながら、どう答えようかと迷っていた……

「いいですかね！」父ががらがら声で言った。「私も訊きたいことがあります。いま思いついたんですが。なあ、パティ、教えてくれ。敷物に左のつま先の跡をつけた奴が、火を踏み消した奴と同一人物ってのは、なんでわかるんだ？　お父さんもたぶんそうだろうとは思ってるが、証明できなけりゃ、おまえのごりっぱな推理も水の泡じゃないのか？」

「教えてあげなさい、ペイシェンスさん」レーンさんが優しく言った。

わたしはため息をついた。「お父さんってば！　本調子じゃないみたいね。たったひとりの人間しか関わってないって、わたし、証明しなかった？　カーマイケルに、暖炉の前の敷物を踏んだかどうか訊いたら、踏んでないって、あの人、言わなかった？　それに、ヒュームさんがあの足跡は絶対にフォーセット上院議員のじゃないって、言ってなかった？　なら、殺して、紙に火をつけて、踏み消した犯人以外の、いったい誰に、あのつま先の跡をつけられたって言うのよ？」

「わかった、わかった！　じゃあ、これからどうしたらいいんだ？」

レーンさんが眉を上げた。「警視さん！　もちろんそんなことは自明の理ではありませんか」

「何が？」

「我々の今後の動きかたですよ。おふたりはいますぐリーズに戻って、ドウに会わなければなりません」

わたしは顔をしかめた。ドウに会うと思うだけで気が重いのだ。一方、父は完全に面食らっていた。「ドウに会う？　なんでです？　あいつのしけた面を見たって、イライラするだけなんですがね」

「しかし、警視さん、これは何よりも大切なことなのですよ」レーンさんはハンモックからさっと立ち上がると、木綿のガウンを羽織った。「裁判の前に、なんとしてもドウに会わなければなりません……」そこまで言って、急に考えこんだと思うと、その眼が輝いた。「どうでしょう、警視さん、やはり、私もお仲間に入れていただきたいと思うのですが、いかがですかな！　加わる余地があるでしょうか、それとも、あなたのご友人のジョン・ヒュームさんは、私などお呼びでないと言われるでしょうか？」

わたしは叫んだ。「やったあ！」父もまた嬉しそうな顔をしていた。「いやあ、そりゃ、願ったりかなったりですよ。私は別に、うちのパティを見くびってるわけじゃないが、レーンさんがじきじきに手がけてくれるんなら、こんなにありがたいことはありません」

「でも、どうしてドウに会わなきゃならないんですか？」わたしは訊いた。

「よろしいですか、ペイシェンスさん、我々はいくつかの事実から、完璧で美しい推理を構築しました。今度は――」レーンさんは裸の腕を父の肩にまわし、わたしの手を取った。「――いったん推理をやめて、いくつか実験をする時です。しかし、それでもなお」彼は眉を寄せて言い添えた。「我々は森の中から抜け出せないでしょう」

「どういう意味ですか？」

老紳士は静かに言った。「我々はフォーセット上院議員を殺した真犯人が誰なのか、一週間前と変わらず、わからないままということですよ」

10　牢での実験

ハムレット荘で、私たちは、すでに〝キャリバン〟と――つまり、あの比べるもののないクエイシーと顔を合わせていた。それから、レーンさんの執事で、あらゆる雑用係でもある〝フォルスタッフ〟の天使の微笑みに癒やされもした。そしていまは、魔法を完結させるかのように、わたしたちはこの広大な城館の敷地から、老紳士が〝ドロミオ〟と呼ぶ、赤毛でいつもにこにこしている〝馬車係〟に導かれて、出発した（キャリバン同様、フォルスタッフもドロミオも、シェイクスピア作品の登場人物）。職業意識の鬼のドロミオは、レーンさんのぴかぴかのリムジンを、フィラデルフィアの腕利き弁護士なみの巧みさと、プリマバレリーナのような軽やかさで操った。彼の運転のおかげで、北部への旅はたとえようもなく美しい、楽しいものになり、わたしは心からこの旅が永遠に続いてほしいと願った。

特に心地よかったのは、ドルリー・レーン氏と父の、笑いに包まれた濃厚な会話だ。というのも、道中のほとんどの時間、わたしはふたりの間に坐って、彼らのむかし話を浴びながら、とりわけ老紳士の演劇界の思い出話に、夢心地でうっとりと耳を傾けていたからである。一緒にいればいるほどレーンさんをいっそう好きになったわたしは、だんだん彼の魅力の秘密に気がついてきた。彼はどんな重苦しさも穏やかなユーモアでやわらげてしまうのだ。そして彼の言うことはいつも議論の余地なく、たしかにそのとおりに聞こえた。何より、そもそもレーンさんの話はとても興味深いのだ。彼は、各界の大物を友人に持ち、たいていの人よりも人生経験がずっと豊かだった。そればかりか、演劇界の黄金時代の有名人とひとり残らず親しかった。……本当に底知れない、誰もが魅了されてしまう人だ。

　プブリリウス・シルス（古代ローマの著述家）いわく〝旅における心地よい同行者は、心地よい乗り物と同じくらいすばらしい〟そうだけれど、わたしたちは最高級の、両方の要素に恵まれていた。なんて早く、この旅は終わってしまったのだろう！　気がつけばあっという間に、車は片側に川のきらめく谷間を下っているところだった。いつしか、すぐそこにリーズの町と刑務所が見えてくると、この旅路は終わりに死が待ち構えていてもおかしくないのだ、と気づいて、思わずぞっとした。丘陵のもやの中でアーロン・ドウの尖《とが》った小さな顔が躍り始めて、わたしはハムレット荘を出て以来、初めて陰鬱な気分になった。というのも、この旅の長い時間、アーロン・ドウの事件は沈黙という名の綿《わた》にしっかりくるまれ、名前すら一度も口にされることがなかったので――わたしは自分たちの目的が、そもそも陰気な性質のものだということをすっかり忘れていたのだ。こうして記憶がよみがえったいま、わたしたちはあのかわいそうな男を、電気椅子の抱擁の中で安いちっぽけな命を痙攣《けいれん》と共に吹き飛ばす運命から救い出せないのではないか、まったく希望のない無駄な慈悲を施す旅をしているだけなのではないか、と不安になってしまった。

＊

エンジンをうならせて幹線道路をリーズに向かってひた走るうちに、個人的な思い出話は途絶え、それから長い間、みんな黙りこくっていた。たぶん、全員が同じように、すべてが徒労に終わるのではないかと不安に駆られていたのだと思う。

やがて、父が口を開いた。「なあ、パティや。町のどこかにホテルを取った方がいいだろ。またクレイの家にやっかいをかけるわけにもいかんだろうしな」

「お父さんのいいようにして」わたしは投げやりに言った。

「だめです！」老紳士が声をあげた。「そんなことをしてはいけない。私もいまやチームに加わった以上、作戦会議における発言権があると存じます。警視さん、あなたとペイシェンスさんはもう少しだけエライヒュー・クレイの家にごやっかいになるのがよろしいでしょう」

「でも、なんでです？」父が言い返した。

「理由はいろいろあります。と言っても、どの理由もひとつだけではたいして意味がないのですが、すべての理由を統合すると、作戦上、こう動かざるを得ないのです」

「わかりました」わたしはため息をついた。「フォーセット上院議員の事件を調べるために戻ってきたと言えば、きっと泊めてもらえるでしょう」

「たしかに」父は記憶をたどりながら言った。「あの汚い事件をまだ完全に調べちゃいないな……でも、あなたはどうするんです、レーンさん？　あなたまで泊めてほしいと頼むのは――

その――」

「ご心配なく」老紳士は微笑んだ。「クレイさんを煩《わずら》わせるつもりはありません。ですが、私にひとつ妙案があります……ミュア神父はどちらにお住まいですかな？」

「刑務所の塀の外にある小さな家にひとりで住んでらっしゃいますよ」わたしは答えた。「そうよね、お父さん？」

「うん。なるほど、そりゃあ妙案だ。たしか、レーンさんの知り合いなんですよね？」

「よく知っています。とてもよいかたですよ。久しぶりに、ご挨拶にうかがって」レーンさんはくすくす笑った。「私の宿代を浮かすことにしましょうか。では、このまま一緒に来てください。そのあと、おふたりはドロミオにクレイさんの家まで送らせます」

父が運転手に目的地を告げると、車は町のまわりを迂回して、小高い丘のてっぺんにそびえる醜い灰色の巨大な建物を目指し、長い坂道を登り始めた。クレイ家の前をまたたく間に通り過ぎ、ほどなくして、刑務所の正門から百メートルも離れていない場所に、つたにおおわれた、木の板張りの小屋が見えた。石塀に沿って晩秋の薔薇《ばら》が点々と咲いていた。ポーチには大きな揺り椅子が、歓迎するように待ち構えている。

ドロミオがクラクションを鳴らすと、レーンさんが小径《こみち》を歩いていく途中で玄関のドアが開いた。戸口に現れたミュア神父は、法衣《カソック》が曲がったままで、柔和な老いた顔をうんとしかめ、分厚い眼鏡の奥で眼をすがめながら、誰が訪ねてきたのか確かめようとしている。

来客の正体に気づくと、神父の顔にとてつもない驚きが浮かび、それは喜びの表情に変わっていった。「ドルリー・レーンさんじゃないですか！」神父は叫んで、熱烈に彼の両手を握った。「この眼が信じられませんよ！　こちらには何をしに？　ああ、嬉しいですよ、本当に。どうぞ、おはいりください、さあ」

レーンさんがどう答えたのかは聞こえなかったが、それからしばらく神父は喋り続けた。そして、人のよさそうな神父は車内のわたしたちを覗きこむと、長い法衣をたくしあげ、急ぎ足で小径を歩いてきた。

「ようこそおいでくださいました」神父は大声で言った。「こんなにお客様が来てくださるとは――」老神父の皺だらけの小さな顔は嬉しそうに輝いている。「皆さんもあがっていかれませんか？　レーンさんには、我が家に泊まっていただくように説得したところです――何か用があってリーズに滞在されるつもりだったそうですね――皆さんもせめてお茶を一杯、飲んで休んでいかれませんか……」

わたしが返事をしようと口を開きかけた時、玄関にいる老優が素早く頭を横に振るのに気がついた。

「あの、本当に申し訳ありません」父が何か言う前に、わたしは急いで言った。「でも、実はもうとっくにクレイさんの家に帰ってないといけない時間なんです。わたしたち、あちらのお家に泊めていただいてるものですから。またの機会にきっと寄らせていただきますね。お招きくださって、どうもありがとうございました、神父さん」

ドロミオは車から重たい旅行鞄をふたつおろして玄関まで運び、雇い主に笑いかけてから、わたしたち父娘《おやこ》を丘の下に連れ帰るために、車に戻ってきた。最後にふたりを振り返ってみると、ちょうど家の中にレーンさんの長身の姿が消えていき、ミュア神父が立ち止まって、名残惜しそうな顔でわたしたちを見送ってくれていた。

わたしたちは特に何の面倒もなく、再びクレイ家の客となった。実際には、わたしたちが車で乗りつけた時、屋敷には年配の家政婦のマーサしかおらず、彼女は当然のように迎え入れてくれたのだ。そんなわけで、自然とわたしたちはもとの寝室のあるじとなった。一時間後にジェレミーと父親が採石場から昼食のために帰宅した時、わたしたちはすました顔で何事もなかったようにポーチでくつろいでいた——平然と見せかけていたものの、実は内心ひやひやしていたのだ。けれども、エライヒュー・クレイは何のわだかまりもなく、心から温かく迎えてくれて、ジェレミーときては、わたしの姿を見たとたん、前に来た時にとても楽しい思い出を残して去り、もう二度と会えないと思っていた人と会えたというように、ぽかんとして、眼が飛び出しそうになっていた。やがて気を取りなおすと真っ先に、わたしを家の裏にあるこんもりと葉の茂った小さな木の陰に連れこみ、顔じゅうに石の粉をいっぱいつけたまま、わたしにキスしようとした。彼の熟練した抱擁からするりと抜け出し、左耳にくちびるがかすめるのを感じた時、わたしはもとの懐かしい家に帰った、と感じずにはいられなかった。

＊

その日の午後、ポーチでのんびりしていたわたしたちは、けたたましいクラクションの音にびっくりした。顔をあげるとレーンさんの長い車がなめらかな動きで車路にはいってくるのが見えた。運転席ではドロミオがにっこりし、レーンさんは後部座席から手を振っている。

それぞれの自己紹介が終わると早々にレーンさんが切り出した。「警視さん、私はリーズの郡拘置所に捕らわれているという、かわいそうな男に会ってみたいのです」まるで、アーロン・ドウの話をちょっと小耳にはさんだので気まぐれに調べてみたくなった、と言わんばかりだった。

父は眉ひとつ動かさずに話を合わせた。「なるほど、どうせ、神父が話したんでしょう。悲しい事件でしたよ。ひょっとして町に行きたいんですか?」

わたしは、レーンさんがどうして、事件に首を突っこんでいることを言いたがらないのか不思議だった。だって、まさか疑っているはずが――わたしはちらりとクレイ父子の様子をうかがった。エライヒュー・クレイは顔をほころばせ、老紳士の有名な威厳ある姿を間近《まぢか》で見ながら、手放しで喜んでおり、息子のジェレミーは、かしこまってじっと見つめている。そういえば、ドルリー・レーン氏は有名人だった、と、わたしはいまさらながら思い出した。彼の気安い、平然とした態度を見れば、人々から憧れのまなざしで見られることに慣れているのは明らかだった。

「ええ」レーンさんは答えた。「ミュア神父は、私が彼を助けられるかもしれないとお考えなのですよ。ですから、ぜひその気の毒な人と会ってみたいのです。警視さん、私が面会できるように手配していただけますかな? あなたは地方検事とご昵懇《じっこん》なのでしょう?」

「お安いご用です。パティ、おまえもおいで。クレイさん、それじゃ、ちょっと失礼します」

わたしたちはできるだけさりげなく暇《いとま》を告げ、その二分後には、リムジンの中でレーンさんの隣に坐り、町に向かっていた。

「なんで、あなたがここに来た目的を連中に隠してるんです？」父が訊ねた。

「これといった理由はないのですが」レーンさんは曖昧に答えた。「ただ、知られるのはできるだけ少ない人数の方がいいと思っただけです。我々の求める犯人に警戒されて、逃げられては元も子もない……あれが、エライヒュー・クレイですか？　実に正直そうな御仁《ごじん》ですな。ほんのわずかでも不正の匂いがすれば腰が引けて、近づこうとしないが、まっとうな取引となれば、冷酷なほど手をゆるめることなく利益を追求する、独善的な実業家タイプと見えます」

「ねえ、レーンさん」わたしは厳しく言った。「そうやってもっともらしいことを喋って、はぐらかしているんでしょう。何か、切り札を隠してらっしゃるのね」

彼は声をたてて笑った。「お嬢さん、あなたは私の能力を過信しておられる。本当に、いま言ったとおりのことを考えていたのですよ。忘れないでください、私にとってこの事件は、まったく初めて触れるものだということを。本番に取りかかる前に、まずはこれからたどる道筋を、確かめておかなければならないのです」

＊

ジョン・ヒューム地方検事はオフィスにいた。

「まさか生身《なまみ》のドルリー・レーンさんにお会いできるなんて」わたしたちが紹介すると、地方検事はそう言った。「光栄の至りです。子供のころ、神様のように憧れていましたよ。どうしてこちらに？」

「年寄りの物好きですよ」レーンさんは微笑んだ。「ヒュームさん、私は根っからのおせっかいでしてね。よそ様の事情に首を突っこんでまわっているのです。なにしろもう演劇界では忘れられた過去の人間ですからな、こうして、おせっかいを焼いて歩いては、迷惑がられておりますよ……。それで、実はアーロン・ドウにどうしても会ってみたいのです」

「ははあ！」ヒューム地方検事は、ちらっと父とわたしを見た。「なるほど、警視とお嬢さんは援軍を呼んできたわけですか。ええ、かまいませんよ。前々からいつも言っていることですが、レーンさん、私は検事であって、死刑執行人ではありません。いまのところ、私はドウが殺人事件の犯人だと確信しています。ですが、もしあなたがドウの無罪を証明してくださるなら、喜んで起訴を取り下げる手続きをいたしましょう」

「さすがですな、実にりっぱなおかたでいらっしゃる」レーンさんは何の感慨もなしに言った。

「ドウにはいつ会えますか？」

「いますぐにでも。ここに連れてこさせましょう」

「いえいえ！」老紳士は慌てて言った。「ヒュームさん、これ以上、お仕事の邪魔をしては申し訳ない。許可していただけるなら、郡拘置所まで面会しに参ります」

「どうぞ、お好きに」地方検事は肩をすくめた。そして、指令書を発行してくれた。この指令書を入手したわたしたちは、オフィスを出ると、石を投げれば届くような距離の郡拘置所を目指し、ほどなく守衛に導かれながら、鉄格子のはまった小部屋が並ぶ薄暗い通路を、アーロン・ドウの牢に向かって進んでいった。

むかし、ウィーンで著名な若い外科医に招かれて、新しい病院を見学したことがある。あの時、わたしたちが使用されていない手術室から出てくると、すぐ近くのベンチに坐っていた影の薄い男性が立ち上がって、外科医を見つめてきた。どうやら彼は、わたしの友人の外科医が、自分にとって大事な人が手術されている部屋から出てきたのだと勘違いしたらしかった。その時の、気の毒な男性の表情を、わたしは死ぬまで忘れないだろう。これといった特徴のない、むしろ単純な顔なのに、その時にはこのうえなく複雑な表情におおわれていたのだ――かすかな、藁《わら》をつかむような希望に必死にすがりつきながらも、恐怖にやつれはてた顔……

牢の錠前に鍵がさしこまれる音を聞いたアーロン・ドウが、戸口にひしめくわたしたち一行を見た時の顔が、まさにそんな表情だった。ほんの二、三日前にヒューム地方検事が言っていた、ドウがフォーセット医師と対決した時に見せた、〝横柄《おうへい》な態度〟は、いったいどこに行ってしまったのだろう。自分が無罪になると確信した容疑者の顔ではない。苦痛と恐怖の仮面の上でかすかにちらついている希望は儚《はかな》く頼りないものだ。それは、逃げ道が見つからず追いつめられた獣の、最後の希望のゆらめきのようだった。尖った小さな顔は、木炭で描いた肖像画を誰かが手でうっかりこすってしまったように黒く汚れていた。真っ赤に縁どられた眼は、とろとろと消えることなく燃え続け、ハロウィンのかぼちゃランタンのように、暗がりの中で光ってこちらを凝視している。無精ひげだらけで、着ている服は垢じみていた。いままでこんなに哀れなありさまの人を見たことがなかったので、胸がしめつけられる思いがした。わたしはドルリー・レーン氏をちらりと見た。彼はとても沈痛な面持ちをしていた。

守衛はめんどくさそうに牢の扉を大きく開けると、中にはいるように手で指示し、わたしたちがはいったあとにがちゃんとまた扉を閉め、鍵をかけなおした。

「その、ご、ご機嫌さん、です」アーロン・ドウはみすぼらしい簡易ベッドに腰かけ、緊張した声を絞り出した。

「やあ、ドウ」父は苦労して愛想よく言った。「おまえさんに会いたいという人を連れてきたんだよ。ドルリー・レーンさんだ。おまえに話を聞きたいとおっしゃっている」

「ああ」ドウはそれ以上、何も言わなかったが、主人からの褒美を待ち受ける犬のようなまなざしで、レーンさんを見つめた。

「こんにちは、ドウ」老紳士は優しく言った。そして、素早く振り返り、通路の方をうかがった。守衛は牢の向かい側の、のっぺりした壁に腕組みして寄りかかって、立ったまま居眠りをしているようだ。「いくつか質問に答えてもらえるかな?」

「なんでも、へえ、レーン様、なんでも答えます」ドウはしゃがれた声で、熱っぽく答えた。

わたしはなんだか気分が悪くなってきて、ざらざらの石壁にもたれた。父はポケットに両手を突っこみ、口の中で何かつぶやいている。そして肝心のレーンさんは、見ているこちらがあきれるほど、素知らぬ顔で意味のないことをあれこれ訊き始めた。もうとっくにわたしたちが知っているか、ドウは絶対に口を割らないだろうと最初からわかっていることばかり質問している。わたしは壁に寄りかかるのをやめて、背筋を伸ばした。なんのためにこんなことをしているの？　レーンさんは何を考えているの？　このぞっとするような訪問は何が目的なの？

ふたりは低い声で語りあい、親しくなっていった——が、それだけだった。父が壁際から離れて、手持ちぶさたにふらふら歩きまわり、またもとの位置に戻って、途方に暮れているのが見えた。

その時、それは起きた。囚人がくどくどと言い分を訴えているさなかに、老紳士は鉛筆をポケットから取り出して、驚いたことに、まるでベッドに串刺しにしようと言わんばかりの勢いで、いきなりドウに向かって投げつけたのだ。

わたしは悲鳴をあげ、父は仰天して何か口走り、急に気でも狂ったのかというまなざしでレーンさんを見た。けれども、レーンさんははっきりした目的のあるまなざしで囚人を見つめている。それで、わたしもぴんときた……。というのも、ドウはあんぐりと口を開けて、飛び道具を避けようと、とっさに左腕をはねあげたからだ。彼の萎《な》えた右腕はまったく役に立たず、袖からだらりと垂れ下がっていた。

「なにすんだ、あんた！」ドウは金切り声をあげ、寝台に伏せた。「わしを——わしを——」

「気にしないでください」レーンさんはつぶやいた。「私はときどき気まぐれを起こしますが、危害を加えることはありません。ときにドウさん、ひとつ、お願いしたいことがあるのですが」

父はとっくに緊張を解いて、にやにやしながら壁にもたれている。

「お願い？」囚人は声を震わせた。

「そうです」老紳士はそう言うと、かがみこんで、石の床から鉛筆を拾い上げた。それを消しゴムのついた側をドウに向けて差し出した。「これで私を刺してみてくださらんか？」

〝刺す〟という単語を聞いて、囚人のどんよりした眼にちらりと知性の光が走った。ドウは左手で鉛筆を握りなおし、緊張したように、レーンさんに向かって不器用に突き出した。

「ははあ！」レーンさんは満足げに声をあげながら、うしろに下がった。「なかなかみごとな突きだ。ところで、警視さん、何か紙きれをお持ちですかな？」

ドウは困惑したように鉛筆を返し、父はがらがら声を出した。「紙きれ？　そんなもん、どうするんです？」

「まあ、もう少し、私の気まぐれにお付き合いください」レーンさんはくすくす笑った。「ほらほら、警視さん――野暮なことを言わずに！」

父はうなると、手帳を投げ渡した。老紳士は白紙のページを一枚破り取った。

「さて、ドウさん」彼はポケットの中に手を深く突っこんで、ごそごそと何かを探していた。

「我々があなたに危害を加えるつもりはないと納得してくれていますか？」

「へえ、旦那。なんでも言うとおりにします」

「理想的な協力者ですね」レーンさんは小さなマッチ箱を取り出すと、一本つけ、まったく落ち着き払って、さっきの紙きれを火にかざした。紙片はあっという間に燃え上がり、レーンさんはぼんやりした様子でそれを床に落とすと、考えこむように一歩下がった。

「なにしてんだ！」囚人はわめいた。「このボロ船を燃やしちまう気か？」そして、寝台から飛び降りると、やっきになって左足で燃えている紙を踏みつけ、燃えかすが粉々になるまでやめなかった。

「さて、どうやらこれで」レーンさんは小さく笑みを浮かべてつぶやいた。「さすがにあの地方検事のお仲間の陪審員でも納得させられるでしょうな、ペイシェンスさん。どうです、警視さん、あなたは納得されましたか？」

父はしかめ面になった。「自分の眼で見なきゃ、とても信じられませんでしたよ。まあ、人間、生きてりゃ、なんぼでも学ぶことがあるもんですね」

わたしは安心しすぎて、わけもなく笑いが止まらなくなった。「やだ、お父さんったら、本当に宗旨替え《しゅうしが》えする気になったのね！　アーロン・ドウさん、あなた、とっても運がいいわよ」

「けど、わしにゃさっぱし――」囚人は困惑して言いかけた。

レーンさんはごつごつした肩にぽんと手をのせた。「元気を出しなさい、ドウさん」そう優しく言った。「きっと助けてあげますよ」

そして父が守衛を呼ぶと、彼は通路をはさんだ向かいの壁際を離れ、つかつかとやってくると、牢の鍵を開けてわたしたちを出してくれた。ドウは鉄格子に駆け寄り、しっかりとしがみついて、身を乗り出さんばかりにわたしたちをいつまでも必死に見送っていた。

けれども、ひんやりした通路に足を踏み出した瞬間、なんだか不吉な予感に襲われた。というのも、わたしたちの背後で鍵束をじゃらつかせた守衛が、その野卑な顔にとても奇妙な表情を浮かべていたからだ。気のせいよ、と自分に言い聞かせたが、わたしにはそれが邪悪なものに思えてならなかった。通路の向こう側で牢の方を向いて立っていた彼は、本当に居眠りをしていたのだろうか？　ああ、もう！　たとえ見張っていたとしても、何ができる？　わたしはちらりとレーンさんを見た。けれども、彼は何かにすっかり気を取られている様子で、すたすたと歩いていく。だからわたしは、きっとレーンさんは守衛の表情に気づかなかったのだ、と思った。

＊

わたしたちは地方検事のオフィスに引き返した。今回は、待合室で三十分も待たされた。この間、レーンさんは眼を閉じて、居眠りしているように見えた。実際、ヒューム地方検事の秘書がようやく、中にはいるように呼びに来た時、父が肩を叩いて合図しなければならなかったほどだ。レーンさんは、さっと立ち上がって詫びたが、わたしの想像も及ばない何事かについてじっと考えこんでいたに違いないと思った。

「ああ、レーンさん」ヒューム地方検事は、わたしたちがオフィスの中で腰をおろすと、声をかけてきた。「会っていらしたんですね。それで、いまはどうお考えです？」

「通りの向こうにあるすばらしい郡拘置所に行くまでは」と老紳士は穏やかに答えた。「私はアーロン・ドウがフォーセット上院議員の殺害に関して無実だと信じていただけでした。しかしいまは、無実だと知っております」

ヒューム地方検事は眉を上げた。「あなたがたには驚かされますね。最初はお嬢さん、次は警視、そして今度はレーンさんですか。私に対抗する恐るべき軍団ですね。なぜドウは無実と思われたのか、教えていただけませんか?」

「ペイシェンスさん」レーンさんが言った。「ヒューム地方検事には、もう論理学の講義はなさったのですかな?」

「耳を貸すような人じゃありませんから」わたしはつんとした。

「ヒュームさん、もし偏見のない広い心をお持ちなら、ほんの少しの間、そのお気持ちのままでいてくださらんか。事件についてご存じなことを、いったんすべて忘れてほしいのです。そうしたら、なぜ我々が三人とも、アーロン・ドウを無実と考えているのか、いまからお嬢さんがその理由を説明されましょう」

そういうわけで、この三日間でもう三度目になるが、今度はジョン・ヒューム地方検事のために、わたしの推理を話してあげた。とはいえ、話す前から心の内で、この頑固そうに口を結んだ野心家のわからず屋が、ただの推理なんて信じるわけがないとわかっていたけれど。さまざまな事実を(カーマイケルの名を伏せつつ、彼の証言も含め)組み立てて引き出したすべての推理をわたしは話した。ヒューム地方検事は非の打ちどころのない礼儀正しさでじっと耳を傾け、何度かうなずいては、まるで――わたしの気のせいでなければ――称賛するように眼を輝かせていた。けれども、わたしが話し終わると、彼は頭を横に振った。

「お嬢さん」地方検事は言った。「いまのは、女性にしては――いや、男性だとしても――とてもすばらしい論理でしたが、私はどうしても完全には納得できません。第一、陪審員だって、誰もそんな分析を信じませんよ。たとえ、理解できたとしても。第二に、その論理には重大な欠陥が――」

「欠陥？」レーンさんは、おや、という顔になった。「薔薇にとげあり、銀《しろがね》のごとき泉に泥あり、すべての人に欠点あり、と、かのシェイクスピアは十四行詩《ソネット》の中で唄っておりますな。弁解の余地があるかないかは別にして、ぜひご指摘いただきたい。どんな欠陥でしょう？」

「それはもう、あの利き脚が右か左かっていう、とんでもない理屈ですよ――右眼と右腕が使えなくなったら、脚がだんだん左利きになっていくって。そんな馬鹿な話がありますか。医学的な信憑性《しんぴょうせい》があるとは思えませんね。そして、この点が崩れれば、お嬢さんの論理はまるごと崩れるってわけですよ、レーンさん」

「ほれ、だから言ったでしょうが」父はうなって、両手をあげた。

「崩れる？　それは聞き捨てならないですな」老紳士は応じた。「その点こそ、この事件において揺るぎないものだと、私が喜んで証言したいものなのですよ！」

ヒューム地方検事は苦笑した。「いやいや、レーンさん、ご冗談を。たとえ一般論でそうだとしても……」

「お忘れですか」レーンさんはつぶやいた。「たったいま、我々はドウに会ってきたのですよ」

地方検事は、息を呑んだ。「そういうことか！　それで、あなたがたは――」

「ヒュームさん、我々はすでに一般論の仮説を立てておりました。すなわち、アーロン・ドウと同じような、手脚に関する経歴を持つ人間は、利き脚が右から左に変化するはずだと。しかし、おっしゃるとおり、原則を提示したところで、それは個別のケースを証明することになりません」レーンさんはふっと微笑し、ひと息ついた。「ですから、我々は特にこのケースを証明してまいりました。それが今回、こうして私がリーズに参った理由です。アーロン・ドウが無意識に行動する場合、右よりも左の脚を優先して使うことを実証するために」

「それで、そうしたんですか?」

「そうしたのですよ。私が鉛筆を投げつけると、ドウは顔をかばって、左腕をあげました。私を刺す動作をするように言うと、ドウは左手を突き出しました。――これは、彼が現在、本当に右腕が麻痺しており、左利きであることを確認するためです。そのあと、私が紙きれに火をつけると、ドウは慌てふためいて、踏み消しました――左の足で。ですから、ヒュームさん、私はこの事実を証拠として提出いたしましょう」

地方検事は黙りこんだ。彼が内心でこの問題と格闘していて、とても苦戦しているのが、はた目にも明らかだった。眉間に深い皺が刻まれた。「少し時間をいただきたい」彼はつぶやいた。「私にはとても――どう考えても、そんな――そんな……」地方検事は苛立ったように、机をばんと叩いた。「私には、そんなものが証拠になるとは思えません。あまりに都合がよすぎる、細かすぎる、そもそも状況証拠でしかない。あの男の無実を証明する証拠としては――そう、具体性が足りませんよ」

老紳士の眼が氷のように冷ややかになった。「ヒュームさん、私は思っておりました。我が国の法では、人は有罪と証明されないかぎり、無罪と扱うことになっていると。疑わしきは罰せずと！」

「わたしも思ってました、ヒュームさん」わたしはとうとう堪忍袋の緒が切れて、怒鳴った。

「あなたはりっぱな人だって！」

「パティや」父が優しく言った。

ヒューム地方検事は、さっと赤面した。「その件に関しては調査しましょう。では、もうよろしいでしょうか――仕事が山積みなので……」

わたしたちはぎこちなく別れを告げると、無言で通りに出た。

「現役のころ、石頭の馬鹿野郎どもに、さんざんお目にかかったもんだが」車に乗りこんで、ドロミオが出発させると、父は怒りをぶちまけた。「あの青二才の若造は、けたはずれだ！」

レーンさんはドロミオのうなじの赤い髪を見つめて、深く考えこんでいた。「ペイシェンスさん」彼は悲しげに言った。「我々はしくじったようです。あなたのせっかくの努力も全部、水の泡になってしまった」

「えっ、どうしてですか？」わたしは不安になった。

「あの若い地方検事のすさまじい出世欲が、正義感を凌駕《りょうが》するような気がしてならないのですよ。それに、あそこに坐って、いろいろ話しあっているうちに、ふと気づきました。我々は致命的なミスを犯してしまった。もしヒュームさんがその気を出せば、我々はいますぐにでも詰み――」

「しくじった?」わたしは仰天して叫んだ。「そんな、レーンさん。わたしたちが、どんな失敗を?」

「私たち、ではありません。私が、しくじったのです」彼は黙りこんだ。やがて、「ドウの弁護士は? もしや、あの気の毒な男には弁護士がついていないのですか?」

「マーク・カリアって、地元の弁護士がついてます」父がつぶやいた。「今日、クレイがその弁護士がどんな奴か話してくれましたよ。そいつがなんでこの件の弁護を引き受けたのかわかりませんね。ドウが有罪で、五万ドルをどっかに隠し持ってるとでも思ってるんじゃなけりゃ」

「ほう。その弁護士の事務所はどこです?」

「裁判所の隣の、スコハリイってビルの中ですよ」

レーンさんが、運転席との仕切りのガラスを叩いた。「ドロミオ、車をまわして、町に引き返しておくれ。裁判所の隣の建物だ」

*

マーク・カリアはとても肥《ふと》って、とても頭がつるつるで、とても抜け目のない、中年男だった。わたしたちがはいっていった時、彼は忙しそうに見せかけようともせず、ぱっと見、タット氏（アーサー・トレインの小説中の名探偵）のように、回転椅子に坐ったまま両脚を机にでんとのせ、極太の葉巻をくゆらせながら、壁にかかったウィリアム・ブラックストーン卿（一七二三－一八〇　英国の著名な法律学者）の埃をかぶった鋼板印画をうっとりと眺めていた。

「ああ」わたしたちが自己紹介すると、彼はけだるげな声で言った。「まさに会いたかったかたがただ。坐ったままで失礼しますよ――肥えすぎとるもんでね。こんなんですが、眠れる獅子、とでも思っていただければ……で、お嬢さん、ヒュームの話じゃあ、あなたはドウの事件で何かどえらいネタをつかんだそうですが」

「いつ、地方検事があなたにその話を？」レーンさんが鋭く訊ねた。

「一分前に電話をくれたんですよ。親切でしょ。ねえ？」カリアは抜け目のない小さな眼で私たちを見回した。「どうです、私もお仲間に入れてもらえませんかね？　このクソみたいな事件を乗りきるためにゃ、もう藁だろうが何だろうが、助けという助けにすがらないとどうしようもないんですわ」

「なあ、カリア君」父は言った。「こっちはあんたのことを、かけらも知らないんだ。そもそも、あんたはなんでこの弁護を引き受けた？」

弁護士は肥ったフクロウのように、にっこりした。「おかしなことを訊きますねえ、警視。なんでそんなこと知りたいんです？」

ふたりは穏やかな表情で相手をしげしげと観察していた。「いや、別に」父はようやく、肩をすくめて言った。「ただし、これだけ教えてくれ。あんたはただ、場数を踏みたいだけか、それとも本気でドウの無実を信じてるのか？」

カリアはのんびりと答えた。「ドウは地獄のように真っ黒に決まってますよ」

わたしたちは顔を見合わせた。「パティ、おまえの出番だぞ」父は陰気な声で言った。

そんなわけで、もう百回目に話すような心地で、うんざりしていたとはいえ、しかたなくわたしは自分が事実を分析した推理を繰り返した。その間、マーク・カリア弁護士は、またたきひとつ、うなずきひとつ、微笑みひとつ浮かべることなく聞いていたので、まるで全然興味がなさそうに見えた。けれども、わたしが話し終わると、彼はかぶりを振った――ちょうど、ジョン・ヒューム地方検事がしたように。

「うんうん、すばらしいな。でもねえ、お嬢さん、そんなもん、役に立たんですよ。だらだらと理屈をこねられたって、田舎者の陪審員連中が納得するもんですかね」

「そこをなんとかするのが、あんたの仕事だろうが！」父が怒鳴った。

「カリアさん」老紳士が穏やかに言った。「いったん、陪審員のことはお忘れください。あなたはどうお考えです？」

「私がどう考えようが、別に裁判に何の影響もないでしょう、レーンさん」彼は海軍の煙幕のように、煙を吐き出した。「そりゃもちろん、私はベストを尽くしますよ。けど、皆さんは今日、ドウの牢でやったちっちゃい手品が彼の命を奪うかもしれないって、考えてみなかったんですか？」

「ずいぶんな言いようですね、カリアさん」わたしは言った。「どういうことですか」そう言いながら、わたしはふと、レーンさんが椅子の中で少しちぢこまり、眼が苦痛であふれているさまを見てしまった。

「皆さんはまんまと地方検事のてのひらの上で転がされたってことですよ」カリア弁護士は言

った。「なんでまた、証人の立ち会いなしで実験するなんて、うかつなことをしたんです?」

「でも、だって、わたしたちが証人だわ!」わたしは怒鳴った。

父は頭を横に振り、カリアは微笑した。「ヒュームは皆さんが全員、ある先入観を持っていると、たやすく証明するでしょう。なんたって、皆さんはドウのことを自分たちがどんなふうに思っているか、町のあっちこっちでさんざん触れまわってるんですからね」

「要点を言ってくれ」父がうなった。するとレーンさんはますます椅子の中に沈みこんでしまった。

「いいでしょう。皆さんはこれからどういうことになるか気づいてますか? ヒュームは、皆さんが法廷でドウにやらせるショウの下稽古をつけたって言うに決まってます!」

*

拘置所の守衛だわ! あの時の不吉な予感は、的はずれではなかったのだ。わたしは、レーンさんから眼をそらした。彼は打ちひしがれて、椅子の中でじっと動かなかった。

「恐れていたとおりです」ようやく、彼はつぶやいた。「ヒュームさんのオフィスで気がつきました。私の失策です。まったく弁解の余地もありません」彼の印象的な瞳は曇っていた。やがて、淡々と言った。「よろしい、カリアさん。この取り返しのつかない事態を招いたのは、私の愚かさなのですから、私にできる唯一の方法でつぐないましょう——つまり、金です。あなたの弁護料はいかほどですか?」

カリア弁護士はまばたきをした。そして、ゆっくりと言った。「私はただ、あの哀れな男が気の毒だから、弁護を引き受けたまでで……」

「わかっております。カリアさん、言い値をおっしゃってください。あなたの義侠心《ぎきょうしん》は実に英雄的でごりっぱですが、金が加われば、いっそう力がわきましょう」老紳士はポケットから小切手帳を取り出し、万年筆をかまえた。ほんの少しの間、父の重苦しい息づかいだけが聞こえていた。やがて、カリア弁護士が落ち着き払った様子で両手の指先を合わせ、口にした金額に、わたしは思わずめまいがした。父があんぐりと大きな口を開けるのが見えた。

けれどもレーンさんは無言で小切手を切ると、弁護士の前に置いた。「費用はいくらかかってもかまいません。私がすべて支払います」

カリア弁護士はにっこりし、ちらりと机に置かれた小切手を横目で見ると、わずかに大きな鼻の孔がうごめいた。「レーンさん、これだけの依頼料をいただければ、あのデュッセルドルフの吸血鬼（ドイツの大量殺人者ペーター・キュルテン）でも弁護しますよ」弁護士は自身と同じくらい肥った財布の中に小切手を押しこんだ。「第一にやらなければならないことは、その道の専門家を集めることです」

「ええ！　実は私もそう考えておりました——」

会話はえんえんと続き、わたしはそれを蜂の羽音のように聞き流していた。ただひとつだけ、はっきり聞こえた。それは、奇跡でも起きないかぎりアーロン・ドウの頭上で鳴るのを止められない、弔いの鐘の音だった。

11　裁　判

それから何週間もの間、わたしは絶望の泥沼にいっそう深く沈みこんで過ごしていた。沼の底からは、頭上の泥天井に開くたったひとつの隙間からしか先を見通すことができず、その隙間から射しこむ光は不吉なほど、どんよりしていた。アーロン・ドウはもうおしまいだ。その言葉だけが、何度も何度も繰り返してわたしの頭の中を占めていた。死んだ方がましだわ、と心の底から思いながら、クレイの家の中を亡霊のようにうろついて過ごした。申し訳ないけれど、ジェレミーにとって、わたしと一緒にいるのはさぞかし憂鬱だっただろうと思う。わたしは自分のまわりの動きにまったく無頓着《むとんちゃく》だった。父はレーンさんと頻繁《ひんぱん》に連絡をとりあっていて、マーク・カリア弁護士と何度も何度も会議していた。

アーロン・ドウの裁判の日が決まると、老紳士は叙事詩で語り継がれるべき英雄的な戦いにいどむ覚悟を決めたように見えた。ごくたまに見かけるレーンさんは、いつも口をきっと結んで、ほとんど喋らなかった。そして、尽きることのない財力を、カリア弁護士の好きにまかせているように思えた。彼はリーズじゅうを駆けずりまわり、裁判で被告人の実験を手伝ってくれる地元の医師たちとあれこれ打ち合わせた。同時に、敵情を探るために地方検事のオフィスをおおう沈黙のベールを突き破ろうとしたが、こちらはうまくいかなかった。そして念には念を入れ、ニューヨーク市にいる自分の主治医のマティーニ博士に電報を打ち、裁判のために北部に来てほしい、と頼みさえした。

こういったもろもろの仕事がある弁護士や父と違って、わたしはぼんやりと待つことしかできず、ひたすら辛い日々を送った。何度か、牢内のアーロン・ドウと面会しようとしたが、鉄格子は固く閉ざされ、郡拘置所の待合室より先に足を踏み入れることができずにいた。もちろん、依頼人と自由に会う権利のあるカリア弁護士に同伴すれば、鉄格子は簡単に開いただろうが、わたしは気が進まなかった。なぜか、このリーズの弁護士はどうにも虫が好かず、一緒に牢にはいって被告人と面会すると思うだけで、気分が悪かったのだ。

こうして日々はのろのろと過ぎ、ついにその日がやってきた。裁判は、新聞社の特派員、ごったがえした街道、呼び売りの商人、混雑した宿、熱狂した市民による、お祭り騒ぎのファンファーレで派手に始まった。始まりからこの裁判は劇的な調子だったのだが、審理が進むにつれ、次第に検察側と弁護側は、予期しないほど激しい言葉を投げつけあいだして、こんなことでは、被告人は鉄格子の中から救い出されるより、むしろ鉄格子の奥に押しこまれそうだった。もしかすると、ヒューム地方検事の坊やは、ちょっぴりでもうしろめたさを感じているのか、それとも、自分の判断に自信が持てないのか知らないが、楽な道を選んで、部下のスイート地方検事補にこの事件をまかせていた。スイート地方検事補とカリア弁護士は、一段高い判事席の前にある自分たちの席につくと、まるで狼同士のように、相手ののどぶえを狙って食らいつきあった。すくなくとも、この法廷における態度を見るかぎり、ふたりは不倶《ふぐ》戴天《たいてん》の仇敵としか思えなかった。互いに、このうえなく辛辣《しんらつ》な口調で攻撃しあい、あまりに行きすぎたやりあいが何度となく判事から叱責を受けていた。

そして、はじめからわたしは、この裁判がどれほど絶望的なのかわかっていた。まずは陪審員の選定だが、陪審員名簿からひとり選ばれるたびに、カリア弁護士が決まって難癖をつけ、結局、陪審員を選ぶだけでまる三日かかった――この退屈な陪審員選定手続きの間、わたしは被告人席にいるみじめな小柄な老人をまともに見ることができなかった。彼は背を丸めて坐ったまま、眼をかっと開いて判事を見つめ、スイート地方検事補とその手下を憎々しげに睨みつけ、ひっきりなしにあっちを向きこっちを向き、味方してくれる顔を探しているようだった。わたしも、隣に無言で坐っている老紳士も、アーロン・ドウが誰を探しているのか知っていた。だから、その無言の期待を求める動作が何度も繰り返されるのを見ているだけで、わたしは胸がつぶれる思いがし、レーンさんの苦痛にひきつれる顔は皺がいっそう深くなるのだった。

わたしたちは新聞記者席のすぐうしろという特等席で、寄り集まって坐っていた。エライヒューとジェレミーのクレイ父子も、わたしたちと一緒だった。席をいくつか隔てて通路をはさんだ向こう側には、アイラ・フォーセット医師が坐って、短いあごひげをもてあそびながら、大衆の同情を買いたいのか、わざとらしくため息をついている。さらに、うしろの方の席には、男装したファニー・カイザーが、誰にも注目されたくないというように、静かにじっとしているのが見えた。ミュア神父はマグナス刑務所長と、うしろのどこかにいるはずだった。そして、カーマイケルが左手のあまり遠くない席に坐っているのが、ちらりと見えた。

ついに陪審員の最後のひとりが、弁護側と検察側の双方から選定の同意を得て、宣誓をすませると、わたしたちはようやく腰をすえて裁判の進展を見守り始めた。長い時間は必要なかった。スイート地方検事補が生贄《いけにえ》のまわりに状況証拠の糸を蜘蛛《くも》の巣のように張りめぐらせ始めてすぐに、風向きがわかってしまったのだ。事件の表面的な事実をはっきりさせるために証人たちが喚問され――ケニヨン署長と、ブル博士と、その他大勢が――お決まりの証言をしてから、カーマイケルが証言台に立つ番になった。彼がかしこまった態度でうやうやしく進み出たので、スイート地方検事補は一瞬、この腰抜けなら簡単にあしらえる、と勘違いしたようだ。けれども、ふたを開けてみれば、カーマイケルは腰抜けどころか、おそろしく狡猾《こうかつ》で手ごわい証人だった。思わずあたりを見回すと、フォーセット医師が苦々しい顔をしているのが見えた。

自称秘書は、いかにも誠実そうに、包み隠さず証言し、自分の役割を完璧に演じてみせた。さらに、スイート地方検事補に向かって、もっとわかりやすい言葉で言ってほしい、と何度も同じ内容の質問を繰り返させたので、尋問を始める前に、スイート地方検事補は癇癪《かんしゃく》を起こしかけていた。例の木箱のかけらと、〝アーロン・ドウ〟の署名がはいった鉛筆書きの手紙が証拠品として提出されたのは、カーマイケルが証言台に立っている間のことだった。

次に証言台にのぼったのはマグナス所長で、フォーセット上院議員がアルゴンキン刑務所を訪ねてきた件に関する証言を、あらためて最初から語るように要請された。この証言のほとんどは、マーク・カリア弁護士の猛烈な抗議によって記録から削除されたものの、削除された部分も、削除されなかった部分も、陪審員の心に深く印象を残した――というのも、陪審員のほとんどが、白髪頭の裕福な豪農か、地元の実業家だったからである。

それから数日間にわたって、このぞっとする裁判は続けられた。スイート地方検事補が論告を終えた時、被告人の有罪を証明しようと意気ごむ検察側の仕事が、とてもうまくいったのは明らかだった。うなずいている新聞記者たちのしたり顔や、陪審員たちの不安そうで緊張している面持ちや、法廷内に漂う空気から、わたしはひしひしとそれを感じていた。

*

マーク・カリア弁護士は、廷内にたちこめる濃厚な敗北の空気に動じた様子は、まったく見せなかった。淡々と落ち着き払って仕事をしていた。わたしはすぐに弁護側の作戦の意図を知った。彼も、父も、レーンさんも、この弁護を成功させる唯一の方法は、推理の根拠となる証拠をひとつひとつ、ありのままに提出し、そこから必然的に導き出せる真実の結論を、陪審員たちの前に突きつけてやるしかない、と決断したのだ。わたしは、カリア弁護士が上手に陪審員を選んだのだと、いまさらながら理解した。選定の候補にあがった陪審員が、少しでも頭の回転が鈍そうな様子を見せるたび、なんだかんだと理屈をつけて、最終的にはある程度、知的レベルの高い陪審員を揃えていたのである。

ひとつ、またひとつと、このリーズの弁護士は推理の土台を固めていった。彼はカーマイケルを証言台に喚問した。するとカーマイケルはここで初めて、殺人の夜に家の玄関を見張っていたこと、さらには、不思議な覆面の男が家を訪ねてきたことや、殺人のあった時間帯には、たったひとりの人物しか家に出入りしていないことを話した。スイート地方検事補は反対尋問で、カーマイケルの証言が疑わしいと言わんばかりに意地の悪い質問を次々に浴びせたものだから、わたしはカーマイケルが自分の正体を明かすはめになりませんようにと、はらはらしていた。けれどもカーマイケルは冷静に、いままで証言しなかったのは、秘書の職を失うかもしれないと恐れていたからだと説明し――故上院議員を探るという本当の使命を巧みに隠しおおせた。わたしはちらりとフォーセット医師を見やった。その顔は雷雲のように険悪だった。これではもう、カーマイケルは政府の諜報員としての調査活動は中止するしかないだろう。

ぞっとするような茶番劇は続いた。ブル博士、ケニヨン署長、父、地元警察の専門家……。少しずつ、わたしの推理が立脚する事実の多くがあらわになってきた。そしてカリア弁護士はそれらの事実を巧妙に次々と記録にのせてゆき、すっかりお膳立てができたところで、ついにアーロン・ドウを証言台に呼び出した。

被告人はみじめな見世物だった。死ぬほどびくつき、くちびるをなめながら、宣誓の言葉をやっとのことでつぶやいて、背をこごめ証人席でもじもじとひっきりなしに身体をよじり、ひとつしかない眼を絶えずきょろきょろさせている。カリア弁護士は早速、尋問を始めた。ドウがあらかじめ質疑応答の予行演習を受けているのは明らかだった。しかも、尋問と解答の内容は十二年前のドウがうっかり殺してしまった不幸な事故に限定され、このあとの反対尋問で地方検事補が、上院議員の殺害事件について被告人から不利な証言を引き出す糸口を与えないように仕組まれていた。ひとつ尋問するごとに、スイート地方検事補が声高に、今回の事件には無関係な質問だと異議を申し立てたが、カリア弁護士が穏やかな声で、この質問は被告人の弁護を組み立てるのに必要なものです、と指摘すると、判事によって異議は却下され、尋問はそのまま続けられた。

「裁判長閣下、ならびに陪審員諸君」彼は静かに言った。「私はフォーセット上院議員が右利きの人物によって刺されたのであり、この被告人は左利きであることを証明いたします」

勝敗の行方はひとえに、この一点にかかっている。陪審員たちは、わたしたちの連れてきた医学的な専門家たちの見解を聞きいれてくれるだろうか？　スイート地方検事補は何か反撃の用意を整えているのか？　わたしは彼の血色の悪い顔を見やって、とたんに絶望的な気分になった。彼は獲物を狙う猟師のように、手ぐすね引いて待ち構えていたのだ……

すべてが終わり、戦場にたちこめる煙がようやく晴れたあとも、わたしはただ茫然と坐りこんでいた。わたしたちの専門家！　あの人たちが、ことをめちゃくちゃにしてしまった。レーンさんの主治医である高名な臨床医学者でさえ、陪審員たちを納得させることができなかったのだ。スイート地方検事補もまた専門家を用意しており、検察側の先生がたは、利き手が左に変化すると利き脚も右から左に変化する、という理論に疑問を投げかける発言ばかりした。専門家の医学博士たちは、こちら側のひとりが証言すれば、次に立つあちら側の証人が否定するという繰り返しで、結局、こうした医師団同士によるかわりばんこの証言合戦の末、結果は堂々めぐりで暗礁に乗り上げてしまった。かわいそうに、陪審員たちはどちらの言い分が正しいのか、知るすべがなかったのだ。

一撃、また一撃と、攻撃は繰り出された。マーク・カリア弁護士が注意深く簡潔に説明したわたしたちの推理は、とても明快でわかりやすく、みごとだった。けれども、そのすべてをスイート地方検事補が反対尋問で台なしにしてしまうのだ。にっちもさっちもいかなくなったカリア弁護士は、レーンさんと、わたしと、父を証言台に召喚した。ドウの牢で行ったテストを見守ったわたしたちの証言なら、専門家の意見では納得させられなかったものも、立証することができるかもしれない、と藁《わら》にもすがる思いだったのだろう。スイート地方検事補は待ってましたとばかりに、わたしたちを激しく反対尋問した。彼はこちらの証言をわざとめちゃめちゃにしたあと、あらためて検察側の論告をもう一度行う許可を求めてから、新たな証人を召喚した。現れたのは、郡拘置所のあの人相の悪い守衛だった。この男は証言台に立つと、わたしたちがドウに、火を踏み消す動作の下稽古をつけたと言って、故意に非難した。カリア弁護士は薄い髪をかきむしり、金切り声で異議を叫び、スイート地方検事補につかみかからんばかりだった。しかし、もはや手遅れなのは見てわかった。陪審員たちはスイート地方検事補の言い分が真実だと納得して、身を乗り出すのをやめて椅子の背にもたれかかってしまっている……。あまりのことに、わたしは麻痺していた。わずかに見えるものは、証言台でアーロン・ドウがさらし者にされている姿だけだった。何時間も、何時間も、このかわいそうな男は、左手で何かをつまみ、叩き、つかみ、両足で、あるいは片足ずつ、何かを踏みつける動作を――すべての動きを、ありとあらゆる姿勢で実演させられて、しまいには息を切らし、恐怖で気が狂いそうになり、こんな拷問を続けさせられるよりは、いっそ有罪の判決を受けた方がましだと思っていそうだった。この気が滅入る戦いは、廷内の陰鬱で困惑した空気をいっそう濃くしていった。

公判の最終日に、カリア弁護士が最終弁論を行った時、わたしたちはすでに運命を悟っていた。カリア弁護士は果敢に戦い、そして敗れた。彼はみずからの敗北を承知していた。それでも、この土《ど》壇《たんば》場で、彼はすさまじい執念の意気地を見せた。彼は彼なりに誠実だったのだと思う。巨額の報酬を受け取ったからには、最後の瞬間まで最善を尽くそうと決意したのだろう。「諸君に申し上げたい」彼は、すっかりやる気をなくしてどうしていいのかまごついている陪審員たちに、大声をとどろかせた。「もし、この男を電気椅子に送れば、正義と医学に対して、過去二十年間において、最悪の打撃を与えることになるのです！　検察側によってきわめて巧妙に、虚偽をもってでっちあげられたこの事件は、運命のいたずらによって困惑しているこの哀れな被告を包みこんだ、都合の良い真実だけで織り上げた蜘蛛の巣そのものであります。専門家たちが、被告は習慣により、いかなる状況においても、火がついた紙片を踏み消す場合には本能的に左足を使うはずだと説明したのを、諸君はお聞きになりました。そして犯人は火を消すのに、右足を使っていること、さらには、事件の夜に現場の部屋に出入りした人間は、たったひとりしかいないということを、諸君はすでにご承知のはずです。それなのになぜ、被告がこの事件において無実であることを疑われるのでしょうか？　スイート地方検事補は策士ですが、策士策に溺れると申します。どれほど大勢の専門家を動員して、反対の証言をさせようと、我らが主任特別弁護人である、ニューヨークの高名なマティーニ博士の高潔な人柄、専門家としての名声、高度な学術的専門知識をおとしめることなど、決してできないと声を大にして申し上げましょう！

陪審諸君、いかにうわべの証拠が被告人にとって不利に見えようと、いかに地方検事補が策を弄《ろう》して、皆さんの心に、弁護側がこの事件の弁護のために下稽古などの不正をしたという嘘を植えつけようとしても、この哀れで不幸な被告人が、生理的に実行不可能な事件で有罪になり、電気椅子の中で死に至るなどという蛮行は、諸君の良心が断じて許さないはずであります！」

アーロン・ドウは、陪審員の六時間半に及ぶ討議の結果、起訴された罪状で有罪であると評決を受けた。

いくつかの証拠に疑義があることが考慮され、陪審員は判事に情状酌量を勧告した。

十日後、アーロン・ドウは終身刑を言い渡された。

12　余　波

カリア弁護士は控訴したが、却下された。アーロン・ドウは屈強な保安官代理に手錠をかけられ、アルゴンキン刑務所に再び送られた。これからここで、死によってのみ法的な終わりを迎える刑に服するのだ。

わたしたちはミュア神父を通じて、だいたいの経緯を教えてもらっていた。アルゴンキン刑務所に出戻ったアーロン・ドウは慣例どおりに、新入りとまったく同じように扱われることになった。つまり、以前、服役した時の、模範囚としての評価があるにもかかわらず、前と同じ身分に復権するには、刑務所のぞっとするような日々を全過程、また一から踏みなおさなければならないのだ。わずかなりとも〝特権〟を取り戻すために。ここで生き抜く間、自身の品行と看守のお情けを頼りに、鉄格子の奥の、吹き溜まりのような集団生活の中で、自分は役に立つ人物だと認めてもらうために。

何日も、何週間も、時が流れても、ドルリー・レーン氏の沈痛な苦渋に満ちた表情が薄れることはなかった。わたしは彼の粘り強さに驚いていた。断固としてハムレット荘に帰ろうとせず、頑固にミュア神父の家に居続けて、昼は神父宅の小さな庭で日光浴をし、ときどき、夕方になってからミュア神父やマグナス刑務所長と集まって話しあった。そのたびに、彼はアーロン・ドウについて、マグナス所長に答えられるかぎりの質問を山ほど浴びせかけるのだ。

老紳士が何かを待っている、ということはわたしにもわかった。けれども、本気で望みがあると考えているのか、それとも被告人に申し訳ないことをしたと責任を感じてリーズにとどまっているのかまでは判断できなかった。どちらにせよ、レーンさんを見捨てるなんてできない。だから、父もわたしもリーズにとどまっていた。

起きる出来事といえば、事件にほとんど関係のないことばかりだった。フォーセット上院議員の死と共に、反対派の新聞がかたっぱしからこぞってフォーセット一派の汚職をほぼ何も隠さず、すっぱ抜いたものだから、フォーセット医師の政治的な立場まで非常にあやうくなった。ジョン・ヒューム地方検事はフォーセット上院議員殺害事件が、彼自身も多少、納得していない点があったとはいえ、一応は勝利を得たことに満足したらしい、次は腰をすえて上院議員選に打って出るため、本格的に攻勢を開始した。彼の攻撃は、ていのいい暴露という形がとられた。おそらく、対抗馬の質が質なので、このような手段をとっても許されるはずだ、と自分に言い訳したのだろう。亡き上院議員の人となりや経歴に関する汚らわしい噂が急にどこかからもれ、まことしやかに囁かれるようになった。新しい噂が次々に日替わりで現れた。明らかに、ヒューム地方検事とルーファス・コットンは、上院議員殺人事件の捜査中に集めた情報という名の弾薬を、少しずつ、少しずつ、政敵を攻撃するためにばらまいており、それがおそろしく効果を発揮しているのだ。

けれども、フォーセット医師は簡単に負けを認めるような人間ではない。そして報復策には、彼の成功者としての秘訣、すなわち天賦の才たる政治的手腕が発揮された。これがセンスのとぼしいあさはかな素人政治家であれば、ヒューム地方検事による激しい非難に、罵倒《ばとう》でやり返したことだろう。しかし、フォーセット医師は違った。彼はすべての誹謗中傷に対して、誇り高く沈黙を守ったのだ。

彼の唯一の返答は、エライヒュー・クレイを上院議員候補に立てることだった。

*

わたしたちは相変わらずクレイ家の歓待に甘えていた。だから、巧妙な選挙戦の一部始終を見物する立場にいることができた。エライヒュー・クレイは大金持ちだが、ティルデン郡の人々の間で人気があった。彼は慈善家で、堅実な企業群のリーダー格で、リーズ商工会議所の有力者のひとりで、労働者を大切に守ろうとする雇用主で——フォーセット医師の視点では、改革を叫ぶジョン・ヒューム地方検事にぶつける対抗の相手として、理想的な候補者だった。

フォーセット医師の意図を、わたしたちが初めて知ったのは、医師がクレイ宅を訪ねてきて、エライヒュー・クレイと密談を交わした夜のことだった。彼らは部屋にふたりきりで閉じこもり、二時間も話しあっていた。ようやく部屋から出てくると、フォーセット医師はいつもどおりおっとりと愛想のよい態度で、車で帰っていった。一方、この家の主人《あるじ》は顔をしかめているものの、内心はまんざらでもないというように嬉しそうな様子が見てとれた。

「おふたりには想像もつかないでしょう」そう言う彼自身も信じられないような口ぶりだった。

「あの男がどんな目的で私に会いに来たのか」

「奴の政治の駒になれって言いに来たんでしょう」こういうことには冴えている父が、のんびりと言った。

クレイは眼をみはった。「どうしてわかりました？」

「そりゃわかりますよ」父は淡々と言った。「ああいう狡猾《こうかつ》な手合いが考えそうなことはだいたい相場が決まってる。で、具体的に、どうしてくれと言われたんです？」

「彼の党公認の上院議員候補になってほしいと」

「あなたは彼の党に属しとるんですか」

クレイはさっと顔を赤くした。「私は彼の政治的理念に賛同しておりますので――」

「親父！」ジェレミーがうなるように言った。「まさかあんな詐欺師のクズ野郎と組む気じゃないよな？」

「当たり前じゃないか」クレイは慌てて言った。「もちろん、私は断りましたよ。しかし、びっくりするじゃありませんか、あの男は今度こそまともなことを言っていると、あやうく信用させられそうになりましたよ。党のまともな連中が、まじめで正直な候補者を立てたがっていると言うんです――その、たとえば、私のような」

「ほう」父は言った。「やればいいじゃないですか」

わたしたちはいっせいに父を見つめた。

「なんだ、どうした」父はくすくす笑って、葉巻を味わうように嚙みしめた。「クレイさん、毒をもって毒を制することも必要ですよ。奴の提案は、願ったりかなったりだ。候補の指名をぜひ受けた方がいい！」

「でも、警視さん――」ジェレミーはショックで混乱した声で言いかけた。

「きみの出る幕じゃないよ、若いの」父はにやりとした。「親父さんが上院議員になるって思えばまんざらでもないだろ？　なあ、クレイさん。いいかげん、あなたもわかったでしょうが、こそこそちまちま調べとっても、あの男は死ぬまでしっぽをつかませないって。あの野郎、ずる賢すぎる。上等だ、誘いに乗ってやろうじゃないか。あなたは餌に食いつくんだ、そして連中の仲間になる――ふりをする。うまいこといけば、証拠になる書類のひとつでも手にはいるかもしれない。期待はできますよ。ああいった頭のいい奴ってのは、思いどおりになったといい気になってると、へまをやらかすもんだ。それに、もしあなたが選挙前に証拠をいくらかでも押さえることができれば、土壇場《どたんば》で愉快な仲間たちから抜けて、後援者の悪事をど派手にばらしてやることもできる」

「きたない」ジェレミーがぼそりと言った。

「それは」クレイは不安そうに眉を寄せた。「その――どうでしょうか、警視さん。それは、ずいぶんと卑劣なことのように思えるのですが。私は――」

「もちろん」父はおかまいなしに続けた。「勇気のいることです。しかし、奴ら一味の化けの皮をはがしてやれりゃ、あなたは自分だけじゃなく、この郡の人々のために、どでかい幸せってやつを手に入れるんだ。あなたはヒーローになれるんですよ、ヒーローに！」

「ふうむ」クレイは眼を輝かせた。「そういうふうに考えたことはありませんでしたね、警視さん！　おっしゃるとおりかもしれません。ええ、きっとそうだ、あなたを信じますよ。やりましょう。いますぐ電話をかけて、気が変わったと伝えます！」

わたしは抗議したかったが、こらえた。言ってもどうせ無駄だ。そう思いながら、どうしていいかわからず頭を振った。父の計略がそううまくいくだろうか？　あの狡猾でおそろしく野心的なあごひげの医者は、何週間も前に父の目的を見透かし、クレイ大理石採掘会社の帳簿や書類を調べられているに違いないと悟っていたのではないか。上院議員の候補者に推挙してきたのも、きっとクレイなら断るだろうと、そして、きっと父が受けるように入れ知恵するだろうと、そこまで見越しての企みではないのか。もしかすると、そんなのは考えすぎなのかもしれない。けれども、わたしたちが乗りこんできたのとほぼ同時に、クレイ大理石採掘会社とフォーセットの間の怪しい不正の匂いがぱったり消えてしまったというのは（そのことは父から聞いてわたしも知っていた）、きっと何か裏がある。あの紳士ぶった医者は、鳴りをひそめているのだ。そして、エライヒュー・クレイをフォーセット一味の候補者にすることで、あの清廉潔白な市民を汚そうと、それどころか、何か不正な計画に誘いこんで弱みを握り、陰の共同経営者に関して永久に口をつぐませようとしているのではないか。

とはいえ、こんなことはすべてわたしの疑心暗鬼でしかなく、たぶん父がいちばんよく知っていると思ったので、わたしは余計な口出しをするのはやめた。

「フォーセットのろくでもない計略に決まってるだろ」ジェレミーは、家にはいろうと立ち上がった彼の父親に向かって怒鳴った。「警視さん、なんでそんなとんでもないアドバイスをするんですか」

「ジェレミー」彼の父親は厳しい声を出した。

「悪いけど、親父、ぼくは黙らないよ。この取引に首を突っこんだが最後、泥まみれになるに決まってる」

「そういう決断は私にまかせてくれんか」

「もういい」ジェレミーは乱暴に立ち上がった。「親父は自分の墓穴を掘ろうとしてるんだ」彼は不吉に予言した。「あとになって後悔するなよ」

そして、唐突におやすみと言い、足音高く家にはいっていった。

翌朝、朝食の席で、わたしは自分の皿にひらりと書置きがのっているのを見つけた。エライヒュー・クレイは、なんだか顔色が悪くみえる。ジェレミーはもう家を出ていた——書置きには〝仕事に戻る〟とぶっきらぼうに記されている。〝親父の仕事を引き受けることにした。政治活動で忙しくて、本業をやる暇がないだろうから〟。かわいそうなジェレミー！　夕食時に彼は帰ってきたが、険しい顔でだんまりのままだった。それから何日もの間、ちやほやしてほしい若い娘にとって、どうしようもなくつまらない話し相手であった。そしてわたしは、詩人が青春の死の証拠と唄うように、この美貌からみずみずしい若さを失いつつあった。気づくと無意識のうちについ鏡の前で髪を調べ、こっそり白髪を探していた。そしてついに一本見つけた時、わたしはベッドの上に突っ伏し、アーロン・ドウも、ジェレミーも、リーズの町も、アメリカ合衆国も、いっそ聞いたことがなければよかったのに、と思わずにいられなかった。

＊

アーロン・ドウの裁判と判決のもたらした直接的な結果のひとつが、ごく身近に襲ってきた。それまでわたしたちはずっとカーマイケルと連絡をとりあっていて、彼はフォーセット医師に関する有益な情報を提供してくれていた。けれども、この連邦捜査官がやりすぎたのか、それともフォーセット医師の鋭い眼が秘書の正体を見破ったのか、もしくは裁判における彼の証言を雇用主に怪しまれたのか――そのどれかの、またはすべての原因が重なってか、なぜかはわからないが、カーマイケルは突然、解雇されてしまったのだ。ある朝、カーマイケルは鞄を片手にがっくりと肩を落としてクレイ宅に現れると、これからワシントンに戻ると言った。

「任務は半分しか終わりませんでしたよ」彼はこぼした。「あと二週間あれば、一味全員分の証拠を揃えられたのに。こんなことになったおかげで、証拠書類が不備なまま事件を処理しなければならない。しかし、銀行預金の貴重な記録や、取り消した領収書がばっちり写った写真や、口座名義貸しの名前を山ほど手に入れました」

帰途につくカーマイケルが別れ際に、任務の報告書をワシントンの連邦捜査局の上司に渡したらすぐ、ティルデン郡の悪徳政治家一味を罰するのに必要な法的措置を取ると約束してくれた。去っていく彼を見送りながら、父もわたしも、フォーセット医師にまんまとしてやられた、と感じていた。わたしたちのスパイが敵の本拠地から追い出されたということは、すなわち、情報の供給源を断たれてしまったということだ。

わたしはどん底に沈みこみ、父は不機嫌になり、エライヒュー・クレイは選挙活動と広報に忙しく、ジェレミーは父親の採石場で身の危険もかえりみず、景気よくめちゃくちゃに火薬を爆発させていた。わたしはその間ずっと、この情けない状況について考えをめぐらせ続けていたが、ふと、ある考えが閃いた。カーマイケルがいなくなったのなら、誰かが彼のかわりをしなければいけないのよね。それなら、わたしがやればいいのよ。

考えれば考えるほど、とてもいい思いつきのような気がしてきた。フォーセット医師は、父が何のためにリーズに来たのか、真の目的を見抜いているに違いない。でも、女好きのあの男のことだ、わたしのいかにも純情そうな見た目があれば、過去に数多《あまた》の悪党たちがひっかかったように、彼もきっとわたしという餌に食いつくだろう。

そういうわけでわたしは父に内緒で、かのあごひげの紳士と昵懇《じっこん》になるという計画に乗り出した。その第一歩目として、わたしはある日、町で彼とばったり出会った――もちろん、〝偶然に〟だ！

「おや、サムさんのお嬢さんではありませんか！」叫んで、彼はまるで美術品の愛好家のように、じろじろとわたしを上から下まで見た――そしてわたしはこの〝偶然〟の出会いに備えて、自分の魅力をできるかぎり引き立たせるよう、念入りにめかしこんでいた。「こうやってお目にかかれるとは運がいい！　ずっとうかがおうと思っていたのですよ」

「まあ、嘘ばっかり」わたしは冗談めかして言った。

「はは、たしかに怠けておりましたな、面目ない」彼は微笑みながら、舌の先でくちびるをねっとりとなめた。「ですが、せっかくこうしてお会いできたのですから、早速埋めあわせさせていただきましょう！　さ、お嬢さん、あなたはこれから私と一緒に昼食を召し上がるんです」

わたしはうぶな小娘のように恥じらってみせた。「フォーセット先生ったら！　そんな、強引な」

彼は眼をきらりと光らせ、あごひげをしごいた。「あなたが想像するよりも、ずっとずっと、私は強引な男ですよ」彼は低い声で、秘密を打ち明けるように囁いた。そして、わたしの腕を取ると、そっと優しく握った。「さ、車はこちらです」

わたしがしかたがないというようにため息をつくと、医師はさあさあとわたしに手を貸して車に乗りこませた。続いてせっかちに乗ってきながら、彼が強面《こわもて》の運転手のルイスに向かってウィンクしたのを、わたしは見逃さなかった。車は街道沿いのホテルで停まった——数週間前に父とわたしがカーマイケルと会った、あのホテルだ——すると支配人はわたしを見覚えていたのだろう、心得ているとばかりに慇懃《いんぎん》にいやらしい目つきでわたしを見ると、個室にわたしたちを案内した。

きっとヴィクトリア朝の小説に出てくるヒロインなみに、貞操を守るために戦う必要があるだろうと身構えていたのだが、ありがたいことにまったくの杞憂《きゆう》だった。フォーセット医師は礼儀正しく魅力的なもてなし役に徹していたので、わたしの中で彼の株はぐんと上がった。たぶん彼はわたしを、いずれはえじきにする、ぴちぴちした獲物だと思っていたのだろうが、あまり性急に近づいて逃げられる愚を犯す気はないようだ。上等なワインと共に、わたし好みに気を遣った昼食を注文すると、テーブル越しに一瞬、わたしの手を握っただけで、不適切な言葉を一度も口にすることなく、食後は家まで車で送ってくれた。

わたしは、ちやほやされるのが好きな軽薄なお嬢さんを演じながら機を待った。わたしはこの色男の、女好きな本性を見誤っていなかった。数日後の夜、彼は電話をかけてきて、一緒に芝居を観《み》にいきませんか、とわたしを誘った——町の劇場おかかえの劇団が『カンディダ』を上演するので、お嬢さんならきっと気に入ると思ったと言うのだ。当時、わたしは『カンディダ』をもう六回は観ていた——どうも大西洋のこちら側でも向こう側でも、このバーナード・ショウの芝居が〝恋愛〟に誘うプロローグとして、定番の手管《てくだ》らしいのだ。それはそれとして、わたしは甘えた声を出した。「まあ、嬉しい、わたしそのお芝居、まだ観たことがないんです。とっても観たいわ！ 噂だと、すごく大胆で刺激的なんですって！」(というのはでたらめもいいところで、最近の劇作家が書くたいへん官能的な芝居と比べれば、春のゆうべのようにのどかな作品だ)——すると、受話器の向こうでくすくす笑う声がして、明晩に迎えに来ると約束された。

芝居は悪くなかった。エスコートは申し分なかった。わたしたちのほかにもたくさんの人が一緒だった。彼らはリーズの町の裕福な人たちらしく、奥さんたちは上から下まで宝石で飾り立てて、きらきら輝いている一方、その夫はほとんどひとり残らず、たるんだ赤い頰と、いかにも政治家らしく狡猾な疲れた眼をしていた。フォーセット医師は、まるでわたしの影のようにぴったりと離れようとせず、ずっとそばをうろうろしていたが、やがて、ごく何気ないふうに、〝みんなで〟一杯やりに、我が家に寄っていきませんか、と誘ってきた。来た来た！　ここからが勝負だわ――そして、わたしはためらうふりをした。でも先生、それってよくないことじゃないかしら？　だって、わたし――彼はおおらかに笑ってみせた。よくないですって！　いやいや、お嬢さん、あなたのお父さんだって悪いと言うはずないですよ……わたしはため息をつくと、とてもとてもいけないことをしようとする世間知らずの娘のように、誘いに乗った。

とはいえ、その夜、まったく危険がなかったわけではない。どういうわけか、ほかの人たちは次々に途中でいなくなり、医師とわたしが彼の大きな陰気くさい家に着くころには、不思議なことに〝みんな〟はふたりきりに――つまり、医師とわたしだけになっていた。医師がわたしのためにドアを開けてくれて、わたしが中にはいった時、白状するとわたしは、最後に訪問した時は死体があった家にはいると思うと、なんだか不安になって、怖気づいてしまった。どちらかといえば背後にいる生きた厄介者より、前方にあった死体の方が、怖かったのだ。故上院議員の書斎の前を通り過ぎながら、中がすべて模様替えされて、犯罪の痕跡がきれいさっぱりなくなっているのを見て、思わずほっと安堵の息をもらした。

ふたを開けてみれば、わたしの訪問は、フォーセット医師に間違った安心感をいたずらに与えて、欲望を刺激しただけだった。医師は強いカクテルを作ってすすめてきた。けれども、わたしはお酒のたしなみが必須科目のような学校で教養を身につけた女なので、一応、一生懸命に酔ったふりをしたものの、いくら飲んでもわたしがつぶれないことに、彼は驚いていたと思う。その夜のもてなしの間に、わたしの騎士様は紳士の皮を脱いで、本性を現した。わたしを長椅子にひっぱりこみ、どんどん大胆に触れようとしてきた。彼の言いなりにならないようにあらがいつつ、こちらの真の目的を悟られないためには、超絶技巧のダンサーなみの身のこなしと、名優ドルリー・レーンなみの演技力が必要だった。やっとの思いで抱擁から抜け出したものの、彼の求愛をはねのけながら、わたしに対する興味をつなぎとめることに成功したのは、我ながら大いばりで自慢してもいいと思う。彼は御馳走のいちばんおいしいひと口を取っておくのも乙だと考えたらしい。待つ間に期待をふくらませることも、彼にとってはお楽しみのうちなのだろう。

こうして城壁を破りながら、わたしはひそかに伏兵を育てていた。そして、フォーセット医師のすみかへ、いっそう足しげく通うようになった——彼からの求愛がしつこくなればなるほど、そうしないわけにいかなかったのだ。この危険に満ちた生活は、アーロン・ドウがアルゴンキン刑務所に服役してからひと月ほど続いた。危険のうちには、父からの不審そうな質問や、ジェレミーのやたらと不機嫌なやきもちも、かなりの割合で含まれている。この坊ちゃんがとにかくやっかいでしかたがなかった。一度など、わたしが町で作った〝お友達〟と仲良くしているという説明に納得せず、あとをつけてきたほどだ。この時には、水底のうなぎのように動きまわって、ようやく彼をまくことができた。

いまもはっきりと覚えている。あれはある水曜の夜のことだった。待ちに待った決定的な局面がついに訪れたのだ。その時、わたしは約束の時間よりずいぶん早めに、フォーセット医師の家に着いた。それで、一階にある診察室の隣の、医師個人の書斎に勝手にはいっていったのだが、その時、彼はちょうど、机の上に置いてある何かを――とても奇妙な物を、熱心にためつすがめつしているところだった。医師は顔をあげてわたしに気づくと、口の中でぶつくさとつぶやき、にっこりと微笑んで、大急ぎでその品物を机のいちばん上の引き出しにしまった。わたしは驚きが顔に出ないよう、必死に内心の動揺を隠し通さなければならなかった。だって、医師が眺めていたあれは――まさか、そんなはずないわ！　それでも、わたしは実際にこの眼で見てしまった。とうとう、つかんだ。自分でも信じられないけれど、ついに、ついにわたしは目的を達したのだ。

その夜、医師の家を出た時、わたしは興奮でわくわくと全身が震えていた。わたしを口説く彼の様子が上の空だったおかげで、いつもより楽にはねつけることができた。どういうこと？　きっとあの机のいちばん上の引き出しにはいっている品物のことで、彼は頭がいっぱいだったに違いない。

そんなわけで、車が待っているところまで私道を歩いていくかわりに、わたしはこっそり家のまわりをぐるりとまわって、フォーセット医師の書斎の窓を目指した。たとえ、これまでここに通ってきた目的がまったく達成できなかったにしろ――できれば書類か何かを手に入れて、その持ち主を破滅させてやるつもりだったのだ――今夜のそれは、わたしが期待していたよりずっと実り多いものになるに違いなかった。それは書類ではない。けれども、もっとずっと重要なものだ。わたしは咽喉《のど》がごろごろしてうまく息ができず、心臓があまりにうるさく鳴り響くものだから、壁の向こうのフォーセット医師の耳に届いたらどうしようと怖くなった。

わたしは膝の上までドレスをたくしあげ、頑丈なぶどうの木に足をかけると、書斎の中が見える位置までよじのぼった。月のない夜を恵んでくれたわたしの守護神たちに心の中で感謝した。窓枠越しに覗きこんで、フォーセット医師が机の前でしていることを見た時、うっかり勝ちどきをあげるところだった。思ったとおりだ！　彼はわたしを追い払ってすぐ、一刻も早く、あの引き出しに入れたものを見たくて、大急ぎで引き返したのだ。

すぐそこに、医師は坐っていた。痩せた顔は激情のあまり青黒く、尖《とが》ったあごひげを威嚇《いかく》するように突き出して、指はしっかりとその品物をつかみ、いまにも粉々にしそうに力いっぱい握っている。それから、あれは何？　手紙――ううん、メモか何かだわ！　それは医師のそばの机に置いてあった。彼は乱暴にその紙を取り上げ、恐ろしい形相《ぎょうそう》で読み始めた。すっかり興奮したわたしは、ぶどうの木の上でバランスを崩し、下の砂利に落ちて、死人でも目を覚ますような派手な音をとどろかせた。

きっと医師は光の速さで椅子を飛び出し、窓辺に飛んできたに違いない。わたしが砂利の上で両脚を投げ出し、しりもちをついたまま顔を上げたとたん、窓の向こうの彼とばっちり目が合った。あまりの恐ろしさにすくみあがったわたしは、指一本、動かせなかった。まわりの真っ黒《ブラック》な闇と同じくらい、彼の顔は険悪《ブラック》だった。彼のくちびるが、獣のうなるようにまくれあがるのが見えたかと思うと、ばん、と音をたてて上げ下げ窓が押し上げられた。その恐怖のショックで全身に力が戻ったわたしは、必死に立ち上がると、風のように庭の小径《こみち》を走りだした。

遠くうしろで小径に着地するどさっという足音が聞こえた。それは大きな音をたてて追ってきた。

医師が怒鳴った。「ルイス！　その女を捕まえろ、ルイス！」すると闇の中からぬっと現れた運転手がわたしの目の前に立ちはだかり、酷薄そうなくちびるをにやにやさせて、ゴリラのように両腕を伸ばしてきた。気が遠くなってその腕の中に倒れかかると、運転手は鋼鉄のような指でわたしをがっちり捕まえた。

フォーセット医師が息を切らしながら追いついてきて、腕を力いっぱい握りしめたので、わたしは悲鳴をあげた。「そうか、結局、貴様はスパイだったんだな！」彼は自分を納得させるように、わたしの顔を睨みつけながらつぶやいた。「もう少しで騙されるところだったぞ、この小悪魔め」医師は顔を上げると、ぶっきらぼうに運転手に言った。「もう行け、ルイス」

運転手は「はい、旦那」と言って、まだにやにやしながら闇に消えていった。

わたしは怖くて立ちすくんでいた。フォーセット医師に腕をつかまれていることで、眼がくらみ、震えあがり、胸が悪くなり、胃の中身を出してしまいそうだった。彼はわざと乱暴にわたしを揺さぶり、耳に口を寄せて、下劣極まりない言葉でさんざん罵《ののし》った。その時偶然、医師の眼が見えた。彼の眼玉は激情で張りつめ、ぎらぎらと光っていた。人殺しの眼そのものだ……

それからは何が起きたのかはっきりと覚えていない。彼の手をどうにかして振りほどくことができたのか、それとも向こうが手を放してくれたのかもわからない。ただ、次にはっきり覚えているのは、真っ暗な道をよろよろと歩いていく間じゅう、ドレスの裾が靴のヒールにからまって転びそうで、フォーセット医師に両腕をわしづかみにされたところが、焼き印を押されたようにうずいていたことだ。

しばらくしてわたしは立ち止まり、闇色の古木にもたれ、ほてった顔をそよ風に冷ましていたが、屈辱と安堵の苦い涙があとからあとから流れてきた。この瞬間、父に会いたくてたまらなくなった。探偵なんて、無理！　わたしは頬の涙をぬぐい、くすんと鼻を鳴らした。おとなしく暖炉の前に坐って、編み物でもしていればよかった……。その時、車の音がゆっくりとわたしのいる方に近づいてくるのが聞こえてきた。

わたしは木の影でちぢこまって息を殺していたが、その瞬間、パニックに襲われた。あの音はまさか、医師が追ってきたの？　今度こそ、わたしの息の根を止めるつもりなの？　カーブの向こうから現れたヘッドライトが、闇を薙《な》いでこちらに向かってきた。ゆっくりと、ゆっくりと、まるで、運転している人物が迷っているかのように……。そして、わたしはヒステリックに笑いながら、狂ったように両腕をめちゃめちゃに振りまわし、道路に走り出て、金切り声で叫んだ。「ジェレミー！　ああ、ジェレミー！　ダーリン、ここよ！」

*

この時だけは、若い忠実な恋人という存在をこの世に生み出した数多の神々に感謝した。ジェレミーは車から飛び出してきて、わたしを両腕で抱きしめた。わたしは、誠実な、心配してくれている顔を見て、とても嬉しかったので、彼にキスされるがままになっていた。ジェレミーがわたしの涙をぬぐい、半分かかえるように車に乗せ、助手席に坐らせる間もおとなしくしていた。

ジェレミー自身、ひどく怖がっていて、わたしに何も質問してこなかったので、いっそうありがたかった。この夜、彼はわたしのあとをつけてきたらしい。そしてわたしがフォーセット医師の家にはいっていくのを見て、家から出てくるのをずっと待ってくれていたのだ。ジェレミーの話では、庭で何か騒ぎが起きている音をかすかに聞きつけて、私道を走って見に行くと、もうわたしの姿はなく、フォーセット医師が大股で家に戻っていくところだった。

「それで、あなたはどうしたの、ジェレミー？」わたしは彼の大きな肩にすり寄り、声を震わせた。

ジェレミーはハンドルから右手を放すと、顔をしかめて、こぶしの指の付け根を吸った。

「一発、ぶん殴ってやった」彼はぼそっと言った。「少しは懲りるだろうと思って。そしたら別の奴が、たぶん運転手だろうけど、駆けつけてきたもんだから、ちょっとした殴り合いになってさ。まあ、それだけだよ。ぼくはラッキーだった――あの狂暴野郎」

「まあ、ダーリン、あなた、あんな大男にも勝ったの？」

「顎《あご》に一発入れたら、簡単にノックアウトできたよ」ジェレミーはぴしゃりと言うと、それまでわたしを見つけた喜びで我を忘れていたのが、またいつもの態度に戻って、むすっとした顔で目の前の道路をじっと見つめたまま、何事もなかったように落ち着き払い、わたしを無視していた。

「ジェレミー……」

「何？」

「説明を聞きたくないの？」

「誰が――ぼくが？　そんな必要あるかい？　きみがフォーセットのようなクズと火遊びしたいんなら、パット、それはきみの勝手だ。くそ、なんでぼくは首を突っこんだんだろう。ぼくは大馬鹿だ、ほんとおめでたいよ！」

「わたし、あなたはとてもすてきだと思うわ」

彼は黙りこんだ。わたしはため息をついて、まっすぐ前の道路を見つめると、丘の上にあるミュア神父の家に連れていってほしいと頼んだ。急に、分別あるおとなにどうしても相談したくなったのだ。わたしはドルリー・レーン氏の優しい、すべてを見通す賢者のような顔を見たくてたまらなかった。わたしのつかんだ証拠……レーンさんならきっと、とても興味を持ってくれる。彼がいままでずっとリーズにとどまっていたのは、これが目当てだったに違いないのだから。

＊

ジェレミーがミュア神父の家の、薔薇《ばら》が咲き乱れる石壁と小さな門の前に車を停めた時、わたしは家が真っ暗なことに気づいた。

「誰もいないみたいだな」ジェレミーがぼやいた。

「ああ、もう！　でも、いいわ、一応、確かめてくる」わたしは疲れた身体で車の外にのろのろと出ると、ポーチに続く踏み段をのぼって、呼び鈴を鳴らした。驚いたことに、ドアの向こうの小さな玄関ホールに明かりがついて、小柄なおばあさんが白髪頭を突き出した。

「こんばんは」おばあさんが言った。「ミュア神父様にご用？」

「ちょっと違うんです。ドルリー・レーンさんはいらっしゃいませんか？」

「あれ、まあ、どうしましょ」おばあさんは声を落として、困り顔になった。「レーン様とミュア神父様は刑務所に行かれたんですよ。あたしはクロセットって者ですけどね――こうやってお留守の時なんかに、こちらに通って家のお世話をしたりしてるんです。なにしろ神父様は――あまり……」

「刑務所！」わたしは大声をあげてしまった。「こんな夜遅くにですか？　何をしに？」

おばあさんはため息をついた。「死刑が執行されるんですよ、今夜、〝死の家〟で。ニューヨークのギャングだって話でね。スカルチとかなんとか、外国風の名前の人でしたよ。ミュア神父様は最後の儀式をほどこさなければなりませんし、レーン様は立会人として一緒に行かれました。死刑をごらんになりたいとおっしゃっていたので、マグナス刑務所長さんがレーン様を招待されたんですよ」

「まあ」わたしはどうしようか迷った。「あの、中で待たせていただいたら、ご迷惑でしょうか？」

「もしかしてお嬢さんは、サムさんかしら?」

「そうです」

おばあさんの顔がぱあっと明るくなった。「どうぞどうぞ、おあがりくださいな、サムさん。それから、そちらのお友達もね。死刑っていうのは」彼女は声をひそめた。「いつも十一時に執行されることになってるんですよ、だから――だから、この時間は、ひとりでいたくなくって」そう言って、弱々しく微笑んだ。「刑務所はとっても時間が正確で厳しいんですよ」

わたしは死刑執行のことなんて、たとえ気を遣ってくれた世間話だとしても、聞きたい気分ではなかった。それで、わたしはジェレミーを呼び寄せ、そのまま神父の家庭的でこぢんまりとした居間にはいっていった。クロセット夫人はお喋りをしようと、話しかけてくれたが、三回も会話が続かないと、ついにため息をつき、わたしたちを残して居間を出ていった。ジェレミーは陰気な顔で陽気に燃え盛る炎を見つめ、わたしは陰気な顔でジェレミーを見つめていた。

そうして三十分ほど坐っていると、玄関の扉が勢いよく開く音が聞こえた。すぐに、ミュア神父がよろよろと、続いてレーンさんも、居間にはいってきた。老神父の顔は苦痛に歪《ゆが》んで、血の気がなく、脂汗で光り、ずんぐりした小さな両手でいつものようにぴかぴかの真新しい祈禱書をしっかりとつかんでいる。レーンさんの眼はガラス玉のように虚ろで、身体はまるで地獄をひと目覗いて肝《きも》をつぶしたように、変にまっすぐこわばっていた。

ミュア神父はわたしたちの姿を見て、無言で会釈し、無言で肘掛け椅子に沈みこんだ。老紳士はまっすぐに部屋を突っ切ってくると、わたしの両手を取った。「こんばんは、クレイ君……ペイシェンスさん」彼は低い、張りつめた声で言った。「こんなところで何を？」

「聞いて、レーンさん」わたしは叫んだ。「わたし、ものすごく恐ろしい知らせがあるんです、あなたに！」

彼のくちびるが小さく暗い笑みを浮かべた。「恐ろしい、とおっしゃいましたか？ いや、いま私の経験してきたことより恐ろしいことはありますまい――わたしはいま、人がひとり、死ぬところを見てきたのですよ。死！ それがどんなにあっけないものか、そう、どんなにあっけなく、残酷で、絶対的に無慈悲なものか、想像もできませんでした」レーンさんは身震いし、深く息を吸いこむと、わたしの隣の肘掛け椅子に腰をおろした。「では、ペイシェンスさん。どんな知らせでしょうか？」

わたしは救命具にすがるように、レーンさんの両手を握りしめた。「ついさっき、フォーセット医師が、あの切り分けられた小さい木箱の、別の部分のかけらを受け取ったんです！」

13　ある男の死

何週間もたってから、わたしはあの夜、男がどんなふうに死んでいったのかを聞かされた。その男は、わたしにも、この事件に関係する誰にも、ましてドウにも、フォーセット兄弟にも、ファニー・カイザーにも、まったく関わりがない。それなのに、つまらない人生を送り、みじめな死を迎えたその男は死ぬことで、ドウだけでなく、フォーセット兄弟にも、ファニー・カイザーにも、その他の関係者たちにも、影響をもたらしたのだ。というのも、彼の死がなければ永遠に見つからずに暗黒の底に埋もれていたであろう事実が、明らかになったからである。

老紳士が語るところによると、彼がミュア神父の家で無為に待ち続けていたある日、スカルチという男の死刑がまもなく執行されると耳にしたのだそうだ。その男は、暴力に生き、暴力に死ぬ、いっそ死んでくれた方がほかの人類にとってありがたいというろくでなしの、ギャング一家の一味だった。何もせずに過ごしていることにすっかり嫌気のさしたドルリー・レーン氏は、普段、平和そのものの生活を送っている穏やかな人にありがちな好奇心に刺激されたのだろう。死刑執行の前の週、マグナス刑務所長に、立会人にしてもらえないだろうかと頼んだのだ。

ふたりは、老紳士がほとんど知らない電気椅子による死刑について語りあった。「刑務所内の規律はいついかなる時も厳格です――まあ、そうでなきゃ、つとまりませんしね。しかし、死刑執行の期間の厳しさってのは、そりゃもう専制国家なみですよ。死刑囚の独房はもちろん隔離されていますが、連中の地獄耳の速さときたら想像もつかないほどで、まあ、当然のことですが囚人たちは例の――これは通称ですが――〝死の家〟で起きることすべてに興味津々でして。気持ちはよくわかりますが。そんなわけですから、死刑執行の予定がはいると、我々は徹底的に取り締まりを厳しくする必要がありましてね。死刑までは、短いがいつ暴動が起きるかわからないヒステリーめいた期間を耐えなければなりません。この時期はまさに一触即発で。まったく気が抜けませんよ」

「どうも、あまりうらやましいお仕事ではなさそうですな」

「そうでしょう、そうでしょう」マグナス所長はため息をついた。「ともかく、死刑執行の任に当たる看守はいつも同じ者たちにまかせています――できるだけ、という意味ですが。もちろん、病気や都合で欠席する者が出れば、別の者に代わってもらうことにしていますよ。しかし、まあ、いまのところは一度も交替する必要なくやってこられました」

「なぜ、そのように?」レーンさんは好奇心に駆られたようだった。

「そうするのは」刑務所長は重々しい声で答えた。「死刑の間は、私のまわりにできるだけ、死刑執行に慣れた、熟練の看守たちにいてもらいたいからです。どんなことが起きるかわかりませんから。そういうわけで、夜勤の看守から選んだ七人に毎回、このぞっとする仕事をまかせています。刑務所医も同様で、いつも同じ夜勤のふたりです。実際のところ」所長は誇らしげに言った。「こう申してはなんですが、私は電気椅子による死刑執行というものを精密な科学にまで磨き上げたと自負しております。ここでは一度も問題が起きたことはありません。なんといっても、うちの看守は選りすぐりばかりですし、すべてが厳格に規則正しく――たとえば、日勤の者を夜勤にまわしたりは決してしません。全員が自分の職務を心得ていて、どんな緊急事態にも対応できる。ところで」所長は急に眼を鋭くしてレーンさんを見た。「あなたはスカルチの死刑執行を見たいと？」

老紳士はうなずいた。

「本気ですか？　気持ちのいいものじゃないですよ。それにスカルチという男は、笑って死を迎えるような男じゃありませんし」

「何事も経験ですから」ドルリー・レーン氏は言った。

「なるほど」所長はおざなりに相槌を打った。「わかりました、ご希望でしたら手配しましょう。法律では、刑務所長が〝十二人の成年に達した良識ある市民〟に――もちろん、刑務所とまったく関わりのない人間にかぎられますが――死刑執行の立ち会いを要請する招待状を送ることになっています。この経験を本当に気になさらないのであれば、あなたもその中に加えましょう。でも大丈夫ですか、たいへんな経験ですよ、それだけは誇張じゃありません」

「本当に恐ろしいものなのです」ミュア神父は心配そうに言った。「私はもう数えきれないほど何度もお役目をはたしてきましたが、その私でさえいまだに慣れることができません、あの――あの残酷さには」

マグナス所長は肩をすくめた。「それはもう、私を含めて、たいていの人が同じ反応をします。実際、自分でも悩むことがありますから。私は本当に極刑というものを認めているんだろうかと。実際にその時が来ると、どれほど救いようのない悪党でも、人ひとりの命を絶つ責任を負うのは、なんとも辛いもので」

「いいえ、あなたに責任はないでしょう」老紳士は指摘した。「つきつめれば、責任は州当局にあるはずです」

「しかし、理屈はそうでも、実際に合図を出すのは私だし、スイッチを入れるのは執行人ですから。なかなか割りきれるもんじゃないですよ、当事者は。そういえばむかし、一度、死刑執行の夜に官邸から逃げ出した州知事がいましたっけ。どうにも耐えられなかったんでしょう……。わかりました、レーンさん。手配しておきます」

これが、あのフォーセット医師の家にわたしが押しかけて大騒ぎになった水曜の夜に、レーンさんとミュア神父が巨大な石塀の中にいたいきさつというわけだ。その日、ミュア神父は死刑囚にかかりきりで、昼間からずっと家を空けていた。一方、レーンさんはひとりで、午後十一時になる数分前になってから刑務所内の中庭にはいることを許可され、すぐに看守の案内で、死刑囚が収監されている棟、通称〝死の家〟に連れていかれた。それは四方を刑務所の棟に囲まれた中庭の片隅に建つ細長く低い建物で、言ってみれば、刑務所のさらに内側に、もうひとつ刑務所があるようなものだった。この建物の異様で不気味な雰囲気に、老紳士は全身の感覚がびりびりと研ぎ澄まされるうち、いつの間にか、刑が執行される死の部屋にはいっていた。

そこは殺風景ながらんとした部屋で、あるのは教会の信徒席に似た長いベンチがふたつ、そして……電気椅子だけだった。

そのずんぐりした、固い、角ばった、醜い死の道具に、すぐさま彼の注意がひきつけられたのは当然のことだった。それが予想よりもむしろ小さく、想像していたほど恐ろしげに見えなかったことに、彼自身驚いた。椅子の背もたれや腕や脚から革のストラップが何本も力なくだらりと垂れ下がっている。背もたれの上の方に、金属でできたフットボール選手がかぶるヘルメットそっくりの奇妙な装置があった。どれもこれも、まったく無害に見えるのに、この瞬間は、現実とは思えないほど奇怪に思われた。

老紳士はあたりを見回した。そうしながら腰をおろしたベンチにはすでに、仲間の十一人の立会人がすでに着席している。全員が年配の男性で、皆、そわそわし、蒼ざめていた。そして誰も喋らなかった。二列目のベンチに、あの赤ら顔のルーファス・コットンの姿を見つけて、彼は驚いた。この小柄な老政治家はいつもと違って蠟人形《ろうにんぎょう》のような顔色で、あのすべてを見透かすような恐ろしい眼も霞がかったように虚ろだった。ドルリー・レーン氏は胸をざわつかせ、深く坐りなおし、もう一度、見回した。

一方の壁に、小さなドアがあった。それが死体仮置場に続いているのを、彼は知っていた。そして、当局は死刑囚が蘇生する機会を一切、与えないことを、いまさらながら思い出した。死刑執行後に、医師が法的な死亡を宣告すると、死刑囚の死体は隣室に運ばれ、奇跡的に生命の火花が残っていそうな器官はすべて徹底的に、司法解剖で破壊されてしまうのだ。

もうひとつ、ベンチの向かい側に別のドアがあった。鉄の鋲《びょう》が打たれた小さな深緑のドアだ。これは死刑囚がこの世で最後の旅路を歩く廊下につながっていることも彼は知っていた。

ドアがついに開いて、顔のこわばった一団が列をなし、固い床に靴音を響かせながら、ずかずかとはいってきた。そのうちのふたりは黒い鞄を下げていた——法の要請にもとづき、すべての死刑執行に立ち会って法的な死を宣告する刑務所の医師たちだ。三人は地味な服装をしていたが、のちにドルリー・レーン氏は、彼らが裁判所の役人で、死刑が適切に執行されたことを確認するべく法で定められて出席していたのだと知った。そして、もう三人は刑務所の看守だった——紺色の制服に身を包み、冷酷な顔の男たちだ……ここで老紳士は初めて、部屋の片隅の壁のくぼみにずんぐりした、初老の男がひとり立っていることに気づいた。男は、くぼみの中にある電気装置をいじっている。その顔は無表情だった。粗野で、鈍そうな、どちらかといえば知的に見えない顔をしていた。死刑執行人だ！ そう気づいた瞬間、まるで目からうろこが落ちたように、あたりの光景が現実となり、ここの部屋が意図する残酷な目的を、いまさらながらはっきりと実感して、ドルリー・レーン氏は咽喉《のど》の筋肉がひきつれ、息ができなくなった。部屋はもはや非現実的ではなかった。まるで悪魔に支配されたかのように、邪悪な命を得て脈打っていた。

霧がかったようにかすむ眼で彼は腕時計を見た。十一時六分。

不意に、全員がほぼいっせいに身をこわばらせた。同時に、部屋は重苦しく、死の静寂に包まれた。あの深緑のドアの向こうから足を引きずる音が規則正しくどんどん近づいてくると、立会人たちは皆、神経がひりつき、思わずベンチの端を力いっぱいつかみ、ばねのようにぐっと身を前にかがめた。やがて、足音と共に、背骨を這いあがってくるようなぞっとする音が聞こえてきた。低くつぶやき続ける声。囁くようなしゃがれた泣き声。さらにかぶさるように、亡霊《バンシー》が不気味に泣くような声が響いてきた。それは、外の死の廊下にずらりと居並ぶ生ける屍たちが獣のように泣きわめく声、自分たちの仲間が最後の長い旅路を、細い通路から永遠に向かう道のりを、よろめきながら、しりごみしながら、恐怖にすくみながら歩いていくのを見送っている声だった。

足音はどんどん近づいてきた。やがて、ドアが音もなく開き、一同は見た……

マグナス刑務所長は冷たい、蒼白な顔をしていた。ミュア神父は、腰を曲げ、ちぢこまり、気を失いかけながら、廊下を歩いていた時からずっと聞こえている祈りの言葉をつぶやき続けている。さらに、残りの看守が四人。これで全員が揃ったわけだ。大きく開け放たれていたドアが閉まる……。少しの間、中央の人物は隠れて見えなかった。けれど、すぐに彼の姿がはっきり現れると、その他の人間は幽霊のようにかすんでしまった。

ひょろりと背の高い、骨と皮ばかりにやつれ、肉食動物のような面構えをした、あばたのある浅黒い顔の男だった。だらしなく膝を曲げ、わきをふたりの看守に支えられている。血の気のない土気色をしたくちびるの間から、くすぶっている紙巻きたばこが垂れ下がっていた。足にはやわらかいスリッパをつっかけている。ズボンの右脚がひらひらしているのは、ひざ下から裾まで切り込みが入れられているからだ。髪は短く刈りこまれていたが、ひげは剃っていない……。彼は何も見ていなかった。ベンチの立会人たちに向けているガラス玉のような眼はすでに死んでいた。看守たちは彼を人形のように操った。引き寄せ、軽く押し、低い声で命令し……

信じられないことに、いつの間にか、彼は電気椅子に坐って、頭が胸につくほどがっくりとうなだれ、くちびるの間にはさまったままのたばこからはまだ煙が上がっていた。七人いる看守のうち四人が、オイルをさしたロボットのように正確な動きで前に飛び出した。その動作にはまったく無駄がなく、無駄な時間も一切なかった。ひとりが死にゆく男の前にひざまずき、素早く両脚にベルトを巻きつけた。ふたり目が、男の両腕を椅子の腕に縛りつける。三人目が男の胴体に、幅広のずっしりした帯のようなベルトをかけた。四人目が黒っぽい布を取り出して、男の両眼のまわりできつく縛った。それがすむと、看守たちは無表情のまま立ち上がり、うしろに下がった。

死刑執行人が部屋のくぼみから足音もなくすべり出てきた。誰もひとことも発さない。執行人は死刑囚の前にひざまずき、長い指で男の右脚に何かを取りつけ始めた。死刑執行人が立ち上がると、彼がむき出しの脛に電極をつけたのが、ドルリー・レーン氏にも見えた。死刑執行人は素早く椅子のうしろにまわり、男の髪を刈りこんだ頭にあの金属のヘルメットを、長年の経験による熟練の手さばきでやすやすとかぶせた。彼は無言で、手早く作業をし、すべてが完了した時、スカルチはまるで地獄の淵に置かれた彫像のように、坐ったまま、ぐらぐらと揺れながら、待っていた……

死刑執行人はゴム底の靴で、持ち場の部屋のくぼみに走って戻っていった。

マグナス刑務所長は懐中時計を手に持ち、無言で立っている。

ミュア神父は看守に寄りかかって、十字を切った。その老いたくちびるはほとんど動いていなかった。

一瞬、時が止まった。もしかするとその瞬間、天使の翼の羽ばたきを感じたのか、スカルチは身を震わせ、土気色のくちびるからはくすぶるたばこが落ちたかと思うと、咽喉をしめつけるようなうめき声が防音室の壁から壁へとつたって、ずるずると広がり、さまよえる魂の死の叫びのように消えていった。

刑務所長の右腕が大きく弧を描いて、さっと上がり、振りおろされた。

そして、ドルリー・レーン氏は席に坐りこんだまま、なんとも言えない感情に咽喉が詰まり、心臓をとどろかせ、馬のように大きくあえぎながら、死刑執行人の紺色の制服の腕が、くぼみの壁に備えつけられたソケットにプラグをさしこむのを見ていた。

＊

その瞬間、四次元界からの通信のように胸を刺激する振動は、自分のどきどきしている心臓のせいだと彼は思った。が、すぐにそうではないと知った。飛び跳ねるように勢いよく電気の流れる線から放たれる電流の叫びに肌がひきつるように共鳴しているのだ。

死の部屋をまばゆく照らしていた光が、薄暗くなった。

するとプラグがさしこまれたのと同時に、坐っている男は、自分を縛りつける革のベルトを力ずくで引きちぎろうとするかのように全身を持ち上げ、のけぞらせた。灰色がかった煙がゆるゆると、金属のヘルメットの下からたちのぼる。椅子の腕をつかんでいる両手がゆっくりと赤くなり、だんだん白くなっていく。首筋の血管が、タールを塗ったロープのようにふくれあがり、醜悪な鉛色が際立っていた。

スカルチは気をつけをしているように硬直し、まっすぐ坐っている。

照明が再び、明るくなった。

ふたりの医師が進み出て、ひとりずつ順番に、電気椅子に坐る男のはだけた胸に聴診器を当てた。それから、ふたりはうしろに下がり、顔を見合わせると、年配の方が——感情のない眼をした白髪の男だ——無言で合図をした。

再び、死刑執行人の左腕がおろされた。またもや、照明が暗くなった……

それから、医師たちは二度目の見分ののち、うしろに下がると、年配の医師が低い声で、法によって要請された死を宣告した。「刑務所長殿、私はこの男の死を宣言いたします」

男の肉体は、ぐんにゃりと椅子にもたれかかっていた。

誰も、指先ひとつ動かさなかった。死体仮置場と司法解剖室を兼ねた隣室との境のドアが開き、やがて、車輪付きの白い台が運びこまれた。

その時、ドルリー・レーン氏は何気なく、自分の懐中時計を確かめた。十一時十分。

こうしてスカルチは死んだのである。

14　第二の木片

　ジェレミーは立ち上がって、部屋の中をぐるぐる歩きまわりだした。ミュア神父は放心して、無言で坐りこんでいる。彼の耳には何も聞こえていないのだろう。神父の眼はわたしたちの視界からはるか彼方の、実体のない何かをじっと見つめ続けていた。

　ドルリー・レーン氏は眼をまたたかせ、ゆっくりと言った。「ペイシェンスさん、フォーセット医師が、木箱の別のかけらを受け取ったと、どうしてご存じなのですか？」

　そこで、わたしはその夜の冒険を物語った。

「フォーセット医師の机にのっているそれを、どのくらいはっきりと見たのですか？」

「わたしのちょうど正面にあって、五メートルも離れていませんでした」

「それはフォーセット上院議員の机で見つけたかけらと同じものに見えましたか？」

「違います、絶対に。だって、両端が断面だったんです」

「ほう！　ということは真ん中のかけらというわけだ」レーンさんはつぶやいた。「フォーセット上院議員が持っていたかけらのHEに該当する文字が書いてありませんでしたか？」

「表面に何か文字のようなものが書かれていたのは見えました。でも、遠すぎて読み取れなかったんです」

「それは残念でしたな」彼はじっと考えこみ、老いた身体はしばらく動かなくなった。やがて、前に身を乗り出して、わたしの肩にぽんと手をのせた。「ひと晩の仕事としてはなかなか上首尾でしたよ、お嬢さん。ただ、私にはまだはっきりと見通せませんが……とりあえずクレイ君に家まで送ってもらうのがよろしいでしょう。恐ろしい経験をなさったのですから……」

わたしたちは互いの眼を見つめあった。ミュア神父が椅子に坐ったまま小さくうめき声をもらし、くちびるを震わせているのが見えた。ジェレミーはじっと窓の外を見つめている。

「レーンさんは考えていらっしゃるのね――」わたしはゆっくりと言いかけた。

彼はかすかに笑みを浮かべた。「私はいつも考えていますよ。では、お嬢さん、おやすみなさい、大丈夫、もう何も心配されますな」

15　逃亡‼

翌日は木曜日だった。よく晴れた、気持ちのよい日で、かなり暖かくなりそうだ。父に、リーズの町でわたしが、絶対に買った方がいいとすすめた、真新しい麻のスーツを着せると、とても粋《いき》ですてきに見えた。当の本人は納得いかないらしく、自分は〝百合の花〟じゃないと——わたしにはどういう意味かわからないが——文句を言い続け、知り合いに見られるのがいやだと、クレイの家を出るまでたっぷり三十分もぐずぐずしていた。

その日は、リーズというのどかで小さな町で過ごした事実を抜きにすれば、人生で最高に波乱万丈だったと思う——この一日の細かな出来事を、写真のようにはっきりと思い浮かべることができる。わたしはとても鮮やかなオレンジ色のネクタイを父のために買っておいた。まともな色彩感覚の持ち主なら誰でも、父の麻のスーツにぴったり合うと言うはずだ。もちろん、わたしが結んであげたのだけれど、その間じゅう父は文句を垂れ流し、世界一、不幸せそうだった。誰かが見たら、このしょんぼりしたおじさんは何か犯罪でもやらかしたのか、それとも、いま着せられている最高におしゃれなスーツは囚人服なのか、と不思議に思うだろう。もうお父さんったら！　本当にどうしようもなく保守的なんだから。わたしは父を恰好よくしてあげるのが、とても愉しいのだ——せっかく、わたしが愛をこめて、娘として尽くしているのに、父にはありがた迷惑らしい。

　昼の十二時近くになって、散歩に行こうとわたしたちは決めた。というよりも、わたしが決めた。

「丘の上に歩いていってみましょうよ」わたしは提案した。

「このど派手な衣装でか?」

「そうよ!」

「冗談じゃない。お父さんは行かないぞ」

「なんでそんなこと言うの。行きましょ。すばらしいお天気じゃない」

「お父さんにはすばらしくない」父はうなった。「それに――その、そうだ、あまり調子がよくなくてな。左脚がリュウマチで」

「こんな山のいい空気の中で?　屁理屈ばっかり言わないでよ!　レーンさんに会いに行きましょ。そしたら、お父さんのかっこいいスーツをお披露目できるわ」

　こうしてわたしたちはのんびり歩きだした。わたしは道端の野の花を片手いっぱいにつみ、父は父で人の目のことなどすっかり忘れ、この日、たぶん初めて、楽しそうにしていた。

　わたしたちが見つけた時、老紳士はミュア神父の家のポーチで読書に没頭していたが――ここで、ものすごい奇跡が起きてしまった!――レーンさんも麻のスーツを着て、オレンジ色のネクタイをしていたのだ!

　ふたりは、年季のはいった伊達男《だておとこ》同士のように見つめあい、やがて、父は照れくさそうな顔になり、レーンさんはくすくす笑いだした。「流行の最先端ですか、警視さん。なるほど、ペイシェンスさんの仕業ですね。持つべきものは愛娘ですな、サム警視！」

「ようやく、この拷問に慣れ始めたところですがね、私は」父はつぶやいた。それから、顔が明るくなった。「まあ、すくなくともお仲間がひとりいてくれて、ほっとしてますよ」

ミュア神父が家から出てきて、温かく挨拶してくれた――とはいえ、前の晩の経験がきいているようで、すっかりしおれて、顔色はまだ蒼ざめたままだった――わたしたちは揃って腰をおろした。気のきくクロセット夫人が、ひと目でアルコールがはいっていないとわかる冷たい飲み物をお盆にのせて、外に出てきた。三人の老紳士がお喋りをしている間、わたしはちぎれ雲が点々と浮かぶ空をじっと見つめながら、家のすぐ近くにあるアルゴンキン刑務所の高い灰色の塀をつとめて見ないようにしていた。ここは暑い夏だけれど、塀の中は常に変わらず陰鬱な冬なのだ。いまごろアーロン・ドウはどうしているかしら、と思わずにいられなかった。

時は足音を忍ばせて過ぎてゆき、わたしはこの世の煩《わずら》わしさから解き放たれ、我を忘れて美しい空に見入っていた。そうするうちに、少しずつ、少しずつ、前の晩に起きた出来事について、思考がめぐるようになってきた。木箱の二番目のかけら――これは何の前触れだろう？　アイラ・フォーセット医師にとって、なんらかの意味があるのは絶対に間違いない。あの時浮かべた恐ろしい表情は、未知の何かに対する恐怖ではなく、何かを知ったことによるものだ。そういえば、あのかけらはどうやって医師の手元に届いたの？　そもそも送ったのは誰？……そこまで考えて、はっと背中をこわばらせた。まさか送ったのはアーロン・ドウなの？

わたしは混乱して、またぐったりと椅子に沈みこんだ。そうなると、もう一度、最初から事件を組み立てなおさなければならない。第一のかけらは、たしかにドウが送った——そもそも本人がそう認めている——そして論理的に考えれば、あれは刑務所内の木工所で彼が作ったものだろう。ということは、第二のかけらもドウが木工所で作り、なんらかの狡猾《こうかつ》な裏の手段を使って刑務所の中から、ふたり目の犠牲者に送ったのだろうか？　そこまで考えたわたしはすっかり取り乱していた。心臓がばくばくいっている。そんな馬鹿な。だって、アーロン・ドウはフォーセット上院議員を殺していないはず……わたしはめまいがしてきた。

十二時半を少し過ぎたころ、わたしたちは、はっと刑務所の門を振り返った。一瞬前までは何もかもが普段どおりで——武装した警備員が幅の広い塀の上をゆっくりと歩きまわり、いくつもある醜い見張り小屋は静かで、鈍く光る銃口が突き出ているのを見つけるまでは誰もいないように思えた。それが、いまは騒ぎが起きている。間違いなく、ただならぬ事態だ。

全員が居住まいを正した。父たち三人はお喋りをやめ、わたしたちは揃って門の様子をうかがった。

巨大な鋼の門が内側に引き開けられると、拳銃のホルスターを下げ、ライフルを手にした紺色の制服の看守がひとり出てきた。が、すぐに戻っていき、こちらに広い背中を見せたまま、何か叫んでいたが、言っていることは聞き取れなかった。すると、二列に隊列を組んだ男たちが門の外に出てきた。囚人たちだ……それぞれがつるはしか重たそうなシャベルを持って、のびあがるように頭をあげ、貪欲な犬のようにやわらかな空気をくんくん嗅ぎながら、埃っぽい道をぞろぞろ歩いてくる。皆、同じような服装で——くるぶしまであるずっしりした作業靴を履き、皺のよった灰色の上着とズボン、その下には目の粗い丈夫な布地のシャツを着ている。男たちは二十人いて、どうやら丘の反対側の、森を抜けたどこかへ、道路を新たに作るか、補修するかしに行くようだ。看守が大声で号令をかけると、行列の先頭のふたりがのろのろと左に曲がり、わたしたちの視界の外に消えていった。もうひとりの武装した看守がしんがりをつとめ、最初の看守は二列の隊列の右側を重たい足取りで歩き、見張りながら、ときどき、大声で指示を飛ばしている。やがて、二十二人の男たちは消えていった。

わたしたちは緊張を解いて、また椅子にもたれかかった。ミュア神父が夢見るような口調で言った。「あの男たちにとっては、天国のようなひと時なのですよ。たしかに、非常に骨の折れる重労働です。しかし、聖ヒエロニムスもおっしゃっています。〝悪魔につけいるすきを与えぬよう、常に何かしらの仕事をしていなさい〟と。それに、たとえ重労働とはいえ、塀の外に出られるわけですから。彼らは道路工事のおつとめに、喜んで行くのです」そう言って、神父はため息をついた。

それから正確に一時間と十分後、事件は起きた。

＊

クロセット夫人が手ばやく用意した軽い昼食を振る舞ってくれたあと、ポーチに戻って、くつろいでいたわたしたちは、さっきと同じように、塀の方のただならぬ気配に気づき、またお喋りをやめて振り返った。

塀の上を歩きまわっていたひとりの看守が足を止め、凍りついたように、眼下の中庭を必死な眼で見つめている。誰かが話していることを、真剣に聞き取っているようだ。わたしたちは椅子の中で緊張した。

それが聞こえた瞬間、全員がぎくっと身をすくませた。荒々しい、ぞっとするほど容赦《ようしゃ》のない——長い、悲鳴に似た、嘆くような呼子《よびこ》の音が空気を切り裂くと、まわりを囲む丘から、いくつものこだまが返り、死にゆく悪魔の断末魔のように消えていった。笛の音は、あとから、あとから、あとから、続けざまに響き、とうとうわたしは耳をふさぎ、叫びだしそうになった。最初のけたたましい笛の音と同時に、ミュア神父は坐っていた椅子の肘掛けをぎゅっとつかんで、襟の下から覗くカラーよりも真っ白な顔色になった。

「ビッグベンが鳴った」彼はかすれた声をもらした。

わたしたちはこの悪魔の大合唱のような音を聞きながら、石のように固まっていた。やがて、レーンさんが鋭く訊ねた。「火事ですか？」

「脱獄です」父はうなって、くちびるをなめた。「パティ、家にはいっていなさい——」

ミュア神父は塀を穴が開くほど見つめている。「そんな、まさか。脱獄なんて……ああ、主よ！」

わたしたちはいっせいに椅子から飛び出すと、庭を走り、薔薇《ばら》の咲き乱れる塀に手をついて、身を乗り出した。アルゴンキン刑務所の塀は、警報に応えて、さらに硬化したように思えた。

塀の上の看守たちはすべての筋肉を張りつめさせて、やっきになって左右を見回し、銃をかまえている――ゆらゆらと狙いは定まっていないものの、いつでもすぐに撃つ用意ができているのだ。不意に、鋼鉄の門が再び大きく開き、ライフルで武装した紺色の制服姿の男たちを詰めこんだ、頑丈そうな車がうなりをあげて道に出てきて、片側のタイヤがふたつとも宙に浮くほど勢いよく左に曲がり、そのまま弾丸のように視界から消えてしまった。車はまた一台、また一台と、全部で五台も出てきた。どれも、完全武装した男たちがぎっしり乗りこみ、一心不乱に前方の何かを目指している。一台目の車には、助手席にマグナス刑務所長が、真っ青な顔をこわばらせて坐っているのが見えた気がした。

ミュア神父はあえぐように言った。「失礼いたします！」そして、老いた両脚にまとわりつく法衣《カソック》をたくしあげ、砂埃を巻き上げながら、門に向かって道路を走っていった。わたしたちが見ていると、神父は門のすぐ内側に立つ武装した看守の一団に駆け寄り、立ち止まって話している。看守たちは身振りで左の方を示した。そこは刑務所の下から横にかけて、丘の裾をおおう深い森が広がっている。

神父は首をうなだれて、のろのろと重たい足取りで戻ってきた。まさに絶望を絵に描いたようなありさまだった。

「どうでした、神父様？」彼が家の門をはいってわたしたちのそばに立ったまま、着古した法衣のくたびれた布地をまさぐっているのに焦《じ》れて、わたしは訊ねた。

神父は頭をあげなかった。その顔に、当惑と、痛みと、はかり知れないほどの失望を見た気がした。まるで、突然、非道に信頼を裏切られたような、あるいは、これまで一度も経験したことのない精神的な苦痛を受けたように見えた。

「あの道路工事の当番のひとりが」神父はそこで言いよどみ、手を震わせた。「作業中に脱走をこころみて――そのまま、逃げてしまったと」

ドルリー・レーン氏は真剣なまなざしで丘を見た。「それで、逃げたのは――？」

「そ、それは、その――」小柄な神父は声を震わせ、そして顔をあげた。「アーロン・ドウだと言うのです」

*

皆、あまりのことに声の出しかたすら忘れてしまったようだ。すくなくとも、父とわたしにとっては、しばらく考えないと、言葉の意味がわからないほどのショックだった。アーロン・ドウが脱獄！　天地がひっくり返っても、それだけは絶対に起きないと思っていた――すくなくとも、わたしはそう信じていたのだ。わたしはちらりと老紳士を見て、彼がこの事件を予期していたかどうか、確かめようとした。けれども、端整《たんせい》なカメオのような顔は落ち着き払っていて、あたかもめったに見ることのない珍しい夕陽を、我を忘れて眺める画家のように、彼方まで広がる丘をじっと見つめていた。

わたしたちにはもう待つことしかできず、その日の午後いっぱい、ミュア神父の家で待った。ちょっとしたお喋りも笑い声もなかった。それはまるで老紳士たちが前の晩のぞっとするほど忌まわしい空気に再びとらわれたかのようで、小さなポーチは死の気配に侵され、なんならわたしまで、例の恐ろしい死の部屋にいて、革バンドで縛りつけられたスカルチが束縛から必死に逃れようとしているのを見ている気がしてきた。

日が暮れるまで、刑務所内とその周囲には蟻《あり》がひっきりなしに動きまわっているような光景が広がっていた。わたしたちは口をきくこともできず、ショックで五感が麻痺したまま、ただ見守っていた。何度か、老神父は情報がないかと、刑務所に走っていったが、そのたびに、新しい知らせもなく戻ってくる。ドウはまだ捕まらない。付近はくまなく捜索された。近所の住人すべてに警告が出され、サイレンがひっきりなしに鳴り響いている。刑務所の中では、最初の警報と同時に、全囚人がそれぞれの棟に追い立てられ、独房に閉じこめられ、脱走者が捕まるまでそのままということになったらしい……。午後早くには道路工事組の囚人たちが帰ってくるのが見えた。男たちは半ダースもの看守たちに銃で脅されながら、厳しい監視のもと、前後の間隔をできるだけ詰めてひとかたまりに行進させられていた。二列縦隊で行進する男たちは――わたしは数えるともなく数えていた――十九人しかいない。一行はあっという間に、中庭に消えてしまった。

午後遅くなって、捜索の車がだんだん戻ってきた。先頭の車にはマグナス刑務所長が乗っていて、門にはいってすぐ、疲れきった男たちが降りると所長は、どことなく偉そうなひとりの看守に向かって――あれは看守長です、とミュア神父が小声で教えてくれた――内容は聞き取れないが、大声で怒鳴って指示しているのが見えた。やがて、疲れた足取りで刑務所長がわたしたちに向かって歩いてきた。息を切らしながら、のろのろと踏み段をのぼってくる。ずんぐりした身体全体が疲労困憊ですっかり参ってしまっているのは明らかで、顔は土埃と汗でべっとりと汚れていた。

「やれやれ！」所長は肘掛け椅子に沈みこんで、ほっと安堵の息をもらした。「あの男はまったくやっかいの種だ。レーンさんはドウがずいぶんお気に入りでしたが、いまはあの男をどう思っていますか？」

老紳士は答えた。「所長、追いつめられれば飼い犬でも嚙みつきますよ。やってもいない犯罪で終身刑にされるなんて、愉快なことではありませんからな」

ミュア神父がかすれた声で言った。「手がかりはないのですか、マグナスさん？」

「全然。まるで地面に呑みこまれたように消えてしまいました。どう考えても――単独の仕業じゃない。共犯者がいたんです。そうでなけりゃ、とっくのむかしに捕まえてるはずですよ」

わたしたちは黙ったまま、動けずにいた。言うことが何もなかった。その時、ひと握りの看守の一団が刑務所の門から出てきて、わたしたちの方に向かってくると、所長が慌てて言った。

「神父さん、私の独断で、ちょっとした調査をこちらの――お宅のポーチでするように指示しました。刑務所の中でやって、職員の士気を乱したくなかったものですから。不愉快な問題で……かまいませんか？」

「ええ、ええ。もちろんですとも」

「マグナスさん、問題ってのは？」父がぼそりと言った。

所長は厳しい顔になった。「私は深刻な問題だと疑っています。たいていの脱獄計画は内輪の犯行です――つまり、ほかの囚人たちが手を貸し、悪党の仁義で皆、口をつぐむ。しかし、こういった脱獄は、まず間違いなく失敗します。もともと脱獄そのものがめったにないことですが――十九年間で二十三回しか起きていませんし、逃げおおせたのは四回だけです。こうなると囚人は、絶対に成功すると確信が持てるまで脱獄をこころみないようになります。失敗すれば失うものが多すぎる――第一に、特権をすべて剝奪《はくだつ》されます、これはあまりにも痛い。そう、今回のドウの逃亡について、私には考えていることが――」刑務所長は言葉を切り、きっと口を結んだ。看守たちの小集団がミュア神父の家の踏み段前に着くと、立ち止まり、気をつけの姿勢になった。彼らのうちのふたりが武装していないことにわたしは気づいた。そして、このふたりを取り囲むほかの看守たちの様子に、わたしは思わず寒気がした。

「パーク！　キャラハン！　あがってこい、ここに」マグナス所長が怒鳴った。

呼ばれたふたりの男はおずおずと進み出て、踏み段をのぼってきた。ふたりの顔は真っ青で土埃と汗でしまになっている。ふたりともひどく怯えて、ひとりは――パークの方は――恐怖のあまりに下くちびるを震わせ、叱られた子供のように泣きじゃくっていた。

「何があった？」

パークは口元のつばをなめとった。が、小さな声で答えたのはキャラハンだった。「すきをつかれたんです。所長もご存じでしょう。ここで勤めている八年の間、道路工事の連中に脱走されたことは一度もありません。我々は岩に坐って、監視してました。ドウは道路の少し離れたところで水を運ぶ係でした。するといきなり、奴がバケツを放り出して、全力疾走で森へ逃げこんじまったんです。パークと私は——残りの連中に、そのまま地べたに坐ってろと叫んで、ふたりであとを追いました。私は三発、発砲しましたが、たぶん——」

刑務所長が片手をあげると、キャラハンは口をつぐんだ。「デイリー」マグナス所長が静かな声で、踏み段の下にいる看守の一団に声をかけた。「私が言ったようにあそこの道路を調べたかね?」

「はい、所長」

「何か見つけたか?」

「ドウが森に飛びこんだ、六百メートルほど離れたあたりの道路脇の木に、弾丸が二発、つぶれてめりこんでいるのを発見しました」

「ドウが森に飛びこんだのと同じ側の道路脇か?」

「ドウが森に飛びこんだのとは反対側の道路脇です」

「なるほど」マグナス所長は変わらない淡々とした声で言った。「パーク。キャラハン。ドウの脱獄を手伝う見返りにいくらもらった?」

キャラハンが口ごもった。「そんな、所長、私たちは決して——」ところが、パークは膝をがくがくと震わせ、叫びだした。「だから言ったろ、キャラハン! おれを巻きこみやがって! 言ったじゃねえか、絶対ばれるって——」

「きみも賄賂を受け取ったのか?」マグナス所長はぴしゃりと訊いた。

パークは両手で顔をおおった。「はい」

わたしはレーンさんがこの告白にとても困惑しているのを見てとった。彼は眼をしばたたかせ、椅子に深く身体を沈めて考え始めた。

「誰から賄賂を受け取った?」

「リーズの、ある男からです」パークがもそもそと言った。キャラハンの顔は険悪になった。

「名前は知りません。仲介役ってことしか」

レーンさんは咽喉《のど》の奥で妙な音をたてて、身を乗り出すと、刑務所長の耳に何か囁いた。マグナス所長はうなずいた。「ドウはこの計画をどうやって知ったんだ?」

「知りません、所長、神に誓って! 全部、手配されてました。私たちは刑務所の中でドウと接触してません。ただ、ドウのことなら手はずが整っている、としか聞いてないんで」

「いくらもらった?」

「ひとり、五百です。私は――そんなつもりはなかったんです、所長! ただ、妻が手術を受けなければならなくて、子供も――」

「もういい」マグナス所長はにべもなく言うと、顎《あご》をしゃくった。ふたりの看守は刑務所に連行されていった。

「マグナスさん」ミュア神父がおろおろと言った。「どうか寛大な処置をお願いします。告発せずに、内々ですませてください。ただ、そっと解雇するだけで、よろしいではありませんか。私はパークの奥さんを知っています、本当に病気なのですよ。キャラハンも、根は善良な男です。ふたりとも家庭があります。それに、給料が少ないことは、あなたもご存じでしょう——」

マグナス所長はため息をついた。「わかってますよ、神父さん、よくわかってます。しかし、前例を作るわけにはいかんのです。私の立場上、やむを得ない。ほかの看守たちの士気をくじくでしょうし、囚人たちにも悪影響が出るでしょう」彼は曖昧に小さく手を振った。「しかし、どういうことだ」所長はつぶやいた。「脱走の手はずをドウはいったいどうやって知ったんだろう。パークが嘘を言っているのでなけりゃ……たしかに私は長い間、この刑務所のどこかに抜け穴があるんじゃないかと疑ってきました。しかし、そのやり口というのが——巧妙でさっぱりわからん……」

老紳士は真っ赤な太陽を悲しげに見た。「所長さん、その点ならお手伝いできると思います」彼はつぶやいた。「おっしゃるとおり、巧妙なやり口ではありますが、結局はごく単純な方法です」

「え？」マグナス所長は眼をぱちくりさせた。「それはどういう？」

レーンさんは肩をすくめた。「実を言うと、私はひとつの抜け穴の存在を疑っていました。これは、ある興味深い現象を観察した結果、気づいたことです。いままでそれについて一度も言及しなかったのは、これを説明するとなると、奇怪千万なことに、我が親友のミュア神父が関係していることを話さなければならないからなのですよ」

神父の老いた口がぽかんと開いた。マグナス所長がものすごい形相《ぎょうそう》で椅子から飛び上がり、食ってかかった。「馬鹿な！　私は信じませんよ！　冗談じゃない、神父さんほど——」

「わかっています、わかっていますよ」レーンさんは穏やかに言った。「所長さん、どうか坐って、落ち着いてください。それから神父さんも、驚かないでください。なにもあなたが悪党だと告発するつもりはないのですから。まず、説明させてください。我が友の家にごやっかいになり始めてから、私はもう何度も、ある不思議なことに気づきました――それ自体は人畜無害な現象ですが、それでもあなたの刑務所で情報がもれている状況と、あまりにぴたりと符合するものですから、私はこう結論を出さないわけにいかなかった……神父さん、最近、あなたが町を訪ねた時に、何か変わったことは起きませんでしたか?」

神父のかすんだ眼に思案の色が広がった。分厚い眼鏡の奥からじっと宙を見据えている。やがて、神父はかぶりを振った。「本当に――全然、何も思いつきません」そう言ってから、申し訳なさそうに微笑した。「強いて言えば、私がよく人とぶつかることくらいでしょうか。レーンさんもご存じのとおり、私はとても眼が悪くて、それに、よくほかのことを考えてぼんやりしているものですから……」

老紳士は微笑んだ。「まさにおっしゃるとおり。あなたは近視で、上の空でいらっしゃることが多い。それゆえ、リーズの町に行けば、いろいろな人にぶつかってしまうわけです。所長さん、このことをよく覚えておいてください。少々前から私は不思議だと思っていたのですが、どうやってそれが起きるのか、わからずにいました。神父さん、あなたが――ええと――善良な通行人にぶつかると、何が起きますか?」

ミュア神父はきょとんとした。「どういうことでしょうか? 皆さん、親切ですし、たぶん私が神父だからだと思いますが、丁重に扱ってくださいますよ。ときどき、私が歩道にいろいろ落としてしまっても、傘や、帽子や、祈禱書や――」

「ははあ！　祈禱書を？　思ったとおりだ。それで、その親切で丁重なかたがたは、あなたの傘や、帽子や、祈禱書を、どうしますか？」

「それはもちろん、拾って、私に返してくださいます」

レーンさんはくすくす笑った。「おわかりになりましたか、所長さん、どれほど初歩的な問題かということが。その親切な人々は、神父さん、あなたの祈禱書を拾い上げると、それを返さずに、そっくり同じ見かけの、別の祈禱書をあなたに返すのですよ！　そして、おそらくその第二の祈禱書には通信文が仕込まれていて、親切な通行人が持ち去った方の祈禱書には、刑務所の中から外界に向けた通信文が仕込まれているのです！」

「でも、レーンさんはどうしてそんなことを思いついたんですか？」刑務所長はぼそぼそと言った。

「別に、魔法でもなんでもありません」老紳士は微笑んだ。「私は何度か、神父さんがこの家や刑務所から、少しくたびれた祈禱書を持って外に出ていくのに、明らかに新品でぴかぴかの祈禱書を持って帰られるのを見ているのです。神父さんの祈禱書はまるで、おのれの灰からよみがえる不死鳥のように、いつまでたっても古くならないようですな。となると、当然の帰結としてこのような推測ができるわけです」

マグナス刑務所長は再び、椅子から飛び上がると、大股にポーチを歩きまわった。「なるほど！　まったく、とんでもなく巧妙なやり口だ。いやいや、神父さん、そんなにショックを受けないでください。あなたはまったく悪くないんですから。それで、こんなことを企んだ奴は誰だと思いますか？」

「わ——私にはまったく心当たりがありません」神父は口ごもった。

「タップだ、あいつに決まってる！」刑務所長は私たちを振り返った。「可能性があるとすれば、タップだけです。ミュア神父は刑務所の教誨師《きょうかいし》ですが、図書館の管理もされている——大きい刑務所ではたいていそうです。図書館ではタップという受刑者が神父さんの助手について——もちろん、模範囚ですよ。しかし、犯罪者はやはり犯罪者だ、タップは神父さんを道具として使ったに違いない。囚人と外界を取り持つ仲立ちをして、手紙やメモを一通いくらで金をもらって、出したり受け取ったりしてたんだ。ああ、これではっきりした！　本当にありがとうございます、レーンさん。いますぐ、あの悪党を締め上げてやる」

そう言うと、眼をぎらつかせ、所長は刑務所に大急ぎで向かっていった。

＊

長い木立の影が丘陵の上に長くのびて、夕闇が少しずつ忍び寄ってきた。日が暮れると、刑務所の捜索隊はほとんど戻ってきて、懐中電灯の光がちらちら揺れながら道路をこちらに向かってくるのが見えた。しかし、彼らは皆、手ぶらだった。ドウはまだ捕まっていない。

わたしたちにできることは、いったんクレイの家に戻るか、このままここで待つか、そのどちらかしかなかった。わたしたちは待つことを選んだ。父はエライヒュー・クレイに電話をかけて、まだ帰らないけれども心配はいらないと伝えた。父もわたしも、捜索の結果を知るまではアルゴンキンのそばを離れる気になれなかったのだ。少しずつ夜が更けていく中、わたしたちは寄り添うように集まって、何も喋らずにじっと坐っていた。一度、猟犬の群れが吠えるのが聞こえた気がした……

悪党タップの問題は、たいして気にならなかった――ミュア神父だけが沈みこんでしまい、あんなにも〝善良な青年で、うちの図書館の書物が大好きで、ほかの囚人たちも本好きになってもらおうと熱心に啓蒙していた〟あの司書助手がよもやそんな邪悪なことをするはずがない、と彼の悪事を信じることを拒否していた。しばらくして、十時ごろに――皆、昼食から何も口にしていなかったけれど、誰もおなかがすかなかった――神父はずっと落ち着きがなかったが、とうとうこらえきれなくなり、失礼しますと言い残して、刑務所に続く道路を駆けていった。やがて戻ってきた神父は、まさに悲しみのどん底にいた。両手をよじり、慰めの言葉に耳を傾けようとしなかった。その顔ときては、驚愕の表情が永遠に刻みこまれてしまったのかと心配になるほどだった。囚人たちに対して抱《いだ》いていた薔薇色の信頼が、現実にはシャボン玉のように、無残にはじけてしまったことが、神父の優しい心ではどうしても信じることができないのだろう。

「いま、マグナス所長に会ってまいりました」息を切らしながら、神父は椅子に沈みこんだ。「本当でした、本当だったのです！　タップが――なぜこんな、どうして、どうして、かわいそうな我が子よ！　いったいどんな魔がさしたというのでしょう――タップが自白しました」

「やはり、神父さんを利用していたと？」父が優しく訊ねた。

「はい、はい、そうなのです！　なんと恐ろしい。タップに少しだけ会ってまいりました。司書助手としての立場も、模範囚としての特権もすべて剝奪されてしまった。そしてマグナスさんは――ええ、まったく当然のことだとわかっています、それでも、どうしても過酷に思えてなりません――彼をC級に戻してしまいました。タップは私の眼を見ることもできませんでした。どうして、あんなことを――」

「何通の伝言をアーロン・ドウのために取り継いだのでしょう」レーンさんがつぶやいた。

「そのことで何か話していましたか？」

ミュア神父はたじろいだ。「ええ。ドウは一通だけ送ったそうです――何週間も前ですが、フォーセット上院議員に。しかし、タップは内容を知りません。ドウに送られてきた手紙も一、二通ありました。タップはこの割のいい小遣い稼ぎを――信じられません！――もう何年もやってきたそうなのです。私が新しい祈禱書を持ちこむと、その中から――手紙を取り出すだけなのだと。表紙の裏地の中に縫いこまれていて……私が町に出る用がある時に、古い祈禱書に手紙を入れるそうです。手紙の内容はいつも知らなかったと申しています。ああ、主よ……」

＊

そしてわたしたちは、恐れていることが起きるのをただじっと坐って待っていた。追手は脱走した囚人を見つけるだろうか？　いつまでも追手から逃れ続けられるとは思えない。

「実は、こんな話が――看守たちの間で出ておりまして」ミュア神父が震える声で言い始めた。「犬を放とうと」

「さっき聞こえました、たぶん――犬の吠える声が」わたしが小声で言うと、皆、黙りこんでしまった。時が刻々と過ぎていく。刑務所からは男たちの叫び声が響き、懐中電灯の光線が狂ったように空を跳ねまわっている。夜通し、車が何台も猛スピードで刑務所の中庭に出入りして、ある車は森を抜ける道に突進し、別の車はミュア神父の家の前を、うなりをあげて走り抜けていった。一度、ひとりの黒っぽい服を着た男が、舌を垂らした恐ろしい犬をたくさん紐でつないでひっぱっていくのが見えた。

神父が戻ってきた十時過ぎから零時まで、わたしたちはポーチで坐りこんでいた。そしてドルリー・レーン氏は表情を動かさなかったけれども、わたしにはなんだか、何かを確信しているのに、はっきりとつかみきることができなくて、そのことをずっと考え続けているように思えた。彼は何も言わなかったが、半眼《はんがん》に閉じた眼で暗い空を見つめながら、身体の前で軽く手を丸め、じっと考えこんでいる。まるでわたしたちの存在を忘れているようだ。もしかして、前に一度、アーロン・ドウがアルゴンキン刑務所を出てすぐに、人がひとり死んでいることを考えているのだろうか？　いま、レーンさんがつかもうとしているのは、そのことだろうか？何か、声をかけなくちゃ……

事件は零時きっかりに起きた。まるで偶然の神にあらかじめ決められていたかのように。一台の車が轟音をたてて、リーズの町の方角から丘を登ってくると、神父の家の門の外で大きく息吐くような音をたてて止まった。そのとたん、わたしたちはいっせいに、思わず立ち上がり、首を伸ばして暗闇を透かし見ようとした。

オープンカーの後部座席から、ひとりの男が飛び降りて、ポーチに続く私道を駆けてきた。

「サム警視？　レーンさん？」男は叫んだ。

ジョン・ヒューム地方検事だった。興奮で息を切らし、髪も服も乱れている。

「何です？」父が怒鳴った。

ヒューム地方検事はいきなり、いちばん下の踏み段に坐りこんだ。「知らせがあります。皆さんに……。まだドウが無実だとお考えですか？」彼は、いま思いついたように、つけ加えた。

ドルリー・レーン氏は、衝動的に一歩踏み出して、動きを止めた。おぼろな星明かりの下で、彼のくちびるが声もなく動くのが見えた。やがて、レーンさんは低い、かすれた声で言った。

「まさか――」

「つまり」ヒューム地方検事はつぶやいて、その声は疲れて、苦々しげで、まるで起きた出来事が自分に対する侮辱だといわんばかりに、恨みがましい口ぶりだった。「皆さんの友達のアーロン・ドウは今日の午後にアルゴンキン刑務所から脱走しましたね。そして今夜――ほんのいましがた――アイラ・フォーセット医師が殺害されているのが発見されたんです！」

16
Z

　こうして事件が起きたいまならわかる。最初から、それは避けられなかったのだ。わたしはずっとそのまわりでぐるぐると思考をめぐらすばかりで、核心を突くことができなかった。一方、老紳士にとって、この事件はいっそう辛いものとなっていた。リーズの郡刑務所で公平な第三者を証人として立ち会わせないでアーロン・ドウに実験をさせた、というしくじりを悔やみ、決して自分を許そうとしなかった。そしていま、稲妻のように闇を切り裂いて丘を下っていくヒューム地方検事の車を追ってドロミオが運転する車の中で、レーンさんは胸に鼻がつくほどうなだれ、フォーセット医師が殺されることくらい予測して防ぐことができたはずだと、苦い現実をじっと考え続けていた。

「私は」彼は抑揚《よくよう》のない声で言った。「ここに来るべきではなかった。フォーセット医師の死は、あらゆる事実によって運命づけられていたのに。それを見落とした私は大馬鹿者だ……」

　それだけ言うとレーンさんは黙りこんでしまい、誰も慰めの言葉を見つけられずにいた。わたしはみじめでしかたがなかった。父は濃い霧の中に坐りこんで途方に暮れている。ミュア神父は一緒に来なかった。彼はこの最後の一撃に耐えられなかったのだ。虚ろな眼で聖書を凝視している神父を、わたしたちは居間に残して出てきた。

こうして、わたしたちの車がまた、真っ暗なあの車路に乗り入れると、屋敷じゅうの明かりが煌々《こうこう》と輝き、警官や刑事が駆けずりまわっているのが見えた。わたしたちは、殺す者にとっても、殺される者にとっても、運命の踏み石であるかのような敷居をまたいだ。

数週間前の最初の事件が再現されたかのようだ。ずんぐりしたケニヨン署長が、むっつりした刑事たちに囲まれ、問題の部屋は一階で、部屋には死んだ男がいて……

けれども、アイラ・フォーセット医師は上院議員の書斎で殺されたのではない。悶《もだ》え苦しんだように全身をよじり、家にある診察室の絨毯に横たわっているのを発見されたのである。前の晩に部屋を覗いたわたしが、例の小さな木箱の真ん中だと思った、一見なんでもなさそうな小さな木片を医師が食い入るような眼で観察していたあの机から、少し離れた位置に彼は倒れていた。青みを帯びた顎《あご》から、つややかな黒く尖ったあごひげがぴんと立っている。大の字になって床に転がる医師の、かっと開いたガラス玉のような両眼は虚ろに天井を凝視していた。硬直した四肢が無造作に投げ出されてさえいなければ、悠久の彼方を見つめて瞑想するエジプト王のミイラのようだ。

左胸からは、ナイフか何かの丸い柄が突き出ている。わたしには、外科手術に使う刃物《ランセット》に見えた。

わたしはふらふらと父にもたれかかった。父が安心させるようにわたしの腕を力強く握ってくれるのを感じた。歴史が繰り返されている。吐き気で眼がかすんできたその時、声が聞こえて、覚えのある顔がいくつも見えることに気がついた。小柄な検死官のブル博士が、あおむけになった動かない身体の傍らに膝をつき、素早い指さばきで調べている。ケニヨン署長は、相変わらずのしかめ面で天井を睨んでいた。さらには、机にもたれて、ピンクの禿げ頭に汗をかき、邪悪で聡明な老いた眼に困惑と恐怖の色を浮かべた、ジョン・ヒューム地方検事の選挙における黒幕ことルーファス・コットンが立っている。

「ルーフ‼」地方検事は叫んだ。「どういうことです、これは。あなたが発見したんですか？」

「そうだ、私が――」老政治家は震えるハンカチで頭をぬぐった。「私は――急に思い立って、ここを訪ねることにしたんだ。約束はしとらん。ちょっとしたことを話しあいたくて――その――フォーセット医師と、いろいろ。つまり、選挙のことを。そうしたら――ジョン、そんな眼で見ないでくれ！　私が来た時にはもう、こんなふうに死んでいた」

ヒューム地方検事は一瞬、ルーファス・コットンを、刺すような冷酷なまなざしでじっと凝視した。やがて、つぶやいた。「わかりましたよ、ルーフ。個人的なことは穿鑿《せんさく》しません――いまのところは。あなたが彼を発見したのは何時ですか？」

「なあ、ジョン、頼むから……」

「何時に発見しましたか？」

「十一時四十五分だ……家の中には誰もいなかった！　もちろん、すぐに電話をかけた、ケニヨン署長に――」

「何か触りましたか？」父が訊いた。

「いや、何も」老人は震えあがっているようだった。いつもの自信はどこへやら、机にぐったりと寄りかかり、ジョン・ヒューム地方検事と眼を合わそうとしなかった。

ドルリー・レーン氏の眼は室内の隙間という隙間を調べているところだったが、つとブル博士のそばに歩み寄り、少しかがんだ。「検死官殿ですな？　この御仁《ごじん》はどのくらい前に亡くなったのですか？」

ブル博士はにやりとした。「また死人のおかわりとはね。十一時ちょっと過ぎです。十一時十分くらいかな」

「即死ですか？」

ブル博士は少し顔をしかめた。「うーん――ちょっと断言は難しいな。しばらく息があった可能性もないとは言えません」

老紳士はじっと博士を見つめた。「ありがとうございました」そう言って、背を伸ばすと、机に近づいて、表情を顔に出さずに立ったまま、机の上にある品々をひとつひとつ見ていた。

ケニヨン署長が、がらがら声を出した。「ヒュームさん、使用人と話してきましたよ。今晩は早くから、みんなしてフォーセット医師に家をおん出されたと言ってます。不思議じゃないですか？　殺された弟とおんなじことをしてるってのは」

ブル博士が立ち上がって、黒鞄を閉じた。そして、てきぱきと言った。「まあ、この件については、不思議な点は一切ないな。ごくまっとうな殺人事件だね。凶器はランセット。つまり、いわゆるメスの一種だ。細かい切開に用いる」

「出どころは机の上のこのトレイですな」レーンさんが考え考え言った。

ブル博士は肩をすくめた。たしかにそのようだ。机の上にはゴムを敷いたトレイがあって、その上にはへんてこな形をした手術道具がごちゃごちゃに積んである。どうやらフォーセット医師は、そばのテーブルにのっている電気消毒器の中で、医療道具を殺菌しようとしていたようだった。実際、煮沸器からはまだ蒸気がもうもうと出ていて、ブル博士が慌ててそれに近づき、スイッチを止めたほどだ。ようやく、わたしの眼にも部屋全体がはっきり見えてきた。ここはさまざまな医療機器が充実した診察室で、部屋の片側に診察台や、巨大な蛍光透視鏡や、レントゲン装置や、そのほかさまざまな、何に使うのかさっぱりわからない装置や機械がどっさりあった。机の上のトレイの横に、ブル博士のものとそっくりな黒い診察鞄が開けっぱなしで置かれている。鞄の表面には〝アイラ・フォーセット医学博士〟と麗しくプリントされていた。

「傷はひとつだけだ」ブル博士はそう続けながら、検死中に遺体から引き抜いた凶器をためつすがめつしていた。それは細長い薄い刃の先が釣り針のようにほんの少し曲がっている刃物だった。刃は根本から先端までどす黒い赤に染まっている。「ぶかっこうだがね、ヒュームさん、刺す道具としては非常に効果的な凶器だ。ごらんのとおり、大出血している」そう言って、死んだ男の方に足を蹴りだし、つま先で指し示した。茶色がかった灰色の敷物には、死体のすぐ近くに、まるで傷から血が噴水のようにほとばしり、死体の服から床へびしょびしょに流れたような、血の池のあとが広がっていた。「実を言えば、刃が肋骨の一本をかすっている。かなりの傷だね、これは」

「しかし――」ヒューム地方検事が苛立ったように言いかけた時、ドルリー・レーン氏は眼をすがめて死んだ男のそばに膝をつくと、死体の右腕を持ち上げて顔を近づけ、じっと観察し始めた。

やがてレーンさんは顔をあげた。「これは何でしょう?」彼は訊ねた。「ブル先生、ごらんになりましたか?」

検死官はちらりと見おろした。「ああ、それですか! 見ましたよ、別に重要でもなんでもありません。傷じゃないです。気になりますか」フォーセット医師の右手首の内側には、楕円形の血の染みが三つ、くっつくように並んでついているのが見えた。「お気づきでしょうが、動脈の真上です」

「ええ、気づきました」レーンさんは淡々と言った。「しかし、先生、専門家のご意見に逆らうようで申し訳ありませんが、これは重要です」

わたしは老紳士の腕に触れた。「レーンさん」わたしは叫んだ。「これってまるで犯人が、殺してから血に汚れた指で被害者の脈を**とった**みたいですよね」

「おみごとです、ペイシェンスさん」彼はわずかに微笑んだ。「まさに私が考えていたとおりですよ。では、なぜ犯人はこんなことをしたのでしょう?」

「フォーセット医師がたしかに絶命していると確かめるためだと思うんです、けど」わたしはおずおずと答えた。

「そんなの当たり前でしょう」地方検事が小馬鹿にしたように言った。「だから何だと言うんです？　さあ、仕事だ、ケニヨン君。ブル先生、解剖をお願いしますよ。やれることは全部やります、徹底的に。何ひとつ見落としをしたくない」

公衆衛生局のトラックが来るまでの間、遺体にブル博士がおおいをかぶせる前に、わたしはフォーセット医師の死に顔を見納めに、もう一度、見つめた。医師の顔に浮かぶ表情は恐怖ではなかった。むしろ、威嚇《いかく》するような、そしてなぜか、驚愕しているように見えた。

＊

指紋検出班が仕事にかかり、ケニヨン署長がどたどた歩きながら命令を吠えたてる間、ジョン・ヒューム地方検事はルーファス・コットンを部屋の片隅に連れていった。やがて、ドルリー・レーン氏が低く、驚いたような声をたてたので、皆、いっせいに頭をあげた。彼は机の向こう側で、書類の山の下から発見したらしい何かを手に持っている。

それは、前の日の晩にフォーセット医師が食い入るような眼で調べていた、木箱の切れ端だった。

「ほう！」レーンさんは言った。「よかった。やはりここにあったか。さて、ペイシェンスさん、これをどう見ますかな？」

それは第一の木箱のかけらのように、やはりのこぎりで切り落とされていた。けれども、このパーツは両端が切断面なので、明らかに木箱の真ん中の部分だった。これの表面には金文字で、第一のかけらと同じく、ふたつのアルファベットの大文字が書かれている。

今度の文字はＪとＡだった。

「最初は、ＨとＥ」わたしはつぶやいた。「それで、今度はＪとＡ。だめだわ、レーンさん、全然、意味がわかりません」

「どういうことだ」ヒューム地方検事が怒ったように叫んだ。彼は父の肩越しに首をうんと伸ばして覗きこんでいる。「〝彼《ＨＥ》〟ってのは誰だ？　その〝ＪＡ〟ってのはいったい――」

「ドイツ語だとＪＡ《ヤー》は〝はい《イエス》〟っていう意味だけど」そうは言ったが、わたしはあまり自信がなかった。

ヒューム地方検事は、ふんと鼻を鳴らした。「なるほど、たいへん役に立つ、すばらしい推理ですね」

「ペイシェンスさん」老紳士が言った。「この木片はとても重要な鍵ですよ。しかし、奇妙だ、まったく、奇妙だ！」彼は室内を素早く見回し、何かを探しているようだった。やがてその眼が輝いて、部屋の隅の小さなスタンドにのった、大型の分厚い辞書に急いで近づいた。ヒューム地方検事と父はぽかんとしてその様子を見ていた。が、わたしはレーンさんが何をしようとしているのか気づいた。すぐに、わたしも必死にものすごい勢いで考えた。Ｈ‐Ｅ‐Ｊ‐Ａ……。四つのアルファベットはひと続きに違いない。ふたつずつに分けたのでは、まったく意味をなさない。つまり、これはひとつの単語なのだ。ＨＥＪＡ……しかし、こんな単語が存在するとは思えない。

レーンさんがゆっくりと辞書を閉じた。「やはり、思ったとおりだ」穏やかにそう言うと、くちびるをすぼめ、虚空を見つめて考えこみながら、死者の前を行ったり来たりし始めた。「ふたつの木片を組みあわせた形は」彼はつぶやいた。「たぶん……ああ、最初のかけらがここにないのが残念だ」

「なんで、ないって思ってんですかね?」ケニヨン署長が小馬鹿にしたようにふんと笑った。そして驚いたことに、ポケットに手を突っこむと、第一の木片を取り出した。「馬鹿馬鹿しいとは思ったんですが、もしかして役に立つかもしれないと思って、ここに来る前に本部の証拠物件の保管庫に寄って、持ってきたんです」所長は無造作に木片を老紳士に手渡した。

レーンさんはもぎ取るようにそれをつかんだ。そして、机の上に身をかがめると、ふたつの木片を順番どおりに並べて置いた。こうすると、金属の小さな掛け金や何かもきちんとついた、小型の木製の物入れであることがはっきりする。文字もぴたりとくっついた。HEJA。実際にそれを見たいま、わたしの目からうろこが落ちた気がした。と言うのも、この四つの文字だけでは単語が完成しないとわかったからだ。すくなくとも文字が最低でもあとひとつはあるに違いない。木箱に単語を書くなら、書き手はできるだけ中央に位置を合わせようとするだろう。けれども、HEJAのAが中央のかけらに書かれているということは、このあとに続く文字がなければ、単語が木箱全体の片側に寄りすぎてアンバランスになってしまう。

レーンさんがつぶやいた。「こうして組み立ててみると、この物入れのミニチュアのかけらはあとひとつだけだと、おわかりでしょう。そしていま、あの大辞典のおかげで、私の予想が当たっていたことを確認できました。hejaで始まる単語が英語辞典の中に、ひとつだけ存在します」

「まさか！」ヒューム地方検事がぴしゃりと言った。「そんな言葉、聞いたことがありませんよ」

「聞いても意味がわからないかもしれませんな」レーンさんは優しく微笑んだ。「いま一度、申しましょう。英語辞典には heja で始まる単語がひとつだけあります。そしてそれは英語ではなく、外国語を英語風に表記した単語です」

「それは？」わたしはおそるおそる訊ねた。

「Hejaz《ヒジャーズ》ですよ」

＊

わたしたちは皆、まるでレーンさんがアブラカダブラと呪文をとなえたかのように、あっけにとられた。やがて、ヒューム地方検事が歯をむき出して怒鳴った。「まあ、実際にそれがあったとして、どういう意味です？」

「ヒジャーズとは」老紳士は穏やかに答えた。「アラビアの一地方の地名ですよ。しかも、そんじょそこらの地名じゃない、ヒジャーズ地方の首都はメッカです」

ヒューム地方検事は降参だというように両手をあげた。「で、お次はなんです、レーンさん？　こんなナンセンスな話は聞いたことがない。アラビアだの、メッカだの！」

「ナンセンスとお思いですか、ヒュームさん？　それは違います、ふたりの男の死が関係しているのですから」レーンさんは淡々と言った。「たしかにこの言葉の意味を重要視して、アラビアやアラビア人が事件に関係していると解釈するのは、白状すると、途方もなく荒唐無稽な話だと思いますよ。しかし、私にはこの単語の意味を考慮に入れる必要が本当にあるとは思えない。それよりも、私が気づいたのはもっととんでもない――」彼はそこまで言って、口をつぐんだ。やがて、そっとつけ加えた。「ヒュームさん、まだ終わっていないのは、お気づきでしょうな」

「終わっていない?」

父の眉が跳ね上がった。「そりゃあ、また殺しが起きるってことですか?」信じられないという口ぶりでそう訊ねた。

老紳士は背中のうしろで両手を組んだ。「そう見えるではありませんか? 最初に第一の犠牲者は、木箱のHEの部分を受け取った直後に殺された。次にまたひとり、JAの部分を受け取った直後に殺されたのです……」

「てことは、そのうちどっかの誰かが、最後のかけらを受け取って、ぶち殺されるってわけですかね、へえ?」ケニヨン署長は下品に笑いながら言った。

「必ずしもそうとはかぎりません」レーンさんはため息をついた。「もし過去に起きたことになんらかの意味があるとすれば、将来、第三の人物が最後のかけらを受け取り、そのかけらにはZの文字が書かれており、その人物の命が奪われる恐れがある、ということでしょう。いわば、Z殺人事件ですな」彼は微笑した。「ですが今度は、過去の手順がそっくりそのまま繰り返されるとはかぎらないと、私は見ています。重要なことは」彼は声を鋭くして締めくくった。「第三の人物、すなわち、フォーセット上院議員とフォーセット医師の両方の事件から明らかになった、三人組の最後の人物が関係しているということです！」

「なんでそんなことがわかるんです？」父が訊ねた。

「ごく単純な話です。そもそも犯人は、この木箱をなぜ三分割したのでしょう？　明らかに、三人の人物に送るつもりだったのですよ」

「三番目の奴はドウでしょう」ケニヨン署長がうなった。「なんでそう決めつけるんですかね——送るつもりだって。ドウが自分の手元に取っといてんですよ、きっと」

「いや、ケニヨンさん、それはまったく的はずれというものですよ」レーンさんは穏やかに言った。「違います。ドウではありません」

＊

そして、レーンさんはもうそれ以上、小箱についてはひとことも触れようとしなかった。ケニヨン署長もジョン・ヒューム地方検事も、レーンさんの木箱についての考察を信用していないことは、顔つきを見ればすぐにわかった。父でさえ、疑うような顔をしている。

レーンさんはきっとくちびるを結んだかと思うと、唐突に言った。「手紙だ、おふたかた。どこです？」

「な、なんで——」ケニヨン署長のゴムのようなくちびるが開いて言葉がもれた。

「ほらほら、時間がもったいない。やはり、あったのですね？」

ケニヨン署長は無言で頭を振ると、ポケットから小さな正方形の紙を一枚、取り出した。

「机の上にありました」署長はばつが悪そうにつぶやいた。「なんで手紙があるってわかったんです？」

それは、わたしが前の晩、フォーセット医師の机の上に、木箱の真ん中のパーツと一緒にあるのを見た、あのメモだった。

「おい！」ヒューム地方検事が叫んで、レーンさんの手からその紙をひったくった。「ケニヨン、どういうつもりだ？　なぜ、私に言わなかった？」彼は舌打ちした。「まあいい、ともかく、話がまた具体的になったわけだ」

手紙はインクで、暗号などではなく普通の書きかたで書かれており、紙は何度も手から手に渡ったように、汚れて痛んでいた。ヒューム地方検事が読み上げた。


脱走は水曜に決まった。道路整備の作業中に脱走しろ。監視役には手を打った。前回の手紙で教えた小屋に、食料と服を隠してある。しばらく身をひそめて、水曜の午後十一時半になったら、私の家に来い。私はひとりきりでいる。金も用意した。くれぐれも注意しろ。

I・F

「アイラ《I》・フォーセット《F》だ！」地方検事が叫んだ。「よしよし！　今度こそドウの奴が犯人だって証拠をつかんだぞ。どんないかれた理由か知らんが、フォーセットがドウの脱走の計画を立て、監視役に賄賂を――」

「まずフォーセットの筆跡か確かめた方がいい」父がぶっきらぼうに言った。レーンさんは悲しげな、とはいえ、どことなくおもしろがっているようなまなざしで見ている。

フォーセット医師の筆跡は見本がいくつもあった。そして、この場には筆跡鑑定の専門家がひとりもいなかったが、素人なりに見比べただけでも、手紙がフォーセット医師の手によるものなのは間違いなさそうだった。

「ドウが裏切ったんだ」ケニヨン署長が重々しく言った。「ねえ、これではっきりしましたよ。ヒュームさん、手紙のことは、あとでゆっくり説明するつもりでした。こりゃ、ドウが金を受け取って、フォーセット医師を殺してから、ずらかったってわけだ」

「そして」父が皮肉っぽい口調で言った。「ここで手紙を発見させるように、わざわざここに残していったと」

ケニヨン署長には皮肉が通じなかったようだ。しかし、地方検事はこの事件が始まって以来、十何回目かわからない不安そうな顔になった。

ケニヨン署長はおかまいなしに得意満面で続けた。「ヒュームさんが来られる前に、銀行に電話しておきましたよ。この私に抜かりはありません。いやもう、ばっちり、大当たりです。フォーセット医師は昨日の朝、自分の口座から二万五千ドル引き出してます。そして、その金はいま、家にありません」

「昨日の朝とおっしゃいましたか?」突然、レーンさんが叫んだ。「ケニヨンさん、たしかですか?」

「あのねえ」ケニヨン署長はとげとげしく言い返した。「私が昨日と言ったら昨日――」

「いや、これはたいへんに重要なことです」老紳士はつぶやいた。これほど活気づいたレーンさんを、わたしは見たことがなかった。眼はきらきら輝き、頬は青年のように真っ赤に血の色がさしている。「あなたがおっしゃっているのは水曜の朝のことで、むろん木曜の朝ではありませんな?」

「当たり前でしょう」ケニヨン署長はむっとしていた。

「そういえば」ヒューム地方検事がつぶやいた。「この手紙では、ドウが水曜に脱走する手はずになっています。しかし、決行したのは今日、木曜だ。おかしいですね」

「裏をごらんになってください」レーンさんがおっとりとアドバイスした。彼はすさまじく鋭い眼の持ち主で、わたしたちの誰も気づかなかったものさえ見逃さないのだ。

ヒューム地方検事は急いで手紙をひっくり返した。そこには第二の通信文があった。こちらは鉛筆で書いたブロック体の文字で――ずいぶん前にフォーセット上院議員が持っていた最初の手紙でおなじみの様式で、こう書かれていた。

水曜はだめだ。木曜にやる。時間は同じ。こまかい札で約束の金を用意しておけ。
アーロン・ドウ

「ああ！」ヒューム地方検事はほっとしたようだった。「これですっきりしました。ドウは、自分が書いたと証明するために、あえてフォーセットから届いた手紙の便箋《びんせん》をそのまま使って手紙を書き、アルゴンキン刑務所の外に送ったのでしょう。ドウがなぜ、一日、延期したのかは考えなくてもいい――一日、遅らせた方がいいような出来事が、刑務所の中で急に起きたのかもしれないし、臆病風に吹かれて、もう一日、先延ばししたくなったのかもしれない。そういう意味だったんでしょう、レーンさん、水曜にフォーセット医師が金を引き出したことがさほど重要でないとおっしゃったのは」

「全然違います」レーンさんは言った。

ヒューム地方検事は一瞬、びっくりして眼を見開いたが、やがて、肩をすくめた。「まあ、今回は疑いの余地のない、明々白々の事件ですからね。今度こそドウは電気椅子から逃れられないでしょう」彼は満足げににっこりした。最初の疑いの気持ちも消えてしまったようだ。「レーンさん、まだドウが無実だと信じておいでですか？」

老紳士はため息をついた。「ドウは無実に違いないという私の信頼を揺るがすものは、何ひとつ見つけていませんよ」そして、いまふと思いついたというように、言い添えた。「そして、何もかもが有罪を指し示しています――別の誰かの」

「誰ですか！」父とわたしは同時に怒鳴った。

「存じません――正確には」

17　わたしの武勇伝

あのてんやわんやの数時間をいまになって振り返ると、あれほど絶望的な五里霧中の状態だったにもかかわらず、事件がどれほどすさまじい速さで、もはや避けられない、驚天動地のクライマックスに突き進んでいったのかがわかる。すくなくとも父とわたしにとってはそうだった。あの時のわたしには何がどんなふうに起きたのか全然、呑みこめなかった。覚えているのはただ、シーツをかけられた死体が運びだされ、ヒューム地方検事が鋭い声で指示を飛ばしていたこと、地方検事がアルゴンキン刑務所のマグナス所長と電話で逃亡中の囚人を捕まえる計画を共有していたこと、わたしたちは無言でその場をあとにし、帰る道中、レーンさんがずっと重たい沈黙の中に沈んでいたことくらいだ。

そして、その翌日……。すべてはあまりにも急に始まった。わたしは朝早くジェレミーに会った。ジェレミーは彼の父と少し険悪な言い争いをしたあと、普段どおり採石場に向かった。ジェレミーの父、エライヒューは、自分の共同経営者のフォーセット医師が殺された報せにひどく動揺していた。無理もないが、彼は自分が苦境に陥ったのは父のせいだと恨みがましく思い始めていた。ふたりの殺された男の手によって、上院議員候補の名簿に名を連ねるはめになったというのだ。

父はぶっきらぼうに、選挙戦から身を引けとアドバイスした。「うまくいかなかった、ただそれだけですよ」父はそっけなく言った。「なんでもかんでも私のせいにされてもね。クレイさん、ぐずぐずしてないで、さっさと自分で行動するんです。ブン屋を集めて、記者会見を開くんだ。それで、特に死人を鞭打つのを気にしないんなら、そもそも自分が立候補したのは、フォーセット医師の不正の証拠をつかむためだったと言えばいい。正直に真実を話してやりゃ、それで解決ですよ。それとも、真実じゃないんですかね？　実は、あなたも本心では立候補したかったとか……」

「もちろん、そんなことはありません」クレイは顔をしかめた。

「じゃあ、問題ない。ヒュームと話しあって、私が集めたフォーセットの不正な契約に関する証拠をまるごと全部、彼に渡すんです。それから、新聞記者たちに、いま私が教えたとおりの説明をして、立候補を辞退しますと発表すればしまいですよ。ヒュームは対立候補なしに州上院議員になれる。おかげであなたはヒュームからものすごく感謝されるし、そのうえティルデン郡の市民たちからは死ぬまで英雄扱いだ」

「ですが――」

「で、私のここでの仕事は」父は愛想よく続けた。「これで終わりです。たいしていい働きができませんでしたから、実費だけで結構ですよ。それも手付け金でまにあいます」

「待ってください、警視さん！　私はそんなつもりは――」

わたしは、仲良く言い争いをしているふたりから離れた。家政婦のマーサが、わたしに電話がかかってきていると知らせてくれたからだ。かけてきたのはジェレミーで、ひどく興奮しているものだから、彼のひとこと目を聞いた瞬間、思わず鳥肌がたった。

「パット！」彼は低く、張りつめた口調で囁くように言った。「いま、そばに誰かいる？」

「いない。なあに、ジェレミー、何かあったの？」

「聞いてくれ、パット。たいへんだ。ぼくはいま、採石場の現場事務所からかけてる」彼は早口に言った。「緊急事態だ。いますぐここに来てくれ。いますぐにだ、パット！」

「なんで、ジェレミー、どうして？」わたしは怒鳴った。

「しっ、いいから。ぼくのロードスターを使って。誰にも言っちゃだめだ、絶対、なんにも。いいね？　急いで、パット、早く、頼む！」

わたしは急いだ。受話器を置くと、スカートをなでつけ、帽子と手袋を取りに二階に駆け上がり、また転げ落ちるように階段を駆け下りると、ポーチに何食わぬ顔でふらりと出た。父とエライヒュー・クレイはまだ言い争っている。

「ちょっとジェレミーの車を借りて、ドライブしてくるわね」わたしはさりげなく声をかけた。

「いい？」

ふたりにはわたしの声が聞こえていないようだった。それで、わたしは急いでガレージに行くと、ジェレミーのロードスターに飛び乗り、うねうねした私道を矢のように飛び抜けると、地獄の悪魔すべてに追っかけられているように、丘の車道をまっすぐに転がり落ちていった。その時のわたしは何も考えていなかった。ただ、クレイ大理石採掘場にできるだけ早くたどりつくことしか頭になかった。

採石場までの十キロ足らずのひどい悪路を、わたしは七分もかからずに走り抜けたと思う。採石場の現場事務所がある空き地に、砂煙をもうもうと蹴立ててすべりこんだ。そのとたん、ジェレミーが車体の外のステップに飛び乗ってきて、若い娘が思いがけなく訪ねてきてくれた若い男らしく、馬鹿みたいな笑顔を見せた。

わたしの眼の端では、イタリア系の職人がにやにやしていたけれど、ジェレミーの言葉には馬鹿らしさのかけらもなかった。「ありがとう、パット」彼はだらしない笑顔のままだった。けれども、その声はひどく張りつめていた。「驚いた顔をしないで。ぼくを見て、にっこりして」わたしは笑いかけようとしたが、うまく笑えた自信がなかった。「パット、ぼくはアーロン・ドウの隠れ場所を知っている！」

＊

「ええっ、ジェレミー」わたしは思わず息を呑んだ。

「しっ！　頼むから、笑ってて……うちの石工で、信頼のおける男が――完全に信用できる、いい奴でさ、ものすごく口が堅くて、絶対に秘密を守る男なんだけど――そいつが、ついさっき、ぼくのところにこっそり来たんだ。昼休みにそのへんをちょっとぶらぶらして、森の中へ涼みにはいったんだって。ここから七、八百メートルくらいあっちの方。そこの、誰も住んでないボロ小屋の中にドウが隠れてるのを見たって言うんだよ！」

「ほんとにドウだったの?」わたしは囁いた。

「絶対に間違いないって言ってる。新聞の写真で顔を知ってるって。なあ、パット、どうしよう?　きみは、彼が無実だと思ってるんだよね――」

「ジェレミー・クレイさん」わたしは激しく言った。「ドウは無実なの。ああ、でも、よくわたしを呼んでくれたわ、あなたって最高!」石の粉をかぶって汚れた作業服を着た彼は、照れてひどく恥ずかしそうだった。「行かなきゃ、そのあばら家に。森から彼を連れ出して、逃がさないと……」

わたしたちは怯えきったふたりの共犯者のように、長い間、見つめあった。

やがて、ジェレミーはぐっと奥歯を嚙みしめて、きっぱりと言った。「行こう。自然に見えるように。森の中へ散歩に行くふりをするんだ」

彼は笑顔のまま、わたしをロードスターから降ろすと、はげますようにわたしの腕をきゅっと握ってから、一緒に道を歩きだした。こっそりうかがい見ている石工たちの目に、若い男が機嫌をとっているように見せるため、彼はかがんでわたしの顔に頭を寄せ、囁きかけるふりをした。わたしはくすくす笑ってみせ、彼の眼をうっとりと見つめていたが、その間じゅう、頭の中は不安が音をたてて渦巻いていた。わたしたちがいまからやろうとしているのが、とても恐ろしいことなのはわかっている。それでも、もし今度、アーロン・ドウが捕まったら、あの無慈悲な電気椅子から助けることは、もう絶対に、誰にもできない……

果てしないほど長い時間歩いて、ようやくわたしたちは森にはいった。頭上に涼やかな枝の屋根がかかり、もみの木のぴりっとする香気が鼻の奥を刺すのを感じると、外界がはるか彼方に思えた。ときどき、採石場から聞こえてくる発破《はっぱ》の音さえ、くぐもってずっと遠くに聞こえる。わたしたちは猿芝居の演技をかなぐり捨て、いちもくさんに走りだした。ジェレミーが古代の勇者さながらに大股で走っていくすぐあとを、わたしは息を切らしてついていった。突然、彼が止まった――本当に突然で、わたしは彼に激突してしまった。ジェレミーの正直な若々しい顔に、驚愕の表情が浮かんでいる。驚愕、恐怖、それから、絶望。

そして、わたしも聞いた。それはいままさに何かを追っている犬が吠えたてる声だった。

「まずい！」彼は囁いた。「パティ、犬がすぐそこまで来てる。ドウの匂いを嗅ぎつけたんだ！」

「遅すぎたわ」わたしはか細い声をもらし、目の前が真っ暗になって、彼の腕にすがった。ジェレミーはわたしの両肩をつかんで、歯が音をたてるほど乱暴に揺さぶった。

「こんな時に、か弱い乙女ごっこをしてる場合じゃないだろ！」彼は怒った声で言った。「しっかりしろ。まだ望みはあるかもしれない！」

それだけ言って、ジェレミーはまた身をひるがえすと、森の奥に向かって、ほの暗い小径《こみち》を急いで進んでいった。わたしも走ってついていきながら、混乱し、困惑し、そして彼にむかっ腹を立てていた。なによ、ジェレミーのくせに、よくも乱暴に揺さぶったわね！　よくも好き勝手言ってくれたわね、偉そうに！

再び、彼は急に立ち止まり、手でわたしの口をおおった。それから、しゃがみこんで、四つん這いになり、土埃をかぶった藪の小さなくさむらの中にはいっていった。そして、わたしもその中に引きずりこんだ。わたしは悲鳴をあげそうになって、くちびるを噛んだ。服はイバラのとげで裂け、指にはとげか何かが刺さっている。不意に、わたしは痛いのを忘れた。その時、わたしたちは小さな空き地を凝視していた。

遅すぎた！　空き地には、いまにも崩れそうな、屋根がずり落ちかけているぼろぼろの小屋があった。空き地の向こう側から、犬の吠える声がどんどん大きくなってくる。

その一瞬、空き地には誰の姿もなく、静かで平穏そのものだった。次の瞬間、紺色の制服の男たちが、威嚇《いかく》するようにライフルの銃口を小屋に向かって突きつけながら、騒々しく現れた。そして犬たちが――大きな醜い獣たちが稲妻のように空き地を突っ切って、小屋の閉じたドアにとびかかると、前足を叩きつけ、ひっかき、体当たりし、世にも恐ろしい音を響かせた……。三人の男が前に飛び出して、リードをつかみ、犬を引き戻した。

わたしたちは絶望で言葉も出ず、ただ見守っていた。

小屋にふたつしかない小窓のひとつから、真っ赤な光が、破裂するような轟音と共に閃いた。リボルバーの銃身が小屋の中に引っこむのが見えた。そして、よだれを垂らした獰猛《どうもう》な犬が一匹、へんてこな体勢で宙に飛び上がったかと思うと、地べたに全身を叩きつけて、死んだ。

「来るな！」甲高い、ヒステリックな声がした――アーロン・ドウの声だ。「来るな、来るなあ！　来たら、てめえらにも、いまのとおんなじやつをぶち食らわしたる。誰が、てめえらなんかに捕まるもんかあ！　来るな。いいか、いいな！」彼の声はどんどん跳ね上がり、か細い金切り声になった。

　わたしは必死に立ち上がった。頭の中には、とんでもなく無謀な考えがぐつぐつとわきたっていた。こうなったらもう、一か八かだ。だって、このままならドウはきっと言ったとおりに実行する。そんなことをしたら、本物の人殺しになってしまう。でも、わたしが動けばまだチャンスはある。本当に望みの薄い、正気の沙汰とは思えない賭けだけれど……

　ジェレミーの手がわたしを地面に引きずりおろした。「何やってんだよ、パット！」彼は小声で言った。わたしは彼の手から逃れようともがき、ジェレミーは困惑していた……

　わたしたちがもみあっている最中に、空き地の様相は変化していた。男たちの中に、ずんぐりした無言のマグナス所長が見えた。男たちはうしろに下がり、藪や木立に身を隠していた。何人かがわたしたちのいる方にじりじりと近づいてくる。わたしは慌てて見回したが、どこを見ても、狩りの欲望で眼をぎらつかせる武装した看守だらけだ……

　刑務所長が広場に足を踏み入れた。「ドウ」彼は穏やかに呼びかけた。「馬鹿なまねはよすんだ。そこは包囲されている。きみはもう逃げられない。我々はきみを殺したくな――」

　ぱんっ！　わたしは夢の中にいる心地で、所長のむき出しの右手に赤い条《すじ》が魔法のように出現するのを見た。乾いた土の上に、血がしたたり始める。ドウの銃がまた、ものを言ったのだ。看守がひとり、木陰から飛び出し、茫然としている刑務所長を引きずり戻した。

　わたしは、ジェレミーの力強い手を火事場の馬鹿力で振りほどき、口から飛び出しそうに心臓をばくばくさせて、空き地に走り出た。時が止まったこの永遠の一瞬、世界が静まり返るのが、眼の端で見えた。刑務所長も、看守たちも、犬たちも、ドウさえも、わたしが考えなしに銃口の前に躍り出たことに、ぎょっとしていた。けれども、わたしは興奮と、命がけの賭けに出る恐怖で半狂乱だった。自分を抑えていられなかったのだ。心の中で、ジェレミーがついてきていないことを祈った。そして、その瞬間、わたしは彼が背後から忍び寄っていた三人の看守に押さえつけられてもがいているのを見た。

わたしは昂然と頭をあげると、大きなよく通る声で自分が叫ぶのを聞いた。「アーロン・ドウさん、中に入れて。わたしよ。ペイシェンス・サムよ。入れてちょうだい。お話があるの」そして、一歩一歩、宙を踏むように、小屋に向かって歩きだした。

わたしの頭は完全に麻痺していた。何の感覚もなかった。もし、恐怖に駆られたドウがわたしを撃ったとしても、きっと何が当たったか気づかないだろう。

甲高い音がわたしの耳に突き刺さった。「てめえらは誰も近づくなあ！　わしは女を狙ってるぞ。少しでも動いたら、女を撃つ！　来るなあ！」

やっとのことで、わたしはドアにたどりついた。目の前でそれが開いたので、わたしは薄暗い、湿気でむっとした臭いの小屋の中に、倒れこむようにはいった。背後でばたんとドアが閉まる音が聞こえて、わたしはドアに寄りかかった。恐怖で眼はくらみ、全身は呪われた老婆のように震えている……

哀れな男は見るも無残な様子だった——汚れ、よだれを垂らし、ひげぼうぼうで、その見るに堪えないありさまときたら、物の怪《もの け》のようにおぞましく、ぞっとするほどだった。彼の眼だけ《き》は肝《も》がすわっていて、避けられない死に直面した勇敢な男の、覚悟を決めて落ち着き払ったまなざしだった。左手には、まだ硝煙がたちのぼるリボルバーを持っていた。

「早く言え」彼は低い、しゃがれ声で言った。「もし罠だったら、撃つ」彼は稲妻のように素早く窓の外を見た。「話せ」

「アーロン・ドウさん」わたしはか細い声を絞り出した。「こんなことをしても何もならないわ。知ってるでしょう、あなたの無実を信じてるって、わたしも、そしてレーンさんも――牢屋であなたと実験をした、あのとても頭のいいお年を召した紳士よ――それに、現役時代は警視だった父も、わたしたちみんな信じてるの……」

「このアーロン・ドウは生きてるかぎり、捕まらねえぞ」彼はつぶやいた。

「アーロン・ドウさん、こんなことしてたら確実に死んじゃう！」わたしは叫んだ。「投降して。それだけが唯一、あなたが助かる方法だわ……」わたしはそれから話して、話して、話し続けた。自分でも何を喋っているのか、よくわからなかった。たぶん、わたしたちがどんなに彼のために手を尽くしているか、絶対に助けてみせるとか、そんなことを言ったと思う……

まるではるか彼方からのようにぼんやりと、ドウのとぎれとぎれに囁く声が聞こえてきた。

「わしは無実なんです、お嬢さん。殺《や》ってねえ、ほんとに、ぜってえ殺ってねえ。助けて、助けてください！」そう言うと、ひざまずいて、わたしの手にキスした。気がつくと、わたしの膝はがくがくしていた。まだ硝煙のあがるリボルバーが床にすべり落ちた。わたしは老人を立ち上がらせて、痩せこけた肩に腕をまわすと、ドアを押し開け、一緒に歩いて出ていった。彼はとてもおとなしく投降したようだった。

そこまで見届けて、わたしは気を失った。次に覚えていることは、ジェレミーの顔がわたしの鼻先にあったことと、誰かがわたしの首から上に水をかけていたことだった。

＊

その後は盛り上がりもなく、苦い終わりとなった。その午後のことを思い出すたび、いまだに震えてしまう。父とレーンさんがどこからともなく現れ、次に気づくと、わたしはジョン・ヒューム地方検事のオフィスに坐って、かわいそうなドウの話を聞いていた。ドウは椅子の上でちぢこまり、一瞬ごとに、卑屈な動きで、打ちのめされた老いぼれた顔を、わたしの顔から、レーンさんに、そして父にと、向けてくる。あまりの痛ましさに、わたしは胸がつぶれそうで、ただ茫然としていた。そしてレーンさんの顔は悲劇の仮面そのものだった。ヒューム地方検事のオフィスでの会議の一時間前に、わたしが小屋でドウにした約束のことを話した時に、レーンさんが浮かべた表情を、口にした言葉を、わたしは死ぬまで忘れない。

「ペイシェンスさん、ペイシェンスさん！」彼は正真正銘の苦痛の中で叫んだ。「そんな約束をしてはいけませんでした。私にはわかりません。本当に、わからないのです。一応、あることを——ある、非常に大きなことをつかみかけてはいます。しかし、完全ではない。彼を助けることは不可能かもしれません」そこまで言われて、わたしは自分が何をしでかしたのか、やっと気づいたのだ。わたしはこの男に、二度目の希望を与えた。そして、二度目もまた……

ドウは質問に答えていた。違う、わしはフォーセット医師を殺してねえ。あの家の中に、はいってもねえ……。ジョン・ヒューム地方検事は自分の机の引き出しから、ドウがあばら家で持っていたリボルバーを取り出した。

「この銃はフォーセット医師のものだ」彼は厳しい声で言った。「嘘をつくな。フォーセット医師の助手が昨日の午後、診察室にある机のいちばん上の引き出しにこれがはいっているのを見ている。ドウ、おまえはそこからこれを盗ったな。つまり、おまえは家の中にはいったんだ」

ドウはすっかり取り乱した。それは、たしかにそうだけど、と金切り声で叫んだ。でも、殺してねえ。会う約束をしてたんだ。十一時半に。家にはいったら、フォーセットが床に倒れて、血だらけで。机の上に銃が転がってたから、おっかなくて、わけがわからなくなって、それをつかんで走って逃げただけで……そうです、木箱のかけらを送ってたのはわしです。どうやって？ ドウはずるそうな顔になり、その質問には答えようとしなかった。JAというのはどういう意味だ？ ドウは口をつぐんだままだった。

「死体を見つけたのですか？」レーンさんが緊張した声で訊ねた。

「わしは――へえ、そうです、けど、死んでるってわかってすぐ、わしは――」

「たしかですか、ドウさん、医師はたしかに死んでいたのですね？」

「へえ。たしかです、旦那、絶対、間違いねえ！」

ここで地方検事は、フォーセット医師の机で発見された走り書きの手紙を囚人に見せた。そしてこの時、わたしたち全員が――ドルリー・レーン氏以外は――ドウが否定する激しさ、どう見ても嘘とは思えない真摯《しんし》さに仰天した。そんな手紙なんか見たことねえ、と彼はさらに甲高く絶叫した。フォーセット医師が署名を入れたその直筆の手紙は一度も見たことがないし、手紙の裏にブロック体で書かれた返信にアーロン・ドウの署名がはいっているが、そんなものにサインしたことは絶対にない、と必死に訴えた。

老紳士は素早く言った。「ドウさん、この二、三日の間に、フォーセット医師から何か手紙を受け取っていますか？」

「へえ、旦那。受け取りました。でも、こいつじゃねえ！　火曜に来たんだ。その――手紙が、フォーセットから。木曜に逃げろって。本当なんで、旦那。木曜って、手紙に書いてあったんです！」

「その手紙をいま持っていますか？」レーンさんがゆっくりと訊ねた。

けれどもドウが言うことには、刑務所の下水に流してしまったという話だった。

「まったく理解できない」ヒューム地方検事はつぶやいた。「なぜ、フォーセット医師はこの男をそんなやりかたで裏切る必要があったのか。いや、もしかすると……」

老紳士が何か言おうとしたような気がした。が、彼は頭を振っただけで、口をつぐんだままだった。一方、わたしはだんだん――ゆっくりと、本当に亀の歩みだったけれど――ひと条の光明が見えてきていた。

＊

そのあとのことは思い出すだけでもぞっとする。この時もジョン・ヒューム地方検事は楽な道を選んだ。今度の裁判でも、ヒューム地方検事はスイート地方検事補に公判の論告を丸投げしたのである。ドウは文句なしの第一級殺人犯として、何の問題もなくびっくりするほどの速さで告発され、あれよあれよという間に裁判は始まってしまい、こちらは心の準備をする暇もなかった。何がいちばん苦労したと言って、リーズの市民たちが殺人犯を私刑にしようとするのを防ぐことだった。同じひとりの男が二度も殺人罪で告発されたことで、市民は怒り狂っていた。そんなわけで、ドウをリーズの刑務所から裁判所まで移送し、再び刑務所に戻すには、厳重な警護をつけて、秘密裡になされなければならなかった。

マーク・カリア弁護士は不可解な人物だった。彼はレーンさんから弁護料を頑として受け取らなかった。肥《ふと》った顔は取りすましていて、何も読み取れなかった。そして、ほとんど勝つ見込みのない裁判に再び、できるかぎりの力を尽くして戦った。

そして、ドルリー・レーン氏が絶望と無力感に包まれて無言で坐っている間に、アーロン・ドウは裁判にかけられ、陪審員による四十五分間の協議の末に、第一級殺人罪の評決が下され、ほんのひと月ほど前に終身刑を言い渡した判事によって、電気椅子による死刑を宣告された。

「アーロン・ドウ……法の定めるところにより、死刑に処する。執行日の決定は来週の……」

ふたりの保安官代理に手錠をかけられ、武装した看守たちに囲まれて、アーロン・ドウはアルゴンキン刑務所に追い立てられていった。そこでは死刑囚の独房の静寂が、冬の墓穴をおおう凍てついた土のように、彼の頭上にかぶさるのだ。

18　暗黒の時期

かくして、わたしたちは鬱々とふさぎこみ、この無風の状況に希望の風が吹いてくれることを祈り続けることとなった。その間、太陽が容赦《ようしゃ》なく照りつける空の下、波ひとつない海の上でわたしたちは遭難していたのだ。全員が死ぬほど疲れていた――吹くはずのない風を待って帆を張り続け、闘志を燃やし、ひたすら考えることに疲れ果てていたのである。

父とエライヒュー・クレイは仲直りしていた。父もわたしも逆らう気力がなかったので、おとなしくクレイ家に逗留《とうりゅう》し続けた。わたしたちがそこでしたのは、寝ることだけだった。父は落ち着きなくいかつい亡霊のように町をうろつきまわり、わたしはわたしで丘の上のミュア神父の家に入りびたった。たぶん、死刑を宣告された男のそばにいなければという、罪悪感のようなものに駆られていたのだと思う。わたしたちの友である神父は毎日、アーロン・ドウに会いにいっていたが、なぜかドウの近況を一切、口にしなかった。小さな神父の顔に浮かぶ渋い表情を見るかぎり、ドウは毎日、わたしたち全員を恨んでいるのだろう。そんなことをしても何にもならないのだが。

わたしたちにできることはすべてやった。いろいろと小さな出来事もあった。ドルリー・レーン氏は、リーズの郡拘置所で判決を待っていたドウに、秘密に会いに行っていた。ふたりの間にどんな話が交わされたのか、その全貌を知ることはかなわなかったけれども、ただならぬ会談であったことは想像にかたくなかった。というのも、その面会があってから何日もの間、老紳士の顔には恐怖がずっとこびりついていたからだ。

一度、どんな話をしたのか訊いてみたことがある。レーンさんは長い間、黙りこんでいた。やがて、こう言った。「Hejaz の意味をとうとう教えてもらえませんでした」わたしが引き出せたのは、この言葉だけだった。

ある時は、黙って行方をくらましてしまい、わたしたちは四時間も必死に探しまわった。するといつの間にかレーンさんは、一度もそこから動いたことはないというようにミュア神父の家のいつもの椅子に坐っていたのだ。けれども、坐っている彼は疲れきって、ひどく厳しい顔をして、揺り椅子の中で物思いに沈んでいた。ずっとあとになってからわたしは、レーンさんが彼にしかわからない論理にもとづいて、ルーファス・コットンを訪ねていたことを知った。この秘密の訪問で何を得ようとしたのかは、当時のわたしにはまったく見当がつかなかったけれど、彼の様子を見ていれば、目的が何だったにしろ、期待外れに終わったのは明らかだった。

またある時は、数時間も石像のように黙りこんでいたかと思うと、いきなり飛び上がって、大声でドロミオに車を出すように命じ、砂埃を巻き上げながら坂道を下って、リーズの町に消えていった。そうかと思えばすぐに戻り、その数時間後に、配達人が自転車で丘の上まで電報を届けに来た。レーンさんは射貫くようなまなざしでそれを読むと、わたしの膝の上にのせた。

お尋ねの連邦捜査官は目下、公務にて中西部に出張中。極秘に願う。

電報には合衆国司法省の高官の署名があった。疑いなく、レーンさんは藁《わら》にもすがる思いでカーマイケルに救いを求めたのだが、見てのとおりでうまくいかなかった。

言うまでもなく、老紳士こそがこの事件における真の殉教者だった。数週間前に老いた頬を興奮と歓びに紅潮させ、わたしたちと一緒にリーズに来た、あのドルリー・レーン氏と同一人物だとは信じられない。彼の中で何かがぽっきりと折れたのだろう、もはや生気さえ感じられなかった。また病気の老人に戻ってしまった。ときどき、発作のようにやたらと元気に活動する時以外、レーンさんとミュア神父は無言で向きあって坐ったまま、果てしのない空虚な時を過ごしているだけだ。その間、いったいどんな恐ろしい思いに身を焼いて、何を考えているのか、まわりの誰にもわからなかった。

時はのろのろと過ぎていった。それが突然、早く動きだしたような気がした。毎日毎日、何もない日を繰り返すばかりだったが、ぐずぐずとベッドから起きだしたある朝、不意に、この日が金曜日だと気づき、わたしはぞっとして立ちすくんだ。週が明けたらマグナス刑務所長は法に従って、来週中にアーロン・ドウの死刑執行日を決定することになっている。とはいえ、こんなのはただの建前《たてまえ》だ。そもそもアルゴンキン刑務所では水曜日の夜に死刑を執行するのが習慣なのだから。アーロン・ドウは奇跡でも起きないかぎり、どんなに長くても二週間以内に電気椅子で焼かれた死体になってしまう……。そう気づいてパニックに陥ったわたしはすぐにも、誰かを頼って、その筋の人に嘆願して、塀の中に閉じこめられた哀れな囚人のために、できるかぎりのことをしてあげたい、という思いに駆られた。でも、誰を頼ればいいのだろう。その日の午後、いつもどおり、わたしはミュア神父の家に重たい足を引きずって出かけていった。すると、父がレーンさんと神父と熱心に話しあっていた。わたしはそっと椅子に坐り、眼を閉じた。が、また眼を開けた。

レーンさんがこんなことを言っているのが聞こえたからだ。「警視さん、このままでは望みはありません。私はアルバニーに行って、ブルーノさんに会ってみましょう」

＊

それは友情と職責が衝突するような、よくあるドラマチックな場面だった。これほど不幸な状況でなければ、むしろわくわくする楽しいものだっただろう。

父とわたしにとっては、行動を起こす口実ができて、願ってもない話でしかなかった。わたしたちは、老紳士と一緒にアルバニーに行きたいと言い張った。そしてレーンさんも、わたしたちが同行することを喜んでいるようだった。ドロミオは疲れを知らないスパルタ人のように休むことなく車を走らせ続けたが、小高い丘の上にある州都にたどりついた時、わたしたちは──すくなくとも、父とわたしは──疲れ果ててぐったりしていた。けれどもレーンさんは、休息したい、というこちらの願いには一切、耳を貸さなかった。あらかじめリーズの町からブルーノ知事に電報を打っておいたので、待たせるわけにはいかないと言うのだ。そして彼は、ドロミオに軽食をとる間も、一時間の休息さえ与えず、州議事堂までわたしたちを送り届けさせた。

議事堂の知事室に、州知事はいた――褐色の薄い髪と鋼鉄のような眼の、ずんぐりした懐かしい友人、ブルーノ知事。彼はわたしたちを温かく迎え、秘書のひとりにサンドイッチを持ってこさせ、父やレーンさんと楽しそうに冗談を言いあったり、世間話をしたりしていた……そしてその間じゅう、知事のまなざしは厳しく、すきがなく、口元は微笑んでいても、眼は笑っていなかった。

「それで」わたしたちが、おなかにものを入れて元気を取り戻し、人心地ついてくつろいだころに、知事は言った。「レーンさん、アルバニーにはどういうご用件でいらしたんでしょう?」

「アーロン・ドウの件です」老紳士は静かに言った。

「やはりそうでしたか」ブルーノ知事は小刻みに机を指で打ち鳴らした。「すべて話してみてください」

そこで老紳士は客観的事実のみを、明瞭な言葉で、誤解の余地がないよう、正確無比に語っていった。なぜアーロン・ドウには第一の犠牲者、フォーセット上院議員を殺すことが不可能なのかという、あのおそろしくややこしい推理を最初から最後まで説明した。ブルーノ知事は眼を閉じてじっと聞いていた。仮に感銘を受けていたとしても、その表情からはうかがい知ることができなかった。

「そういうわけで」レーンさんは締めくくった。「ドウが有罪であるという結論には、明らかに重大な疑いがあり、こうして我々がこちらにうかがったのは、知事、あなたの権限で死刑執行を延期させてくださるよう、おすがりしに参ったのです」

ブルーノ知事は眼を開いた。「いつもながら、すばらしい分析です、レーンさん。普通の状況なら、私もきっと、正解に違いないと申し上げたでしょう。ですが――証拠がないことには」

「おい、ブルーノ」父がうなった。「きみが難しい立場にあるのはわかる。けどな、いまのきみはきみらしくないぞ。おれの知ってるきみはどこに行った！　自分の正義に忠実だってことがいつだって、きみの真髄ってもんだったろうが！　なら、この死刑執行を延期させなきゃだめだ！」

知事はため息をついた。「この事件は、私が州知事に就任して以来のいちばん難しい事件だよ、サム――レーンさん――私は法の一道具にすぎないんです。たしかに、私は正義に奉仕すると誓いました。しかし、我々の社会に法律制度というものが存在するかぎり、正義は事実にもとづいてなされます。しかし、あなたがたは事実をお持ちでない。事実を。あるのは理論だけだ――すばらしい完全無欠の理論だと私も思いますよ。でも、それだけです。いったん陪審員が評決を出し、裁判官が宣告した死刑の執行を妨げろというなら、囚人が間違いなく無実であるという証拠がなければならない。証拠をください、私に、証拠を！」

気まずい沈黙が落ちた。わたしは椅子の中で絶望と無力感に身をよじっていた。その時、レーンさんが立ち上がった。彼はとても背が高く、いかめしく、疲れて老いた顔は大理石のように蒼白で、くっきりと皺が刻まれていた。「ブルーノさん、私はここに、アーロン・ドウが無実であることについて単なる推理以上のものを持ってまいりました。驚くほど明々白々なこのふたつの事件を考察すると、必然的に、あるおぞましい結論にたどりつくことになる。しかし――あなたのおっしゃるとおり、それを支える証拠がなければ、決定的とは言えない。そして私は証拠を持っていないのです」

父は眼が飛び出しそうになっていた。「つまり、あなたは知ってるってことですか?」父は叫んだ。

レーンさんは妙な、苛立たしげなそぶりをした。「わたしはほぼすべてのことを知っております。すべてではありませんが、ほぼすべてのことを」彼は知事の机の上にかがみこみ、ブルーノ知事の顔に穴をうがつように見つめた。「ブルーノさん、あなたには過去に何度もさまざまな事件で、私を信用してくださいとお願いしてまいりましたね。どうでしょう、今回も私を信用してくださらんか?」

ブルーノ知事は視線を落とした。「レーンさん……申し訳ありません」

「よろしい、それでは」老紳士は身を起こした。「さらに一歩踏みこんでお話をいたしましょう。私の推理ではまだ、上院議員とフォーセット医師を殺した犯人として、ひとりの人物を特定できておりません。しかし、ブルーノさん、私は数学的な根拠を持って、はっきりとこれだけのことを言える段階まで分析を進めました。すなわち犯人は必ず、ある三人のうちのひとりでなければならない!」

父とわたしは仰天して、レーンさんをまじまじと見つめた。三人のうちのひとり! そんなことを言いきるなんて、信じられない、ありえない。わたしだって、そこそこの人数まで容疑者を絞りこんではいたけれど――三人！　手持ちの事実だけから、消去法でどんな切り捨てかたをすれば、そこまで大胆に減らすことができるのだろう。

知事はつぶやいた。「そして、アーロン・ドウはその三人の中にはいっていないと？」

「はいっておりません」

その言葉は凛とした確信に満ちていた。わたしはブルーノ知事の困り果てた眼で光が揺れ動くのを見た。

「ブルーノさん、私を信じて、せめて時間をくださらんか。時間です。私が欲しいのは時間だけなのです。時間さえあればきっと……。あともうひとつだけ、重要なピースがひとつだけが足りない。それを見つけるためには、どうしても時間が必要なのです」

「もしかすると、そんなピースなど存在しないかもしれませんよ」知事はつぶやいた。「あてにできるものじゃない。もし見つからなかったら？　私の立場はどうなりますか？」

「その時には、私もいさぎよく敗北を認めましょう。ですが、問題のピースが存在しないとはっきりさせるまでは、ドウの命運を決する任を負うあなたに、あの男が犯してもいない罪で死刑に処せられるのを黙って見ている権利など、人としてどこにありましょうか」

ブルーノ知事はいきなり立ち上がった。「わかりました」彼はぐっとくちびるを噛んだ。「ここまではゆずりましょう。もし、死刑執行日までにあなたが最後のピースを見つけることができなければ、私の権限で一週間、執行を延期します」

「ああ」レーンさんは声をもらした。「ありがとうございます、ブルーノさん、ありがとうございます。やはりあなたは見込んだとおりのかただ。この何週間もの暗黒の日々に射した、最初の太陽の光ですよ。サム警視、ペイシェンスさん――帰りましょう！」

「ちょっと待ってください」知事は机の上の書類をいじくった。「これはお話ししようかどうか迷っていたんですが。しかし、こうしてあなたと手を組むことになった以上、もはや隠しておく権利はないでしょう。重要なことかもしれませんし」

老紳士は、はっと顔をあげた。「なんです？」

「アーロン・ドウの死刑執行をやめてほしいと言ってきたのは、あなたがただけではないんです」

「と申しますと？」

「リーズからもうひとり――」

「まさかあなたは」レーンさんは炎のように眼を燃やしながら、恐ろしい声で怒鳴った。「我々の知っている誰か、この事件の関係者が、わたしたちよりも先に、ここに来て死刑執行を延期してほしいと言いに来たとおっしゃるのですか。どうなんです、ブルーノさん」

「延期ではありません」知事はぼそぼそと答えた。「要求してきたのは、完全な赦免《しゃめん》です。二日前にここに来て、どういう理由でそんな要求をするのか、あの女はどうしても言おうとしな――」

「女！」わたしたちは全員、仰天して、いっせいに叫んだ。

「ファニー・カイザーですよ」

レーンさんは知事の頭の上にかかっている油彩画を何も見ていない眼で凝視していた。「ファニー・カイザー。そうか、そうなのか。私は――」彼はこぶしで机を激しく叩いた。「もちろん、そうだ、そうに決まっている！　私は何を見ていたのだ、なんと愚かな！　その女は、赦免を願い出る理由をどうしても言おうとしないのですな？」彼は飛ぶように絨毯を突っ切ると、わたしたちの腕を痛いほど強くわしづかみにした。「ペイシェンスさん、警視さん――リーズに戻りましょう！　まだ希望はあります！」

19　チェックメイト

　リーズに戻るわたしたちの旅路はまるで現実のものとは思えなかった。レーンさんは分厚いコートにくるまって座席に沈みこんで——気温はいっそう低くなってきた——熱に浮かされたように、眼をぎらつかせている。リムジンのタイヤを彼の意志がぐいぐいとひっぱっているのをわたしは感じていた。そんな彼が不意に身を起こすのは、ドロミオにもっと飛ばせと命じる時だけだった。

　けれども、自然の要求にはかなわない。わたしたちは食事と睡眠を得るために、一夜の休息を取らないわけにいかなかった。朝が来て、リムジンはまた、猛スピードで走りだした。正午になる少し前、わたしたちはリーズの町にすべりこんだ。

　町はいつになくざわついているように思えた。新聞の売り子は金切り声で何か叫びながら、ぺらぺらの新聞紙をかかげている。その一面には大見出しがでかでかと印刷されていた。突然、わたしの耳にある言葉が飛びこんできた。〝ファニー・カイザー！〟新聞売りの少年のひとりがそう叫んでいる。

「止めて！」わたしはドロミオに怒鳴った。「何かあったんだわ！」

　そして、父やレーンさんが反応するより先に、わたしは車から飛び出した。硬貨を一枚、売り子の少年に投げつけ、新聞を一部、ひったくった。

「わかったわ！」わたしは車の中に這い戻りながら叫んだ。「これ読んで！」

新聞は、むしろ気持ちがいいほどあけすけに書いていた。〈リーズ・エグザミナー〉紙曰く、ファニー・カイザーは〝数年来、町で悪名高い人物だったが、ジョン・ヒューム地方検事の指令で逮捕された。罪科は……〟ここから、ずらずらとその罪が並べられていた。すなわち、人身売買、麻薬取引、その他もろもろの悪徳という悪徳。新聞記事によると、どうやらヒューム地方検事は第一の殺人の捜査中にフォーセット家で見つけた書類の数々を最大限に活用したらしい。ファニー・カイザーが所有するいくつかの〝事業所〟が手入れを受けていた。悪行のごった煮の鍋が、ふたをこじ開けられたのだ。そして、このうえなく醜悪な噂があふれ、流れ出すことになった。リーズの社交界、実業界、政界における大物や名士が大勢、直接関わっている悪業の実態が、ほぼ何も隠さずにありのまま書かれていた。

保釈金は二万五千ドル。彼女は即座に保釈金を支払い、拘束されないままで告発を待っている状態だ。

「これは朗報です」レーンさんは考えこんだ。「実に幸運ですよ、警視さん。どんなに幸運か言葉にできないほどだ。我らが友人ファニー・カイザーは現在、苦境に陥っています。ならば……」レーンさんは、逮捕や起訴という出来事そのものには目もくれず、その出来事で彼女が精神的に弱っているという点のみを重要視していた。「だが、ああいった手合いは、そんな苦境も抜け出すものだ……ドロミオ、ヒューム地方検事のオフィスにやってくれ！」

わたしたちが行くと、ジョン・ヒューム地方検事は机の前に坐っており、ゆったりと葉巻をくゆらせながら、愛想よく迎えてくれた。あの女はいまどこに？　保釈中です。彼女の根城《ねじろ》は？　地方検事はにっこりして、住所を教えてくれた。

慌てて、わたしたちはそこに駆けつけた——町の郊外にある、警察官がうようよしている大きな家だ。どこもかしこもビロード張りで、装飾だらけで、金ぴかで、芸術的価値があるかどうか疑わしい煽情的な裸体画だらけだった。彼女の姿はない。保釈されてから、一度も戻っていないのだ。

わたしたちは血相を変えて、狂ったように探しまわった。三時間後、皆は絶望で口もきけずに、ただ見つめあっていた。女の行方はようとして知れなかった。

保釈金を没収されることを覚悟のうえで、州の外へ——それとも、国外へ逃げたのだろうか？　彼女を待ち受けるすさまじい刑罰の数々を思えば、ぞっとするほどその可能性はある。わたしたちがきりきりと痛む胃をかかえている間に、老紳士は死神のような冷徹さでジョン・ヒューム地方検事と警察に通報した。電話による連絡が四方八方に飛び交った。ファニー・カイザーの持つ隠れ家という隠れ家が捜索された。刑事たちには、なんとしても彼女の足取りを突き止めろというお達しがあった。鉄道のあらゆる駅に張り込みがついた。ニューヨーク市警にも連絡がいった。しかしすべてが徒労だった。女はこの世からきれいさっぱり消えてしまった。

「やっかいなのは」検事局のオフィスで、疲れきったわたしたちがぐったりとへたりこんで外からの報せを待っていると、ジョン・ヒューム地方検事はぼそりとつぶやいた。「三週間、起訴することができないということです。つまり、今度の木曜からあと二週間たつまでは保釈の期限が切れないんですよ」

わたしたちはいっせいにうめいた。それでは、たとえブルーノ知事の死刑執行延期の命令をもってしても、彼女が姿を現すのは——もし逃亡せず、本当に現れたとして——アーロン・ドウの死刑がとうに執行された、次の日になってしまうのだ。

＊

続く恐怖の日々の間、わたしたちは全員、一気に歳をとった気がした。その週はてのひらからすり抜けるように過ぎていった。金曜日……わたしたちは捜索をあきらめていなかった。レーンさんは発電機のように精力的だった。警察の協力を通じて、地元の放送局がレーンさんの自由に使えるようになった。呼び出しや、呼びかけが電波にのって届けられた。あの女の果てしなく広がる巨悪の大組織は、隅の隅まで捜索された。彼女の手の者たちは——リーズの地下世界の女たち、弁護士、食客、用心棒は、いっせいに警察本部に送られて、取り調べを受けた。

土曜日、日曜日、月曜日……。月曜日にわたしたちはミュア神父と新聞記事から、マグナス刑務所長が公式に死刑執行の期日を、水曜日の午後十一時五分に決定したことを知った。

火曜日……ファニー・カイザーは相変わらず行方不明だった。ヨーロッパ航路のすべての汽船に電報が出された。しかし、ほかの誰とも見間違えようのない特徴をそなえた彼女らしい人物はひとりも見つからなかった。

水曜日の朝が来た……わたしたちはまるで夢の中にいるような心地で、機械的に食べ物を口に運び、ほとんど喋らなかった。父は四十八時間、一度も服を脱がなかった。レーンさんの頬は死骸のようにこけて、その眼はなにか不吉な病《やまい》に冒されたようにくすぶっていた。わたしたちはドウと話をするために、なんとかしてアルゴンキン刑務所の中に入れてもらおうと死力を尽くしたのだが、どうしても許可がおりなかった。厳格な刑務所の規則に違反するのだと。それでも、風の便りは届くもので、彼の様子はもれ聞こえてきた。ドウは奇妙なほど落ち着いて、短い受け答えくらいしか口をきかなくなったという。いまではわたしたちを罵《ののし》らなくなったどころか、わたしたちの存在すら忘れているように見えるらしい。死刑執行の時刻が近づくにつれ、彼は目に見えて怯え、おののき、もつれるような足取りで独房の中を歩きまわっているということだった。けれども、ミュア神父は眼に涙を浮かべた笑顔でわたしたちに、「彼は信仰を心の支えにしております」と報告した。かわいそうな神父様！　アーロン・ドウが心の支えにしているのは精神的な信仰などではないだろうに。もっと世俗的な希望に支えられているに違いない。わたしの勘ではたぶん、ドルリー・レーン氏がなんらかの方法を使ってドウに、この夜に死ぬことはない、と伝えたからだ。

水曜日は恐怖と波乱の一日だった。朝食は――誰も、ほとんど手をつけなかった。ミュア神父は、疲れた老いた脚に鞭打って、刑務所の中庭にある死刑囚の独房に急ぎ足で向かっていった。やがて戻ってきた神父はせかせかと二階の寝室に引っこんでしまった。次に現れた時には、祈禱書をしっかり抱いて、ずっと落ち着いた様子に見えた。

わたしたちはその日、自然とミュア神父の家に集まっていた。ジェレミーも一緒に来ていて、少年のような顔にしょんぼりした表情を浮かべ、外の小さい門の前でたばこをやたらとふかしながら、うろうろと行ったり来たりしていたのを、ぼんやりと覚えている。一度、わたしが話をしに行ってみると、彼は父親が恐ろしい仕事をすることになった、と言った。どうやら、エライヒュー・クレイは刑務所長から死刑執行の立会人として招待され、そして——ジェレミーは苦々しい口調だった——それを受けたらしいのだ。わたしには、どんな言葉をかければいいのかわからなかった……。こうして、朝はのろのろと過ぎていった。レーンさんの顔はやつれ、しみが浮いていた。もう二日も寝ていないうえ、病気がぶり返したことで、苦痛の皺がいっそうくっきりと深くなっている。

わたしたちは危篤の病人の寝室の外に集まった親類たちに似ていた。誰も必要以上に口をきこうとしない。たまに誰かが喋れば、ひそひそ声だった。それぞれが思い思いに、入れ替わり立ち替わりポーチに出て、無言のまま灰色の壁をじっと睨んでいた。わたしは、どうして自分たちはこの哀れな囚人の死に、これほどまで親身になっているのだろう、と不思議に思った。彼はわたしたちにとって、縁もゆかりもない——赤の他人のはずだ。それなのに、いつしかわたしたちにとって大きな存在となっていたのだ——彼本人か、それとも、彼という人間が抽象的に象徴する悲劇そのものかが。

＊

その日の午前十一時まであと少しという時に、レーンさんはリーズの地方検事のオフィスから使いが持ってきた最後の報告書を受け取った。すべての努力が水の泡だった。ファニー・カイザーは見つからず、足取りはまったく謎のままだった。

老紳士は、肩をぐっと張った。「しなければならないことはあとひとつしかありません」彼は低い声できっぱりと言った。「ブルーノさんに、死刑執行を延期してもらう約束について、いま一度、念を押すことです。とにかく、我々が発見するまでは、ファニー・カイ――」

玄関の呼び鈴が鳴った。わたしたちの驚いた表情から、耳の聞こえない彼も、すぐに何が起きたのかを悟ったようだった。ミュア神父が急いで玄関に向かって次の間にはいっていった。すると、彼が小さく、咽喉《のど》がしめつけられるような、喜びの叫びをあげるのが聞こえた。

わたしたちはぽかんとして、居間の入り口を見つめていた。ドアの柱にもたれて立つ人の姿を。

そこにいたのは、まるで死者の国からよみがえってきたような、ファニー・カイザーだった。

20　Zの悲劇

あの時の、葉巻をふかし、動じることなく、あんなにも冷ややかにジョン・ヒューム地方検事を小馬鹿にしていた比類なき女傑のおもかげは、どこにも残っていなかった。目の前にいるのは、まったくの別人だった。燃えるような緋色だった髪も、いまは薄汚く色あせたピンクと灰色だ。男物のような服は埃まみれ、皺だらけで、ところどころ裂けている。化粧っけのない頬もくちびるも、胸と同じようにたるんでいる。そしてその瞳の奥には……むき出しの恐怖の色が表れている。

いまの彼女は怯えた老女にすぎなかった。

わたしたちはいっせいに突進し、彼女を引きずりこむように部屋に入れた。ミュア神父はただただ大喜びで、我を忘れてわたしたちのまわりで踊っている。誰かが彼女のために椅子を用意すると、女は虚ろな、異様に老いたうめき声と共に、崩れるように坐った。レーンさんから、それまでのふさぎこんでいた様子がきれいさっぱり消えた。またいつもの仮面をかぶっているが、表情だけは燃えるような熱狂を隠していたものの、指の震えやこめかみのひくつきに本心が見える。

「あたしはさ――遠くにいたんだ」彼女はひびわれたくちびるをなめながら、しゃがれた声を出した。「たまたま――聞いたんだよ――あたしを探してるって」

「ほう、そうかい！」父は顔を紫色にして怒鳴った。「どこにいたんだ？」

「アディロンダック（ニューヨーク州北東部の山脈）のちっぽけな丸太小屋に隠れてたんだよ」彼女は弱々しく答えた。「あたしは――逃げたかったんだ。わかるだろ？ この――この、リーズで起きてる薄汚い、けったくそ悪いごたごたから……あたしはもう、疲れちまった。山ん中で……あたしは、世間様と縁切りしてたんだよ。電話も、郵便も、なんにもない。新聞も。だけど、ラジオだけは持ってたから……」

「フォーセット医師の小屋！」わたしは頭に閃いたことを、そのまま口走った。「それって、弟の上院議員が殺された時、医師が週末を過ごしてた場所でしょ！」

　彼女は重たそうにまぶたを上げ、またおろした。その頬はいっそうたるんで、慰めようのないほど悲嘆にくれた年寄りアザラシのようだった。「そうだよ、お嬢ちゃん、そのとおりさ。あそこはアイラの小屋だ――だった。愛の巣、ってやつさ」彼女はけたけたと酷薄に笑った。

「女を連れこんでたんだよ。ジョーが死んだ週末も、どっかのあばずれとあそこに――」

「いまはそんなことは関係ないでしょう」ドルリー・レーン氏は静かに言った。「マダム、今日はなぜリーズにいらしたのですか？」

　彼女は肩をすくめた。「変だろ？ あたしにもあるなんて知らなかった。この分じゃ、柄にもなく泣きだすんじゃないかね」そう言って、前よりも背筋をしゃんと伸ばすと、レーンさんに向かって、いどむように大声で怒鳴った。「あたしにも良心ってもんがあったんだ！」彼女は、笑われるか、すくなくとも信じてもらえないだろうと、身構えているようだった。「そうですか。そうかがってとても嬉しいですよ、カイザーさん」彼女は眼をぱちくりさせた。レーンさんは椅子をひとつ持ってくると、向かいあって坐った。そんなふたりを、わたしたちは固唾《かたず》を呑んで見守っていた。「アーロン・ドウは郡刑務所にいた間に――裁判の前でしょうな？――木箱の最後のかけらをあなたに送ったのですね。Ｚの文字の書かれた、第三のかけらを」

彼女の口が大きなドーナツの輪のようにぽっかりと開いて、真っ赤な縁をした眼が飛び出しそうになった。「なんで！」彼女はあえいだ。「なんで知ってんのさ？」

老紳士はじれったそうに手を振った。「ごく初歩的なことです。あなたは州知事を訪ねて、ドウの赦免《しゃめん》を嘆願しなさった。見も知らぬ赤の他人のはずなのに。なぜ、ファニー・カイザーともあろう人が、そんなことをしたのか？　ドウに弱みを握られているからに相違ありません。おそらくは、フォーセット上院議員とフォーセット医師が握られていたのと同じ弱みを。ならば、ドウはあなたにも木箱の最後のかけらを送ったに違いない。あのＺの……」

「あたしも焼きがまわったね」彼女はつぶやいた。

レーンさんは女の丸っこい膝を軽く叩いた。「話してくださらんか」

彼女は口を開こうとしなかった。

レーンさんはつぶやいた。「しかし、カイザーさん、私はすでに一部を知っているのですよ。その船は……」

女はぎょっとして、太い指をふかふかの椅子の腕に深く食いこませた。そして、ぐったりと背にもたれかかった。「そうかい！」彼女は短く、醜悪な、しかしどこか哀れな笑い声をたてた。「あんたは何者なんだ？　もう隠したって無駄ってわけだね、あんたがどうやって知ったのか知らないけどさ……ドウが喋ったわけじゃないんだろ？」

「ええ」

「あいつめ、切り札を隠してるってことは、まだ助かる望みを捨ててないんだ。馬鹿な奴だねえ、かわいそうに」女はつぶやいた。「まあ、因果応報ってやつだ。悪いことはいずれおもてに出ることになってんのさ。清く正しい神様の手下がいつだって最後に罪人を捕まえやがる。ああ、神父さん、いやみを言ったんじゃないよ……そうさ、ドウはあたしの弱みを握ってる。で、あたしはあいつに喋られちゃまずいから、助けようとしたのさ。けど、どうしても助けられないってわかって、それで、あたしは逃げたんだよ。とにかく遠くへ逃げなきゃって……」

老紳士の眼に不思議な光がきらめいた。「ドウが喋ったらどうなるかが怖かったのですね？」彼は特にわざとらしくではなく、穏やかに言った。

女はぽっちゃりした腕を空中で大きく振った。「違う、そんなんじゃない。そうじゃないよ。けど、まずあのくだらないおもちゃにどんな意味があるのか、ドウがあたしやジョーとアイラのフォーセット兄弟のどんな弱みをずっとむかしから握ってるのか、話した方がいいだろうね」

それは途方もない、とても信じられないような物語だった。何年もむかし——二十年か、二十五年か、彼女自身もはっきり覚えていないのだが——ジョエルとアイラのフォーセット兄弟は、世界を股にかけて手段を選ばずに金という金を巻き上げる、ふたり組の若いアメリカ人のならず者だった。彼らは金を稼ぐのに、まっとうな手段より、不正な手段を好んだ。たいてい、その方が楽にぼろもうけできるからである。当時のふたりは名前が違っていたが、それはいまどうでもいいことだ。一方、ファニー・カイザーはアメリカ人の波止場の浮浪者と、国籍を剝《はく》奪《だつ》された英国の女泥棒との間にできた娘で、名もないが野心家の、サイゴン——当時のサイゴンは大きくひらけて、すさまじく賑わう、仏領コーチシナの首都だ——でカフェを営む女主人だった。そしてあの兄弟ふたりが、彼女の言葉によれば〝うまい汁〟を狙って、この港町に流れついたのである。彼女は兄弟と知り合いになった。「あいつらの生きざまが気に入ったんだよ。若いふたり組のいい男でさ、そりゃあ頭のきれるペテン師で、度胸があって、良心の呵責《かしやく》なんて言葉を知らない連中だったたね」

カフェをひいきにしてくれる船乗り連中は、ろくでなしのクズもいれば、そこそこりっぱな人間もいた。その店の女主人という立場のおかげで、彼女はいわゆる〝秘密の話〟をそれはたくさん耳にした。何週間も酒を飲めなかった船乗りたちは、久しぶりに酒を浴びると、言わなくてもいいことまで喋ってしまうのだ。秘密のうまい話を聞いたのは、当時、入港していた不定期の貨物船の二等航海士からだった。色仕掛けでしたたかに飲ませた男から、まんまと話を吐き出させたのである。その男の船は、かなり高価なダイヤモンドの原石を、そう多くはないが、香港に運んでいく途中だった。

「男なんてちょろいもんさ」女はしゃがれ声でそんなことを言うと、流し目で遠い記憶を見つめた。わたしは彼女を見て、思わず身震いした。このみすぼらしい老女が、むかしは美しい娘だったなんて！「あたしはフォーセット兄弟にこの話を流して、取引した。もちろん、このファニー・カイザーは騙されないよ。あたしはあいつらを全然信用してなかった。だから、店はほったらかして、あのふたりについてったのさ。それで、三人組の客として、船に乗りこんだんだよ」

馬鹿馬鹿しいほど簡単な仕事だった。乗組員は全員、中国人とインド人だったのだが、ほとんどが臆病で、意気地なしで、簡単に言いなりになった。フォーセット兄弟は武器庫を襲うと、船長をベッドで殺し、高級船員を傷つけるか殺すかし、乗組員の半数を射殺すると、船内を略奪し、船底に穴を開けてから、ファニー・カイザーと一緒に、船に積んであった大型ボートで脱出した。フォーセット兄弟は、船員はひとり残らず死んだと確信していた。闇にまぎれて、三人は人気《ひとけ》のない細い海岸にたどりつくと、それぞれが分け前を取り、ばらばらに散って、数ヶ月後に、何千キロも離れた約束の場所で落ちあった。

「それで、アーロン・ドウとは何者なのです？」レーンさんが勢いこんで訊いた。

彼女はひるんだ。「二等航海士だよ。最初にあたしが話を聞き出した、あの酔っ払いさ。どうしてあの男が生き残ったのか知らないけど、とにかくあいつは助かっちまった。なんで溺れ死ななかったんだろうねえ、よくもどっかに泳ぎついたもんだ、半殺しの目にあわされたくせにさ！　ずっとフォーセット兄弟とあたしを憎んで、憎んで、いつかきっと恨みを晴らしてやるって、執念深く思い続けてたんだろうよ」

「なんで、いちばん近くの港町の警察に駆けこまなかったんだろうな？」父がつぶやいた。彼女は肩をすくめた。「最初《はな》っから、いつかあたしらを強請《ゆす》るつもりだったんだろ。とにかく、あの船は〝行方不明〟ってことになったって風の噂に聞いたよ。海上保険会社の調査がはいったけど、何もわからなかった。ダイヤモンドはアムステルダムのでかい故買屋《こばいや》で現金に換えた。そのあと、フォーセット兄弟とあたしはアメリカに来た。それからはずっと一緒だ」しゃがれた声が凄みを帯びた。「あたしがずっと一緒にいるようにさせたんだ。連中から目を放すわけにいかないからね。ニューヨークにしばらくいたけど、そのあと北部に流れてきた。兄弟はとんとん拍子に成功してったよ。特にアイラの方がね。あいつが兄弟の〝脳味噌〟さ——ジョーには法律を勉強させて、あいつは医学の道に進んだ。おかげさまであたしらみんな、たんまり儲けさせてもらったよ……」

みんな黙っていた。海賊行為、コーチシナ、沈められた船、ダイヤモンドの強奪、船員殺し。こんな血なまぐさい物語はとても信じられなかった。あまりに遠い世界の、現実離れした出来事ばかりだ。それでも、金属をひっかくような耳ざわりな声には、真実の響きがある……わたしは、ドルリー・レーン氏の深みのある穏やかな声音に、はっと我に返った。

「それで辻褄《つじつま》が合います」彼は言った。「ただひとつだけわからないのですが。私はほんのちょっとしたことから、この事件には海が関係するとわかっていました——ドウが二度、船乗り言葉を口にしたことがありましたのでね。そして、あの小箱は——船員用の物入れのミニチュアに違いないと思いました。それから〝Hejaz〟、ヒジャーズというのは、競走馬か、新しい賭け事か、それとも東洋の敷物の一種かと――どれだけ私が頭をひねったかわかるでしょう！――さんざん悩んだ末に、単純にこれは船の名だろうと考えつきました。けれども、古い海運記録のHの項を調べたものの、そんな名の船はついぞ――」

「そりゃそうだろうさ」ファニー・カイザーが投げやりに言った。「あの船の名前は〝ヒジャーズの星（Star of Hejaz）〟だ」

「ああ！」レーンさんは声をあげた。「それでは一生、見つからなかったでしょうな。ヒジャーズの星、ですか。ダイヤモンドはむろん、船長の物入れの木箱にはいっていたはずだ。そしてドウは、あなたがたの盗んだ木箱のミニチュアを作ってばらばらにし、それぞれに送りつけた。そうすれば、すぐにあなたがたはその意味に思い当たるでしょうからな！」

彼女はうなずいてため息をついた。わたしはいまさらながら、それまでの数週間にわたる老紳士の行動を思い返してみた。その間じゅう、彼はずっと、船員の物入れのミニチュア説を信じて、調べ続けていたのだ……。レーンさんは立ち上がると、ファニー・カイザーの前に立って見おろした。彼女は、これから起きることを恐れているかのように、椅子の中で力なくちぢこまっている。わたしたちは戸惑いながら、彼女を取り囲み、無言のまま立っていた。何が起きるというの？　わたしには何の光明も見えていなかった。

レーンさんの鼻がわずかに震えた。「カイザーさん、あなたがリーズから逃げたのは、ご自分の安全のためではないし、戻ってきたのは、ご自分の良心に従ったからだとおっしゃいました。それはどういう意味ですか？」

疲れきった老いた女傑は赤く荒れた太い指のてのひらを、絶望したように振った。「ドウは電気椅子にかけられることになったんだろ?」彼女はしゃがれた声で言った。

「死刑を宣告されました」

「それだよ」彼女は叫んだ。「みんなは無実の人間を死刑にしようとしてる！ アーロン・ドウはフォーセット兄弟を殺してないんだ！」

わたしたちは、いっせいに逆らえない糸にひっぱられたように身を乗り出した。

老紳士は首の血管をふくらませて、彼女の上にかがみこんだ。「なぜ、そんなことをご存じなのです?」雷鳴のような声をとどろかせた。

女は急に椅子の中に沈みこむと、両手に顔を埋めた。「それは、だから」老女はすすり泣いた。「アイラ・フォーセットが死ぬ直前に——あたしにそう言ったからさ」

21　最後の手がかり

「なるほど」レーンさんがとても静かに言ったので、わたしは奇跡が起きたのだと悟った――とにかく彼にだけは、人智をはるかに超える方法でわかったのだ。そしてレーンさんは安心したように微笑んだ。その顔は長い間、苦労し続けて、ようやくむくわれた人の笑顔だった。それ以上、彼は何も言わなかった。

「あいつが自分でそう言ったんだよ」ファニー・カイザーはいくらか活気づいて、深みのある声で繰り返した。すすり泣きは消えていた。まるで、その記憶のせいで、自分でもろくに覗いたことのない心の深淵の、奥底がさらけ出されてしまったかのように、虚ろな眼で茫然と壁を見つめている。「あたしはずっとあの兄弟と連絡をとりあってた。もちろん、こっそりとだよ。仕事の話さ……ほら、ジョー・フォーセットが刺されたあの夜、あたしがあいつの家にはいってったら、ジョーが死ぬ直前にあたし宛に書いてたって手紙を、ヒューム地方検事が見せてきただろ、あれで、あたしはやばいことになったって知った。それまで、あたしたちが――アイラとあたしが――危険だと思ってずっと目をつけてたのはカーマイケルさ。最初の箱のかけらがジョーに届いた時、ジョーとアイラとあたしは――三人で集まって、相談した。あの時、初めてあたしたちはアーロン・ドウが生きてるって知ったんだよ。とりあえず、あたしたちは表ざたにして騒ぎを起こすことはやめようって決めた。ジョーは――あの上院議員の先生は!」女は鼻を鳴らした。「――まったく肝《きも》っ玉の小さい奴さ。金を払って解決しようなんて甘っちょろいことを言い出すもんだから、アイラとあたしで性根を叩きなおしてやらなきゃならなかった」女は一度、言葉を切ると、しばらくしてから早口に言った。「ジョーが殺された夜、あたしはドウを追っ払うつもりでジョーの家に行ったんだ。あいつは来るに決まってるし、ジョー・フォーセットの腰抜けは、ほっといたらドウに五万ドル払っちまうのも目に見えてたからね」

女は嘘をついていた。眼がきょろきょろと落ち着きなく泳いでいる。そもそもこの女はどんなことでもやりかねない。フォーセット上院議員が殺された夜、家を訪れたのも、はっきりとした目的があったからに違いない。つまり、御しがたいと思えば、アーロン・ドウを殺してしまうつもりだったのだろう。そして、上院議員もきっと同じことを考えていたに違いない。

「アイラ・フォーセットが殺された夜」彼女はかすれた声で続けた。「あたしがまたあの家に行ったのは運が悪かったよ。アイラは、ドウがふたつ目の木箱のかけらを送ってきたんで、その日の昼間に電話をかけて、夜に会う約束をしたって言ってた。アイラは、いっつもあんなに面の皮が厚いくせに、すっかりぶるっちまってさ。前の日に銀行から金を引き出してて、そいつをドウに渡そうかどうしようかってずっとうじうじ悩んでるんだよ。それであたしは――とにかく、状況がどうなるか見に行ったんだ」またもわたしは、彼女の嘘に気づいた。金は〝払う気がある〟と見せかけるために、引き出したに違いない。そうして油断させて、アイラ・フォーセットとファニー・カイザーは、アーロン・ドウをその夜のうちに殺すつもりでいたのだ。

女の眼がぎらりと光った。「あたしが行った時、アイラは胸にナイフが突き刺さったまんま、オフィスの床に倒れて、死んじまってた」

老紳士は、困惑した顔になった。「ですが、たしかあなたはおっしゃいました――」

「ああ、わかってるよ」女はつぶやいた。「あたしは、あいつが死んじまったと思った、ってことさ。気に入らなかったよ。気味が悪いじゃないか――ぞっとするあね」女は身震いし、巨体が海のように波打った。「だから、すぐにずらかろうとして、うしろを向きかけたのさ。そしたら――眼の端っこで、あいつの指が一本、動くのが見えたんだ……。それで、あたしは引っ返して、あいつのそばに膝をついて、言ってやった。〝アイラ、アイラ、ドウに刺されたのかい？〟って。あいつは口を開けたけど、咽喉《のど》の奥でちっちゃくごろごろ言ってるもんだから、なかなか聞き取れなかった。〝いや、いや、ドウじゃない。ドウじゃなかった。あれは――〟」女は言葉を切ると、大きなこぶしを握りしめた。「そこまで言って、急に身震いして、死んじまったんだ」

「くそ！」父はつぶやいた。「どうして、どいつもこいつもそうなんだ。誰に殺《や》られたか言おうとした瞬間にかぎって死にやがる。なあ、本当に聞かなかったのか――」

「本当に死んじまったんだよ、それであたしはすっ飛んで逃げたんだ、死に物狂いでね」消えかけた声が、また高まった。「あたしの立場はやばかった。もしあたしが喋れば、ヒューム地方検事はきっと、あたしに殺しの罪をおっかぶせるだろ……だから、逃げたんだ。けど、ずっとずっと、山の中に隠れてる間、ずっと、あたしはドウがほんとは無実だって知ってたから、あいつがこのまま死刑にされるのを、黙って見てるなんて、どうしても、あたしには――だってさ、かわいそうじゃないか、あいつはどっかの悪魔野郎に利用されてるだけなんだ、ただ、利用されてるだけなのに！」

ミュア神父はよたよたと進み出ると、肉付きのよい女の両手を、青白い小さな両手で包んだ。「ファニー・カイザーさん」神父は優しく声をかけた。「あなたはこれまでの人生、ずっと罪びとでありました。けれども、今日、あなたは主の恩寵を取り戻したのです。あなたは無実の人を死から救われた。あなたに主の祝福がありますように」レーンさんを振り返った神父のしょぼしょぼした眼は、分厚いレンズの奥で輝いていた。「いますぐ、刑務所に参りましょう」彼は叫んだ。「一刻も早く行かなければ！」

「落ち着いてください、神父さん」老紳士はかすかな笑みを浮かべた。「まだ数時間は猶予があります」彼の声は冷静で、自信にあふれていた。が、不意にくちびるを噛んだ。「ひとつだけ、問題があります」彼はつぶやいた。「たいへんにデリケートな……」

レーンさんの様子にわたしは驚いた。ファニー・カイザーが話したことの何かが、彼に最後の重大な手がかりをもたらしたのだ。でも、何？　解決に少しでも関係するようなことなんて、何も言っていなかったと思うのに。もちろん、アーロン・ドウの無実の罪が晴らされたことは別だ。でも、レーンさんの様子はまるで別人のようで……

彼は静かに言った。「カイザーさん、あなたがいまおっしゃったことで、事件は解決しました。一時間前の私は、フォーセット兄弟を殺したのは、三人の容疑者のうちのひとりであると知っておりました。ですが、あなたのお話で、ふたりは除外されたのです」彼はぐっと肩を張った。「失礼します。しなければならないことがありましてな！」

22　最後の場面

レーンさんが人差し指をくいっと曲げて、わたしを呼んだ。「ペイシェンスさん、ひとつ、重大な仕事を頼みます」わたしは彼のそばに駆けつけた。「ブルーノ知事に電話をかけてください。私には難しいので……」言いながら、彼は自分の耳に触れて、微笑んだ。そうだった。この人は耳がまったく聞こえない。くちびるの動きを読まなければ、会話ができないのだ。

わたしはアルバニーの知事公邸に長距離電話をかけ、どきどきしながら待った。

老紳士はじっと何か考えていた。「カイザーさん。診察室で医師の死体と一緒にいた間に——医師の手首に触りませんでしたか？」

「いいや」

「医師の手首に、血をなすりつけたような跡があることに気づきましたか？」

「ああ」

「あなたは何も触らなかった——フォーセット医師が亡くなる直前から、そのあともずっとですか？」

「だから、そうだっつってんだろ！」

レーンさんがうなずいて微笑んだ時、電話の交換手が声をかけてきた。わたしは大きく息を吸って言った。「ブルーノ知事ですか？」そして、それから半ダースもの秘書が順繰りに取りついでいく間、わたしはじりじりと待っていた。ようやく――「ペイシェンス・サムです、ドルリー・レーンさんの代理で話しています！　ちょっとお待ちください……。レーンさん、知事には何を言えば？」

「事件は解決したと、そしていますぐリーズに来てもらわねばならないと伝えてください。アーロン・ドウが完全に無罪であることを証明する、疑う余地のない新たな証拠が手にはいったと」

わたしが彼の言葉を伝えると――このパット・サムは、不滅の偉人の右腕なのだ！――受話器の向こうから、息を呑む声が聞こえてきた。州知事閣下が驚いて息を呑む声を電話口で聞くことができるというのは、誰にでもできることではない経験だ。「すぐに行きましょう。いま、どちらに？」

「ミュア神父様のお宅にお邪魔しています、アルゴンキン刑務所の塀のすぐ外です」

受話器を置くと、レーンさんが椅子に深く腰をおろすのが見えた。「ペイシェンスさん、お手数ですが、カイザーさんを休ませてあげてくださらんか。神父さん、かまいませんな？」そして、彼は眼を閉じると、ほっとしたように微笑んだ。「さて、もう我々にできるのは――待つことだけです」

＊

そして、わたしたちは八時間、待った。

死刑執行の予定時刻まであと二時間という、九時になってようやく、オートバイに乗った四人の護衛官に囲まれた巨大な黒いリムジンが、ミュア神父宅の外に停まった。車の中から、疲れて、険しい、心配そうな顔をした知事が降りて、踏み段を上がってきた。わたしたちは、ふたつのランプの弱々しい光が薄気味悪く照らしているポーチで、彼を出迎えた。

ミュア神父は何時間も前に、レーンさんから、顔色やそぶりで、今後の段取りを周囲に暴露しないようにと、何度も何度も念を押されたあと、出かけてしまっていた。当然のことだが、神父は死刑執行前の囚人の独房にいる必要がある。小柄な神父が家を出る直前に、老紳士とふたりで何か話していた時の様子では、きっとアーロン・ドウにだけは希望があることを伝えるのだろう。

ファニー・カイザーは――入浴し、休息し、食事をとったいま――ポーチで口もきかずに坐りこんでいた。その、真っ赤に充血した眼をきょろきょろさせている姿は、ただの孤独な老女だった。わたしたちは、歴史的な会合を、複雑な感情で見つめた。州知事はぴりぴりして、気をたかぶらせ、獰猛《どうもう》なほどはりきっていた。ファニー・カイザーは怯えて萎縮《いしゅく》している。そしてレーンさんは静かに見守っていた。

会話の断片が聞き取れた。女はまた、さっきの話を繰り返している。そして、あることについては――フォーセット医師の死に際《ぎわ》の言葉については、州知事はとても慎重に質問していた。けれども、彼女はわたしたちに話したのと変わらない、まったく同じ証言をした。

ふたりの話し合いが終わると、ブルーノ知事は額をぬぐって腰をおろした。「やあ、レーンさん、今回もさすがです。あなたは奇跡を起こす、正真正銘、本物の大魔法使い《マーリン》だ……さあ、いますぐアルゴンキンに行って、恐ろしい過ちをやめさせましょう」

「いやいや」老紳士は穏やかに言った。「いやいや、ブルーノさん！　これは、不意打ちの心理戦で、真犯人の気力を打ち砕かなければ解決できない事件です。なんといっても、私は確たる証拠を持っていないのですから」

「では、ふたつの殺人事件の真犯人を、あなたはご存じということですか？」州知事はゆっくりと訊ねた。

「ええ」そして、老紳士は失礼、とわたしたちに断って、ブルーノ知事を連れてポーチの片隅に行くと、しばらくそこで話していた。ブルーノ知事は何度もうなずいている。やがて、戻ってきたふたりは、深刻な面持ちだった。

「カイザーさん」州知事はきびきびと言った。「私の護衛官と一緒に、この家にいてください。警視、お嬢さん、ふたりとも最後まで見届けたいでしょう。レーンさんと私はある作戦を実行します。いささかリスクはありますが、どうしても必要なことです。それでは――決行まで、待ちましょう」

再び、わたしたちは待った。

十時半に、みんなでミュア神父の家からそっと出た。家の中では、制服を着た四人の若い大男に囲まれて、ファニー・カイザーがちぢこまっていた。

わたしたちは無言のまま、一団となってアルゴンキン刑務所の正門に向かって突き進んでいった。月明かりもない真っ黒な空の中、刑務所のライトがたくさんの怪物の目玉のように光っている。

＊

そのあとに続く三十分間の、ぞっとするほど鮮明な記憶を、わたしは死ぬまで忘れない。州知事とレーンさんが何を企んでいるのか、わたしにはまったくわからず、もし手違いが起きたら、と想像するだけで、恐怖のあまり吐き気がした。けれども、アーチのかぶさる通路を通り抜けて中庭にはいった瞬間、すべてが不思議なほどスムーズに運んだ。州知事閣下の存在を認めたとたんに、当直の看守たちは電撃に打たれたようにきびきびと動きだした。州知事の権威は当然ながら絶対で、わたしたちはすんなりと中に通された。中庭の片隅に、死刑囚の独房の明かりがいくつも見える。その堅牢な灰色の壁の奥で準備をしている不吉な気配が感じられた。一般の独房の区画からは何の物音もせず、看守たちはひどく緊張して、ぴりぴりしていた。

州知事は、わたしたちを中に入れてからずっと付き添っている看守たちに、自分たちが来たことを刑務所内の誰にも、絶対にひとこともらしてはいけないと、厳しく命令した。看守たちは何も訊かずに従った。とはいえ、わたしのことは不思議そうにちらちら見ていたが……。こうして、わたしたちは相変わらず無言のまま、明るく照らされた中庭の、暗い片隅で待っていた。

わたしの腕時計の分針はじりじりと進んでいった。父は小声で絶え間なくぶつぶつと何かつぶやき続けている。

ドルリー・レーン氏の緊張しきった表情を見て、ようやくわたしにも、この計画は、死刑が執行される直前ぎりぎりまで待って実行することが、何よりも肝心なのだと理解できた。ドウの命が危険にさらされる心配は、州知事が来たことでなくなったも同然のはずなのに、なぜか気が気でなかった。刻一刻と、運命の瞬間がじわじわと迫《せま》りくるにつれ、わたしはなんだかたまらなくなり、もうやめて、と大声で叫びながら、目の前の静まり返った巨大な建物めがけて、狂ったように中庭を突っ切って走り出しそうになった……

十時五十九分、州知事がさっと身をこわばらせ、とても鋭く、看守たちに何かを言った。それから、わたしたちは〝死の家〟を目指して、中庭を死に物狂いで走って突っ切った。

〝死の家〟に全員でなだれこんだのは、きっかり十一時だった。十一時一分に、ブルーノ州知事は運命の神のようにいかめしく、ふたりの看守の前をすり抜け、死の部屋のドアを勢いよく開け放った。

＊

突入した瞬間に、死の部屋にいる人々の顔に浮かんだ混じりけのない恐怖を、わたしは一生忘れない。まるで古代末期ローマ帝国のヴェスタの処女が守る神殿の内奥まで冒瀆《ぼうとく》しに来たヴァンダル族か、あるいは、もっとも神聖な祭壇にかけられた布の上を踏み荒らすペリシテ人が来た、と言わんばかりの表情だった。その光景は――立体写真さながらの鮮やかさで覚えている。一瞬、一瞬が一生分の長さに感じられ、顔の表情ひとつ、手の動きひとつ、うなずきひとつが、時空の領域に固定されてしまったかのようだった。

興奮しすぎたわたしは、もう息が止まりそうで、合法的な死刑執行のさなかにこんなことが起きるとは前代未聞だとか、自分たちがいま、犯罪史上でもっとも劇的な瞬間を生み出しているとか、そんなことは何もかもすっかり忘れていた。

その場のすべての人とすべてのものが、わたしには見えていた。電気椅子にはかわいそうなアーロン・ドウが坐って、ぎゅっと眼をつぶっている。ひとりの看守が彼の両脚を、ふたり目の看守が胴体を、三人目が両腕を、それぞれ縛りつけている最中で、四人目は身をかがめてアーロン・ドウに目隠しの布を結ぼうとしていたが、ぎょっとして、腕を伸ばした姿勢のまま動けなくなった。看守は四人とも、それぞれの動作をぴたりと止め、口をあんぐりと開け、指一本動かせずにいた。マグナス刑務所長は電気椅子から一メートルほど離れて立ち、懐中時計を持ったまま、髪ひとすじ分も動かずにいる。ミュア神父は興奮で気が遠くなったのか、残る三人の看守のひとりに、もたれかかった。そのほかに、ここにいるのは……明らかに裁判所の役人が三人と、立会人が十二人と――その中にエライヒュー・クレイのびっくり仰天した顔を見つけて、わたしの方も腰を抜かすほど驚いたが、すぐにジェレミーが言っていたことを思い出した――ふたりの刑務所所属の医師と、例の壁のくぼみにある死の装置を左手で忙しくいじっている死刑執行人だけだ……

州知事が鋭く言った。「所長、この死刑執行を中止したまえ！」

アーロン・ドウが、かすかに驚いたようにまぶたを開けた。その眼をかすめた驚きの色は、薄膜のように瞳をおおったままでいた。まるで、いまの言葉が合図であるかのごとく、凍りついた活人画のように静止していた役者たちが、いっせいに息を吹き返した。電気椅子のまわりにいる四人の看守たちはまごついて、どうすればいいかという顔で刑務所長を振り返った。所長は眼をぱちくりさせ、途方に暮れたように、虚ろな眼で懐中時計の文字盤を見た。ミュア神父は言葉にならない声で小さく叫んだかと思うと、真っ青だった頰にさっと血の気が戻ってきた。ほかの人々は息を吞み、互いに顔を見合わせ、ざわつきだしたが、マグナス所長が一歩前に進み出て、「しかし――」と言いかけたとたんに、ぴたりと静かになった。

ドルリー・レーン氏が急いで言った。「所長、アーロン・ドウは無実なのです。我々は、彼が死刑を宣告された殺人罪に関して、完全に無罪であることを証明する、新たな証言を得ました。州知事が来られたのは……」

＊

そして、わたしの知るかぎり、法の悲劇の歴史上、前代未聞のことが起きた。通常なら、州知事による死刑執行の停止命令が死の部屋の中に伝えられると同時に、死刑囚はもとの独房に戻され、立会人をはじめとして、その場にいる全員が部屋の外に出され、それですべてが終わるはずだ。けれども、この時は本当に特例中の特例だった。何から何まで、計算されていた。

それはこの死の部屋の中ですべてを暴露しようという計画だったのだ。だとしてもわからないのは、州知事とレーンさんは、いったい何のために、こんな芝居がかった大げさな方法を選んだのか……

たぶん、皆、あまりにびっくりしすぎて、抗議することすら思いつかなかったのだろう。仮にその場にいた役人が、正規の手順を踏むべきでは、と質問したくても、ブルーノ州知事のりっぱな顎《あご》が、有無を言わせぬ厳しさで固く閉じられているのを見ては、何も言い出せなかったに違いない……。その時、老紳士が静かに電気椅子に歩み寄り、死神の手から奪い返された、ちぢこまって動かない小柄な老人のそばに立って語りだすと、そんなことはどうでもよくなってしまった。レーンさんが最初のひとことを口に出した瞬間、まるで大聖堂の中のように、聴衆はしんと静まり返った。

簡潔に、手早く、これまでにわたしが披露したどんな推理の解説よりも明快に、ドルリー・レーン氏はフォーセット上院議員の殺害事件から導き出した、いちばん初めの推理について語り始めた。そして、アーロン・ドウは左利きなので犯行は不可能であることや、真犯人が右利きでなければならない理由を説明した。

「つまり」老紳士は聴く者の心をとらえて離さない、うっとりするほど豊かな声で言った。「普段は右手を使う殺人犯がわざわざ左手を使ったのは、アーロン・ドウを犯罪者に仕立て上げるための小細工ということになります。言い換えれば、殺人犯はアーロン・ドウが行わなかった犯罪を、アーロン・ドウが実行したように〝見せかけた〟わけです。

では、皆さん、よく注意して聞いてください。アーロン・ドウに罪をなすりつけるために、犯人はアーロン・ドウについてどんなことを知っていなければならないでしょうか？　事実から考えて、次の三つのことを知っていたはずです。

第一に、ドウがアルゴンキン刑務所にはいったあとに右腕が使えなくなり、現在は左腕しか使えなくなったこと。

第二に、殺人の起きた夜は、ドウが実際にフォーセット上院議員の家を訪ねるつもりでいたこと。それはすなわち、ドウがその日、刑務所から合法的に出る予定だったのも知っていたということでもあります。

第三に、ドウにはフォーセット上院議員を殺してもおかしくない動機があること。

この三点について、順序立てて考えてまいりましょう」老紳士は淡々と続けた。「アルゴンキン刑務所にいる間にドウが右腕を使えなくなったのを知ることができたのは誰でしょうか？　マグナス所長の話では、ドウのもとには十二年間、誰ひとり面会に来ないどころか、手紙一通来なかったそうです。そもそもドウが自分から、正規のルートで手紙を出したこともありません。ただ一度だけ、囚人たちの手紙のやりとりを不正に仲介していた、刑務所の司書助手のタッブを通じて、裏のルートから手紙を一通、出していました。これはフォーセット上院議員に宛てられた最初の脅迫状ですが、内容はすでにわかっています。その中には、腕のことなどひとことも書かれていませんでした。さらに、ドウは十年前に右腕が麻痺してから釈放されるまでの間、一度たりとも刑務所の外に出ておりません。彼には身よりも、友人もないのです。たしかに、この期間にアーロン・ドウの姿を見た、刑務所の外から来た人間はひとりだけいます。フォーセット上院議員その人が、刑務所の木工所を訪問して――ドウはその時に、上院議員に気づいたのですよ。けれども、信頼できる証言により、上院議員の方はこの時、ドウに気づいていなかったのはたしかです。そもそもひと部屋で何人もの囚人が作業しているのですから、この中からドウひとりを見分けたうえ、さらに彼の右腕が悪いことまで覚えているとは思えません。ですから、上院議員については除外してよいでしょう」彼はちらりと笑みを浮かべた。「言い換えれば、あらゆる観点から我々は、ドウの右腕が麻痺していることを知り得たのは、刑務所の関係者――すなわち、囚人か、模範囚か、係官か、アルゴンキン刑務所の出入りの業者の中にいると確信してよい、という仮説が成り立つわけです」

まばゆく照らされた死の部屋の中に、暗い沈黙のとばりがおりた。ここまではわたしもすでに推理していた――彼ほど明確な分析でないにしろ、おおむねわかっていたことだ。だから、次にレーンさんが何を言い出すのかも見当がついた。ほかの人たちは皆、床のセメントに足を埋めこまれたかのように、立ちつくしている。

「もうひとつ、別の仮説も考えられます」彼は続けた。「ドウを陥れた人間は、当然、彼がアルゴンキンにいる間に左利きになったことを知っていたはずですが、このことも含めてドウに関するあらゆる情報を、刑務所の中にいる共犯者から伝えられた、という可能性です。

このふたつの仮説の、どちらかひとつが正しいことになります。どちらでしょう？　ではこれから皆さんに、より可能性の強い仮説——すなわち、ドウを陥れた者はアルゴンキン刑務所の関係者であるという仮説の方が正しいことを、証明してごらんにいれます。

　よろしいですか。フォーセット上院議員が刺し殺された時、机の上には封をした手紙が五通、のっていました。そのうちの一通の封筒が、このうえない手がかりをもたらしてくれたのです。その貴重な手がかりは、もしミス・ペイシェンス・サムが第一の殺人事件について、すばらしい記憶力で写真のごとく正確に報告してくださらなければ、私には知ることができませんでした。問題の封筒の表面にはクリップの跡がついて——いえ、正確に申しましょう、クリップの跡がふたつついておりました。封筒の表面の両端に、つまり、左側にひとつ、右側にひとつ、クリップの跡がついていたのです。それなのに、地方検事が封筒を開けてみると、中の便箋《びんせん》にはクリップがひとつしか留まっていませんでした！　しかし、どうしてひとつのクリップが、同じ封筒の表面の端と端に跡をつけることができるでしょうか？」

　誰かがひゅうっと音をたてて、長く息を吸いこんだ。老紳士が前かがみになると、電気椅子に坐ったままのアーロン・ドウの姿が隠れて見えなくなった。「では、なぜそのような跡がついたのか、説明いたしましょう。フォーセット上院議員の秘書のカーマイケルは、上院議員が慌てて封筒に何かを入れて、大急ぎで封をするところを見ています。常識で考えれば、上院議員が封をしようと、封筒の中にはいっているクリップの上から押さえつけた時に、跡はひとつだけついたはずです。ところが、実際には別の場所に二ヶ所、クリップの跡がついていました。

これについての合理的な説明はひとつしかありえません」そこまで言うと、ひと息ついた。「何者かが封筒の封を開け、中身を取り出したあとで、入れなおす時に、うっかり最初にはいっていたのとは裏返しに入れてしまったのです。そして、封をしなおそうとふたを押さえつけた時、中にはいっていたクリップが押しつけられて、封筒の表面にその跡がついたわけですが、クリップの位置が反対側に変わってしまったので、今度は逆の端に跡がついてしまったのですよ。

それでは、誰がこの封筒を開けることができたでしょうか？」老紳士はきびきびと続けた。「ここまでの話でわかるとおり、封筒に触れることができたのは、ふたりだけです。上院議員その人と、殺害が行われたと思われる時間帯に、家に出入りするところをカーマイケルに目撃された人物——つまり、前に説明したとおり、この訪問客こそ、殺人犯であり、暖炉の中で手紙を燃やし、その灰を残していった人間でもあります。

ところで、上院議員自身が、自分で書いた手紙の封筒を、カーマイケルが出ていってから訪問客がやってくるまでの間に、もう一度開けた可能性はあるでしょうか？　むろん、理論的にはありえる。しかし、ここはあくまで常識の範囲内で判断すべきです。よろしいですか。なぜ上院議員は自分で書いた手紙の封を開けなければならなかったのでしょう？　訂正するためですか？　しかし、手紙には訂正したあとは一切ありませんでした。封筒にはいっていた手紙はすべて、カーボン紙で複写したコピーと内容が完全に一致していたのです。では、自分が口述して清書させた手紙の内容を振り返るためでしょうか？　ナンセンスです！　読みたければ、目の前の机の上に手紙のコピーがあるのですから。

　そもそも、もし上院議員が封筒を開けたければ、切って開けたあとで、新しい封筒に入れなおせばいいのです。秘書のカーマイケルには、翌朝に投函しろと命じているのですから封筒を新しくする時間は十分にあります。しかし、どう見ても封筒は新しいものではない。クリップの跡がふたつ、ついていたのですから。新しい封筒に入れなおしたのなら、クリップの跡はひとつだけのはずです。つまり、封筒を開けたあと、もとの封筒に入れなおしたことになります。では、どうやって封を開けたのでしょう？　机のそばには電熱式のコーヒー沸かし《パーコレーター》がありました。殺人事件のあと、それはしばらく温かかったのです。ほかの方法を使用した証拠がない以上、手紙は蒸気を使って開けられたに違いありません。長々と喋ってまいりましたが、次が肝心かなめの本題です！　フォーセット上院議員が自分自身で書いた手紙を、わざわざ蒸気をあてて開封するわけがないではありませんか？」

　全員がいっせいにうなずいているのを見れば、老紳士の理路整然とした弁証に、じっと耳を傾けて、息をするのを忘れるほど夢中になっているのがわかった。彼はふっと微笑んで、先を続けた。

「ともあれ、フォーセット上院議員がその封筒を開けたのでないのなら、訪問客が開けたに違いありません。殺人があった時間帯に家を出入りしたのは、唯一、その人物だけです。

　さて、訪問者が――もとい、殺人者が、目を留めたばかりでなく、あろうことか、犯行現場で開封するという無分別極まりない誘惑に勝てなかったほどの、この封筒の中身とは、いったいどんなものだったでしょう？　それはアルゴンキン刑務所長に宛てられたもので、封筒の表には、〝アルゴンキン刑務所の職員の昇進名簿〟の写しが同封されていると記されておりました。このことをよく覚えておいてください。たいへん重大な事実なのですから」

わたしはエライヒュー・クレイの顔をちらりと見た。その顔は鉛色で、震える指で顎をさすっている。

「ご承知のとおり、ここまで我々はふたつの仮説を温めてまいりました。ひとつは――つまり、可能性が強い方は――殺人者が刑務所の関係者であるという仮説。もうひとつは――すなわち、可能性が弱い方は――殺人者は外部の人間だが、刑務所内部に共犯者がいて、必要な情報をすべて共犯者から得たという仮説です。では、仮に後者が正しいとしましょう。殺人者は刑務所とは無関係だが、刑務所内部に情報提供者を持つ、外部の人間と仮定します。だとすると、いったいどんな動機があって、〝アルゴンキン刑務所の職員の昇進〟に関する手紙のはいった封筒を開けたのでしょう？　外部の人間が、自分に関係のない昇進なんぞに関心があるとは思えません。では、刑務所の中にいる情報提供者のため、とおっしゃいますか？　いや、わざわざそんな親切をする必要がどこにあるでしょう？　情報提供者が昇進できようが、殺人者には何の影響もない。昇進できずとも、殺人者にしてみれば痛くもかゆくもない。つまり、仮説どおりに犯人が外部の人間だったとすれば、まず間違いなく、封筒を開けようなどとは思いもしなかったはずです。

しかし、殺人者は封筒を開けて**い**、**ま**、**す**！　ならば犯人は、可能性が強い方の仮説に当てはまる人物――普通に考えれば、アルゴンキン刑務所内の職員の昇進に関心があり、当然、昇進に関する書類を見たくてたまらないであろう人物に違いありません。平たく言えば、刑務所の関係者ということです」言葉を切ったレーンさんの顔に、いかめしく暗い影が落ちた。「実際、ここで私が殺害者の正体を指摘すれば、いままで私が述べてきたよりもっと深い意味のある説明が、皆さんにも見えてくるでしょうな。ともあれ、いまのところはまだ、殺人者は刑務所関係者である、という大ざっぱな事実を申し上げるにとどめておきましょう。

第一の殺人事件におけるもろもろの事実から、さらにもうひとつの推論を導き出すことができます。マグナス刑務所長からお聞きする機会があったのですが、刑務所の日常の規律は厳格なのだそうです。たとえば、看守は皆、日勤か夜勤か決まっており、昼夜の変更は絶対に認められておりません。さて、いましがた我々がアルゴンキン刑務所の関係者だと証明したこの殺人者が、フォーセット上院議員を手にかけたのは、いつでしたか？　夜です。つまり、殺人者が刑務所内でいかなる立場にあるにせよ、夜勤担当の者でないことは明らかでしょう。そうでなければ、フォーセット上院議員の家での犯行時刻に間にあうように、刑務所を抜け出すことはできません。つまり、殺人者は日勤担当か、もしくは、特に担当の時間帯が定まっていない立場の者ということになります。ここまではまったく初歩的な推理です。それでは、次に参りますが、いま私が申し上げたことは忘れないでください」

彼の声は一秒ごとに鋭さを増し、その顔は金属の彫像のように見えてきた。彼が室内をぐるりと見回すと、立会人の何人かは固いベンチの上でびくりとちぢみあがった。感情のない、重々しく響く声。ぎらぎらとまばゆく照らすライト。電気椅子と、その中で坐ったまま動かない男。制服の係官たち。……彼らが怯えるのも無理はないだろう。わたしでさえ、鳥肌が立っていた。

「では」老紳士は早口にきびきびと、再び話しだした。「第二の殺人の考察と参りましょう。ふたつの事件がつながっているのは間違いない。同一の木箱のふたつ目のかけらが届き、被害者はどちらもドウと関係があり、しかも血のつながった兄弟です……。さて、ドウは第一の殺人については無実なのですから、第二の殺人に関しても無実と考えるのが妥当でしょう。そして、第一の殺人で無実の罪をかぶせられたのなら、第二の殺人もまた濡れ衣を着せられたと考えられます。裏づけはあるでしょうか？　あります。ドウは、水曜日にアルゴンキン刑務所から脱走するように指示する手紙を、アイラ・フォーセット医師から受け取っていません。しかし、木曜日に脱走しろと指示する手紙を、フォーセット医師と思われる人物から受け取っています。この事実が意味するのはシンプルに、何者かがフォーセット医師の書いた本物の手紙を横取りし（これは彼が殺された現場の机で発見されましたが）、ドウには、脱走する日取りを木曜日に変えた偽の手紙を送ったということです。フォーセット医師の本物の手紙を横取りした人物は――この者こそが、最初からアーロン・ドウを、おのが邪悪な行為のめくらましとして利用してきた陰の人物、すなわち、ドウを陥れた者にほかなりません。

ここまでで得られたものは何だったでしょうか？　それは、我々の出した結論が――つまり、殺害者は刑務所の関係者であるという結論が――正しかったことの確証です。医師の送った手紙が横取りされた事実は、刑務所内部で行われたことを示唆《しさ》しています。なぜなら、その者は、刑務所の内と外でやりとりする裏ルートに通じており、フォーセット医師からの手紙を横取りし、ふところにおさめ、かわりに自分で書いた偽物の手紙と入れ替えているのですから。

それでも我々はついに、解決のためにもっとも重要な鍵にたどりつきました。なぜ、殺害者はドウが脱獄する日を、水曜から木曜に変更しなければならなかったのでしょう？　殺害者の計画では、ドウにアイラ・フォーセット医師殺しの罪をかぶせるつもりですが、そもそも無実のドウを、犯人に仕立て上げるために絶対必要な条件は――ここが重要ですぞ――ドウが脱走して自由になった夜に、殺害者がフォーセット医師を殺せるという状況を作り出すことです！　殺害者が脱走の決行日を水曜から木曜に変更したということは、殺害者本人がフォーセット医師を水曜に殺すことはできなかったが、木曜なら殺すことができたという意味にほかなりません！」ドルリー・レーン氏は細い顔を緊張させ、人差し指を大きく振った。「さて、なぜ殺害者は水曜の夜に都合がつかなかったのでしょう？　第一の事件で、犯人は絶対に夜勤ではないことがわかっておりますから、夜ならいつでも、むろん水曜も、犯行が可能なはずでしょう。ならば、唯一考えられるのは――」彼は背筋を伸ばし、一度、間をとった。「――刑務所内で何か不測の事態が起き、殺害者が水曜の夜に自由がきかなくなったのです！　では、水曜の夜、すなわち、アイラ・フォーセット医師が殺される前の晩に、いつも夜は自由な刑務所関係者が、忙しくなるような、普段の業務とは違う何が起きたでしょう？　諸君、これぞまさに今回の事件の肝《きも》であり、核心であり、導き出される結論は、自然の摂理のごとく、動かざるものなのです。くだんの水曜の夜、まさにこの恐怖の部屋にて、スカルチという名の男が電気椅子にかけられました。何度も申し上げますが、ここから導き出される結論は、最後の審判と同様、絶対に動かすことのできないものです。すなわち、フォーセット兄弟を殺した犯人は、スカルチの電気椅子の死刑執行に立ち会わなければならなかった人物ということですよ！」

部屋は宇宙空間のように静寂で張りつめていた。わたしは息をすることも、首を動かすことも、視線をずらすことさえ恐ろしくてできなかった。誰も身じろぎひとつしない。電気椅子の傍らに立ち、犯罪者と来たる運命の悲劇について、ひとこと、ひとこと、少しずつ解き明かしていく生気に満ちた老紳士の燃えるような眼に、わたしたちの姿は蠟人形館《ろうにんぎょう》の群像のように見えたことだろう。

「では、まとめてみましょうか」ついに、彼はまったく感情も興奮も見せず、鍾乳石のような鋭く冷たい固い口調で続けた。「この殺害者であるために必要不可欠な資格を——すなわち、ふたつの事件の事実から導き出される真犯人の資格の条件を、ひとつひとつ明確になるよう、殺害者みずからが残していったとおり、時系列に沿って順番どおりに並べてまいります。

その一。殺害者は利き手が右である。

その二。殺害者はアルゴンキン刑務所の関係者である。

その三。殺害者は通常は夜勤ではない。

その四。殺害者はスカルチの電気椅子による刑の執行に立ち会っていた」

再び沈黙が落ちた。今度の沈黙は手で触れられそうで、しかも脈打っているように感じられた。

老紳士はにっこりした。「皆さん、やはり興味がおありのようだ。なんといっても」彼はすかさず続けた。「スカルチの死刑執行に立ち会った刑務所関係者は全員、まさに今宵、この部屋にいるのですからな！　そう、マグナス所長から聞いたのですよ、死刑執行に立ち会うアルゴンキン刑務所関係者は常に同じで、ひとりも交替したことがないと」

看守のひとりが怯えた子供のように、小さく虚ろな声をたてた。皆が機械のようにいっせいに彼を見てから、またドルリー・レーン氏に視線を戻した。

「さて」老紳士はゆっくりと言った。「ここからは消去法と参りましょうか。スカルチの死刑執行に立ち会っていたのは誰々でしょう？　思い出してください。殺害者は、先ほど私が並べた四つの資格をすべて備えておらねばなりません。……まずは〝十二人の成年に達した良識ある市民〟である、法に要請された立会人の皆さんです。そう、諸君ですが、それゆえに」彼はベンチの上で身を固くしている男たちに向かって言った。「恐れる必要はまったくありません。言うまでもなく、あなたがたの誰ひとりとして、この刑務所の関係者ではない。立会人として選ばれた一般市民であり、第二の資格を持ちあわせていないのですから、容疑者からはずれます」

教会の信徒席そっくりなベンチ二台に、並んで坐る十二人のうち、ひとりは大きく安堵の息をもらし、数人はそっとハンカチを取り出して、びっしょり濡れた額をぬぐった。

「死刑が間違いなく遂行されたことを確認するために、法の要請で裁判所からおいでになった係官三名も、容疑者から除外されます。先ほどとまったく同じ理由からです」

くだんの三人の男たちは、立ったまま落ち着きなく足を動かした。

「七名の看守諸君。あなたがたはむろん」ドルリー・レーン氏はどこか別の場所にいるような淡々とした口調で続けた。「スカルチの死刑執行に立ち会ったかたがたと、同じ七名でしょうな。私が刑務所長の言葉を聞き違えていなければの話ですが」彼は言葉を切った。「除外します！　皆さんは全員、夜勤と決まっている――毎回、死刑に立ち会われ、その執行は必ず夜にかぎられるのですから――これは第三の資格に真っ向から反しています。ゆえに《エルゴ》、あなたがたの誰も殺害者ではありえません」

　紺色の制服を着た七人の男のひとりが、小声で何か罵《ののし》るような言葉をもらした。空気中にたちこめる緊張はますます耐えがたくなってきた。感情の静電気がぱちぱちいっているのがわかる。わたしはこっそりと父を見た。父の首は卒中でも起こすのではないかと心配になるほど真っ赤だった。知事は、彫像のように立ったまま微動だにしない。マグナス刑務所長は、じっと息を詰めている。

「死刑執行人は」あの落ち着いた、冷酷にさえ聞こえる声が続けた。「除外します！　私はスカルチの死刑執行の間、見ておりましたが――幸いにも、私はあの時、立ち会っておったのです――彼は電気椅子のスイッチを二度、左手で操作していました。しかし殺人者は、第一の資格である利き手が右という条件を満たさねばなりません」

わたしは眼を閉じた。自分の心臓の音が嵐のように鼓膜を叩いている。レーンさんの声が止まっていた。次に始まった時、その声はまた鋭く、豊かで、あの恐ろしい部屋のむき出しの壁に反響した。「電気椅子にかけられた男がまことに死亡したことを確認するため、法の要請でここにおられる医師のおふたりは」彼は冷たい笑みを浮かべた。「申し訳ありませんが、除外できませんでした」黒鞄を持った男ふたりは凍りついた。「しかし、今日、ファニー・カイザーが、おふたりを間違いなく除外する手がかりをもたらしてくれたのです。僭越ながら、説明いたしましょう。

殺害者はフォーセット医師殺しの罪をドウにかぶせようとしたのですから、自分が医師の診察室を立ち去ってまもなくドウがやってくることを知っていたはずです。ならば、立ち去る前に、被害者が確実に死んでおり、もはや話すことができず、ドウに——そうでなくとも、予期せずやってきた者に——真の殺害者の名を告げることができないと、間違いなく確認することが、何よりも必要でしょう。フォーセット上院議員の事件に関しても同様です。殺害者は二度、刺している。一度で死ななかったので、もう一度、刺したのです。確実にとどめをさすために。

ところで、フォーセット医師の手首には、血に濡れた三本の指の跡がついていました。どう考えても、これは殺害者が医師を刺したあとで、脈をとったからに違いありません。なぜ、そのようなことをしたのでしょう？　間違いなく、被害者が確実に死んでいるのを確かめるためです。しかしここで、ある際立って目につく事実に注目してください！」声が雷鳴のように響いた。「被害者は、脈まで取って確認したにもかかわらず、犯人が立ち去ったあとも生きていたのですよ。ほどなくして現場に着いたファニー・カイザーは、フォーセット医師が息を吹き返して、ドウは犯人ではないと言うのを聞いております。医師は真犯人の名を明かす前に、死んでしまいましたが……。この事実がなぜ、スカルチの――そして、今夜の死刑執行に立ち会う刑務所医の二名を除外するのかとおっしゃいますか？　それはこういうわけです。

仮に、おふたりのどちらかが殺害者だとしましょう。犯行現場は医師の診察室です。死体からほんの一メートルほどのところにある机の上には、被害者のものである診察器具が――それこそ、ひととおりの診察器具が揃っていました。もちろん、聴診器も。たしかに、プロの医師でも死にかけた男の脈がかすかに残っているのを感じ取れなかったということは、ままあるでしょう。しかし、医師が診察室という場所にいて、手の届くところに必要な器具がすべて揃っていて、自分の計画には被害者が間違いなく死んでいることが必要不可欠な条件であるなら、確実に死んでいることを確かめようとするに違いないのです！　聴診器でもいい。鏡でもいい。医師が死亡確認をする一般的な手段はいくらでもある……。

要するにです、死亡確認をする手段がすぐそこにいくらでもあるのに、被害者を生かしたまま放置するような医師がいるわけがない、という話ですよ。医師ならば、被害者の命の残り火を探し当て、もうひと刺しすることで、確実に火を消してしまうはずです。ところが、この犯人はそうしなかった。ならば、殺害者は医師ではない。かくして、刑務所医の二名は除外されるということです」

わたしは緊張に耐えられなくなって、叫びだしそうになった。父の巨大なこぶしは網目のように血管が浮き出している。わたしたちの目の前に居並ぶ人々の顔は、いくつもの青白い仮面のようだった。

「ミュア神父ですが」ドルリー・レーン氏は低い声で言った。「フォーセットの兄弟ふたりを殺した者は、同一人物です。しかし、フォーセット医師が殺されたのは十一時過ぎでした。あの夜、十時過ぎからずっと、神父殿はポーチで私と一緒にいましたから、犯行は物理的に不可能です。ならば当然、フォーセット上院議員を殺していないことになります」

そしてわたしは、蒼ざめた皆の顔を見ているうちに、目の前に赤い霞がかかったように、あたりがぼうっとしてくるのを感じていた。すると、力強く脈動する声が響いた。「この部屋にいる二十七人の男のうち、ひとりがフォーセット兄弟の殺害者です。我々は消去法で、二十六名を除外しました。残るはただひとり、それは……諸君、そいつだ、捕まえろ、逃がすな！ サム警視、奴の銃を使わせるな！」

室内は喧騒と悲鳴とわめき声と格闘のるつぼと化した。その大渦の中心にいる男、いまは父の鋼鉄の手にがっちり押さえつけられながら、紫色に顔をひきつらせ、血走った眼を狂ったようにぎらぎらと燃やしているのは、マグナス刑務所長だった。

23　最後の言葉

いままで書いてきたページを読み返してみたが、もしかするとわたしはどこかで、フォーセット上院議員とフォーセット医師を殺したのはマグナス刑務所長以外の人物に違いないという印象を読者に与えてしまったのではないかと心配になってきた。確かめようはないが、まあ、たぶん大丈夫だろう、と思うことにする。あのとんでもない真相は、わたしの書いた文章のあちらこちらで顔を覗かせていたはずなのだから。

これでもわたしは（事実にもとづくものにしろ、フィクションにしろ）推理小説を書くテクニックを十分に身につけているので、ドルリー・レーン氏が――一応、わたしもだが――解決に至るまでに、どのような道筋をたどったのか、その段階の手がかりを、ひとつひとつ、すべて必ず文章のどこかに記してきたつもりだ。それはただ、わたしたちが導き出した解決と照らしあわせれば――あるいは、もっと間接的ではあるが――これを読むことで導き出した推理と照らしあわせればわかる……。わたしはこの驚くべき事件をできるだけあるがままに再現しようと、精一杯につとめた。それが成功したかどうかは読者の判断にゆだねる。わたしが無理やりひっぱりこんだ、異才に恵まれた老紳士は、あの慎重に積み上げた分析と推理に、わたしたちの誰も知らなかった事実は、ひとつも使っていない。単にわたしたちが彼ほど、役に立つ事実をつかんで利用するだけの鋭さを持ちあわせていなかっただけだ。

そういえば、誰も知らない事実がいくつか、謎のままに残ってしまった。わかったとしても解決には本質的に影響のない謎ばかりだが、この物語を完全なものにするには、それらもすべて読者にお話ししておかなければならないと思う。たとえば、マグナス刑務所長が犯罪に手を染めることになった動機だ――まさか、刑務所の長が出来心とはいえ血なまぐさい罪を犯すはずがない、と人は言うかもしれない。だが、別の刑務所長が、犯罪や犯罪者を長年知っている人間がこんなことをするなんてとても信じられないような罪を犯して投獄された記録が実際にあるのだそうだ。

不幸なマグナス所長の場合は、供述書で明かしたとおり、よくある話だった。金目当てだ。長年、実直に働いてきて、ささやかながらひと財産を築いたのだが、株式相場の下落で、彼の虎の子も大打撃を受けた。働き盛りを過ぎたころ、たくわえはすっからかんになっていた。そんな時、フォーセット上院議員がマグナス所長に近づいてきたのである。上院議員はドウに異様な興味を抱《いだ》いていたが、実はドウに強請《ゆす》られていると打ち明けた。そしてドウが釈放されたあの運命の日、上院議員はマグナス所長に電話をかけ、ドウに金を支払うと決めたことと、手元に五万ドル用意したことを告げたのだ。かわいそうなマグナス所長！　切羽詰まっていた彼が、そんな誘惑にあらがえるわけはなかった。その夜、彼は上院議員の家を訪れた。殺すつもりはなく、ただ、うまく立ちまわればその金を横取りできるかもしれないという漠然とした期待を胸に抱いていただけだった。前例もある！　この時、マグナス所長は、ドウがフォーセット兄弟に対してつかんでいる弱みがどんなものなのか知らなかった。上院議員と顔を合わせた時、おそらく現金の山を見てとっさにマグナス所長は、見切り発車で決断したのだ。賽《さい》は投げられた。上院議員を殺し、金を奪い、ドウに罪をなすりつけよう。そしてマグナス所長は、机の上のペーパーナイフをひっつかみ、恐ろしい罪を決行した。それから、あたりを物色するうちに、便箋《びんせん》のいちばん上の用紙に、上院議員が兄のフォーセット医師に宛てて書いた手紙を見つけた。そのとたん、彼の頭に閃くものがあった。この件には、フォーセット兄もからんでいるに違いない！　手紙には〝ビジャーズの星〟という、船の名が書かれていた。この情報をとっかかりに、ドウの記録をさかのぼって調べれば、ドウとフォーセット兄弟の因縁の真実を突き止めることなど、刑務所長の彼にとっては朝飯前だ。マグナス所長は手紙が警察の手に渡らないように処分した。真相がおおやけになると、フォーセット医師を強請ることができなくなってしまうからだ。ドウとマグナス所長しか秘密を知らないままであれば、ドウは上院議員殺しの犯人として死刑になるから、のちのち、マグナス所長はいつでも好きな時にフォーセット医師を強請ることができる。

冴えた計画に思われた。けれども、アーロン・ドウはフォーセット上院議員の殺害犯として死刑にされず、終身刑となった。ある意味でマグナス所長は喜んだ。ドウにはいつかまた利用価値があるかもしれない。彼は機を見ることにした。やがて彼は、タッブという天才的に頭のまわる男の作り上げた組織的な、刑務所の内と外を結んで通信を届ける裏ルートの存在に気づいた。マグナス所長は知らんふりを決めこみ、じっと機会が来るのを待ち続けた。ようやく、好機が到来した。彼は通信を盗み読みしていたが、ある日、ミュア神父の祈禱書の中に、フォーセット医師からドウに宛てた手紙が仕込まれていた。タップに気づかれずに手紙を読んだマグナス所長は、ドウの脱獄計画があることを知ると、またもや大チャンスが舞いこんだと考えた。けれども、計画では水曜が決行日で、問題の水曜の夜は、スカルチの死刑執行に、刑務所の責任者として同席しなければならなかったので、マグナス所長はフォーセット医師のふりをしてドウ宛に、逃亡の決行日の部分を木曜日に変えて――この日なら彼も自由に出歩けるのだ――偽の手紙を書いた。一方で、祈禱書からくすねておいた、フォーセット医師が送ってきた本物の手紙の裏に、こちらはドウになりすましたブロック体で、脱走の決行日を水曜から木曜に変更したことを書きつけた偽の手紙をこっそり送った。この手の犯罪でありがちなことだが、計画を進めるあらゆる努力をするうちに、彼はますます深みにはまっていった。こうして、送った時には安全だと思われた手紙が決め手となり、彼は捕らえられてしまったのである。

＊

あとはもう、語ることはほとんど残っていない。覚えているのは、あくる日にみんながミュア神父の家に集まってポーチでくつろいでいた時、エライヒュー・クレイが、なぜマグナス所長はフォーセット上院議員の机で見つけたとはいえ、彼自身に宛てられた〝アルゴンキン刑務所の職員の昇進〟に関する資料がはいった封筒を犯行現場で開けたのだろう、と疑問を投げかけたことだけだった。

老紳士はため息をついた。「よい質問です。昨夜、私が推理を披露した時に、殺害者の正体を指摘すれば、犯人が犯行現場で封筒を開けた理由として、もっと深い意味のある説明が見えてくるだろうと申し上げたことを覚えておいでですか。私にはマグナス所長がなぜ封筒を開けたのか、わかる気がするのです。昨夜、私は一般論として、刑務所関係者なら誰でもあの手紙を開けたくなるのは理解できる、と申し上げました。刑務所長を除いた関係者という意味ですよ。なぜなら、あの手紙はマグナス刑務所長に宛てて書かれたものですし、そもそも所長自身は昇進云々《うんぬん》には何の関係もないはずですからな。さらに推理を進めて、犯人はマグナス所長に違いないとなった時、私は彼がなぜあの封筒をその場で開けたのかと、自問してみました。私が思うに、おそらく彼は、封筒の表書きに書かれた資料と関係のない余計なことまで、手紙に書かれているかもしれないと疑ったのです！　上院議員は刑務所のマグナス所長を訪ねた時、ドウに弱みを握られていることをほのめかしていました。それで、所長は思ったのですよ。ひょっとすると、手紙はその時の会話について触れているかもしれない。そんなものが警察の手に落ちたら、自分が疑われてしまう、と。むろん、ただの考えすぎで、全然間違っていたわけですが、その時の彼の精神は極限状態で、まともに考えられなかったのでしょう。まあ、この謎については、真相が明かされようと明かされまいと、推理全体の大筋には、特に影響はありませんでしたな」

「じゃあ」父が訊ねた。「木箱のかけらのふたつ目をアイラ・フォーセットに、三つ目をファニー・カイザーに送りつけたのは誰なんです？　だってドウにはやれなかったはずでしょう。

そこんとこが、どうしてもわからん」

「わたしもそこがわからないわ」悔しいけれど、わたしはそう認めた。

「たぶん私は、背後にいる紳士を知っていると思っとりますよ」ドルリー・レーン氏は微笑んだ。「我らが友、マーク・カリア弁護士でしょう。いまとなっては真相を確かめることは無理でしょうが、ドウは裁判を待つ間のどこかで、木箱のかけらの残りふたつを送るように頼んだに違いありません。おそらくドウは前もって、手紙と一緒に木箱のかけらふたつを郵便局留めか何かの手段で、預けておいたのでしょう。私は、カリア弁護士が品行方正な男とは思っとらんのですよ。もしかすると彼は、この強請りをたどっていって、うまくいけば、自分もちょっとした小遣い稼ぎができると考えたのかもしれません。が、こんな話も私の勝手な憶測ですからな、人には言わんでください」

「ですが」ミュア神父がおずおずと言った。「かわいそうなアーロン・ドウの無実を証明してやる前に、わざわざ死の淵の瀬戸際まで追いやったのは、その、やりすぎではありませんか?」

老紳士の顔から微笑が消えた。「どうしても必要なことだったのですよ、神父さん。思い出してください、私には法廷でマグナス所長にとどめをさすだけのしっかりした証拠が何ひとつありませんでした。異常な興奮状態に追いこんで、不意打ちをかけるしか、勝ち筋がなかった。私は推理を語っていくタイミングを見はからい、舞台セットのお膳立てをし、場の緊張を最高まで高めていきました。結果はどうでしたか。もはやどうにも言い逃れできないと悟った彼は、取り乱し、我を忘れたあげく——私の狙いどおりに——愚かにも後先考えず、逃げようとしたのです。逃げようなどと！　哀れな男です」彼はしばらく無言だった。「あのあと、自白しましたよ。もし、我々が通常の手順を踏んでいれば、きっとその間にマグナス所長は態勢を立てなおし、うまい言い訳をひねりだして、すべての罪を言葉巧みに否定したことでしょう。そして具体的な証拠を持たぬ我々は、たとえあの男を告発することが不可能でなくとも、実現するまでには、相当の時間がかかったに違いありますまい」

それから、たくさんのことが起きた。ジョン・ヒュームはティルデン郡から州上院議員に選出された。エライヒュー・クレイの大理石事業は、儲けが多少、減りはしたものの、経営はずっと堅実になった。ファニー・カイザーは連邦重罪刑務所で長期にわたる懲役を科されている……

そういえば、すべての事件の原因となった男、またの名を、追いつめられた男の悪だくみの犠牲となった無実の男、すなわち、アーロン・ドウのその後について、わたしはまだ何もお話ししていなかった。たぶんわたしは、かわいそうなドウのことを話すのを、無意識のうちに避けていた。考えてみれば、彼のその後は——そう、あれは彼のつまらない人生に対する因果応報だったのだろう。連続殺人に関して無実だろうとなかろうと、おまえは社会に不要な人間だという、運命の神からの通告だったのだ。

いずれにしても、レーンさんの語る推理劇が結末を迎え、マグナス所長が取り押さえられたとたん、老紳士は急いで振り向き、電気椅子に坐っているかわいそうな囚人を心配そうに見つめた。けれど、あの悪夢のように恐ろしい合法的な拷問器具からドウの身体を、レーンさんが助け起こそうとした時、わたしたちはドウがとても静かに、かすかな笑みさえ浮かべて坐ったまま動かないのを見た。

そう、ドウは死んでいたのだ。医師たちは心臓発作で死んだのだと言った。わたしはそれから何週間もの間、恐ろしくてたまらなかった。ドウをあんなに興奮させた、わたしたちが殺してしまったの？　けれど、本当のことを知るすべはもうないのだ。たとえドウが刑務所にはいってからの健康診断の記録によれば、十二年前に入所して以来ずっと心臓が弱っていたのだとしても。

＊

もうひとつ、話しておくことがある。

あの次の日、レーンさんが補足説明を始める少し前に、ジェレミーはわたしの腕を取って、外に連れ出した。不器用なあの坊やにしては上出来な策だ。さすがのわたしも、前の晩の出来事で取り乱していたから、普段と違って自制心がもろくなっていたと思う。

ともかく、ジェレミーはおずおずとわたしの手を取ると、話せば長くなるけれど、要するにひとことで言えば、ハスキーな甘い声で、わたしにジェレミー・クレイ夫人になってほしい、と言ったのだ。

なんていい人なの！　彼の巻き毛や、がっしりとした広い肩を見つめながらわたしは、誰かに結婚を望むほど想われていると実感するのは、本当に幸せなことで、胸の奥が温かくなるものと知った。彼の大柄で健康的な若々しい肉体は菜食主義のたまもので、そのことはすばらしいと思う。あのバーナード・ショウほど頭のいい人も菜食主義者だったのだから——わたし自身は、たまには薪の煙で燻《いぶ》された香ばしいステーキを楽しみたいのだ……。でも、彼が父親の採石場で爆薬をしかける仕事をしているのは全然、結構なことではない。だって、職場から帰る自分の夫が、ジグソーパズルじゃあるまいし、ひとかたまりのままか、ばらばらになっているか、毎晩毎晩、この先一生、心配し続けなければならないなんて、考えるだけでぞっとする。もちろん、毎日その仕事をしているわけではないけれど……

そう、こんなのは言い訳を探しているだけだとわかっている。ジェレミーのことは大好きだ。それに、物語としては、最後のシーンで主人公とヒロインが夕陽のもとでしっかり抱きあい、「ああ、ジェレミー、ダーリン——いいわ、いいわ！」と答えて締めくくることができれば、最高だろう。

けれども、わたしは彼の片手を取って、つま先立ちになり、顎《あご》の割れ目にキスをして言った。

「まあ、ジェレミー、ダーリン——だめよ」

とても優しく言ったことは、信じてほしい。わたしだって、あんなにすてきな人を傷つけたくはなかった。でも、結婚はペイシェンス・サムに向いていない。まじめに考えている夢があるの、と彼に伝えた。わたしには数年先の自分の姿がぼんやりと見えている。糊のきいたカラーの服に身を包み、知的に見えるセンスのいい靴を履いたわたしが、生きる道を示してくれた先生の——ばんざい！——すばらしい老紳士の右腕となり、相棒となって、この世のすべての犯罪を一緒に解決してまわる……馬鹿馬鹿しい夢だろうか？

　ここだけの話、もし父がいなければ――わたしには大切な愛する父だが、ちょっと頭が固いのだ――こじゃれた派手すぎない名に改名したいと思っている。たとえば、ミス・ドルリア・レーンに。頭脳の力というものはわたしにとって、それほど魅力がある。

解説

巽　昌章

推理というブラックホールに、すべてが呑まれてゆく――『Zの悲劇』で紡がれる論理の糸を追っていると、そうした凄味を感じます。作家エラリー・クイーンは誰よりも推理にこだわりました。作者と同名の名探偵が活躍する〈国名シリーズ〉、老俳優ドルリー・レーンが探偵役をつとめる〈レーン四部作〉、いずれにおいても推理の精緻、明快という点でジャンルの頂点を極めた作家なのです。この『Zの悲劇』でも、精緻な謎解きが展開されるだけでなく、あの描写まで、この出来事までが手掛かりだったなんて！という驚きとともに、物語いっさいが推理の渦中に引き込まれてしまうかのような光景が待っているのです。

事件の語り手は、ペイシェンス・サム。『Xの悲劇』、『Yの悲劇』で、名探偵ドルリー・レーンの相棒をつとめたサム警視の娘です。開巻そうそう、彼女はこんなふうに予告します。これから物語られるのは、ドルリー・レーン氏とアルゴンキン刑務所の虜囚《りょしゅう》であるアーロン・ドウの驚くべき事件だと。陰鬱なアルゴンキン刑務所が聳《そび》える地方都市、リーズ。そこで、黒い噂の絶えない上院議員が殺害されます。どうやら彼は、死の少し前、アーロン・ドウという老いた元囚人から謎めいた小箱を受け取っていたらしい。悪徳議員と最近釈放されたばかりのドウの間に、いったいどのような因縁があったのか、そもそも、アーロン・ドウとは何者なのか。

作中では、『Yの悲劇』から十年が過ぎており、サム警視は退職して私立探偵を開業、レーンはなお明晰な頭脳を保っているとはいえ、降り積もる老いの気配は隠しようもありません。そんな歳月の重苦しさを振りはらうように、若く才気煥発でおそれを知らないペイシェンスが登場し、上院議員殺しをめぐってレーンに推理合戦を挑みかけるのです。推理また推理。『Zの悲劇』を楽しむとは、いろいろな角度から、推理の妙味を味わうことにほかなりません。本格推理小説は、「論理的推理による謎解き」を掲げたジャンルであり、とりわけ日本のマニアの間では、小説のすべてが推理に奉仕すべきだ、無駄な描写などあってはならないといった理念が語られてきました。しかし、それが『Zの悲劇』ほど野心的に徹底されるのは、やはり尋常な出来事ではないはずです。その果てには、ある根本的な問いすら浮かび上がってきます。こんなにひとを魅了する「推理小説の推理」とはいったい何なのか？

推理小説の推理とは何か――それを一般論として語ることにはあまり意味がないと私は思います。推理とは普遍的な論理に基づくものではないのか、という疑問が出るかもしれませんが、推理には作家ごとの個性があり、たとえば、アガサ・クリスティとクイーン、横溝正史と鮎川哲也では、推理のスタイルが違うのです。クリスティの長編から代表作と目される何かを選んで、『Zの悲劇』にならべ、手掛かりの数と推理に費やされるページ数を比較してみれば、たぶんクイーンの圧勝に終わります。しかし、そんな比較には意味がありません。スタイルが違うからです。フェアな謎解きといったスローガンを共有しつつも、その裏で多様なスタイルが繁茂し、作家ごと、作品ごとに、私たち読者の受け取る「論証」のイメージは違ってしまう。要はそういうことです。だから、推理小説の推理とは何かを語るためには、個性を捨象《しゃしょう》した「推理」一般からはじめるのではなく、同じ推理という旗印のもとに、個性的なスタイルが形作られてきたという事実から考えてゆく必要があります。その際、キーワードとなるべき言葉は次の三つ。

――イメージ、野心、そして不安。

論理学的な「論理」と推理小説の推理の関係は、おもちゃのブロックでビルや飛行機やロボットを作るようなものです。推理小説の推理とは、各所に「論理」を用いて構成される一連の論証過程にほかならないからです。ブロックの形や接合方法が共通しているように、論証の途中で機能する〈犯人の手には吸盤がある。Aには吸盤がない。ゆえにAは犯人ではない〉といった論理は普遍的であっても、そうした部分が統合されてできる推理の全体は、作家の抱くイメージや無意識的な思考の癖によって形を与えられているはずです。ただ手掛かりを羅列するだけの推理では退屈を免れない以上、大事なのは全体のイメージをもつことなのです。クイーンの推理が畏敬の対象とされてきたのは、細かな論証を組み合わせ、ひとつの巨大な建築が目の前にあらわれるようなイメージにまとめあげる力業があればこそでしょう。

むろん、完全にオリジナルな小説家がいないのと同様、完全に個性的な推理というのも存在しません。推理にはパターンがあり、作家は、先人の作品や、自分自身の先行作にあらわれたパターンを作り換え、組み合わせて新たな推理を作ってゆくものだからです。『Zの悲劇』では、ペイシェンスが、初対面のドルリー・レーンにいきなり、「あなたは回想録を書こうとしてらっしゃるのね！」と口走ります。『緋色の研究』でシャーロック・ホームズとワトスンが出会う場面の、「きみ、アフガニスタンに行ってきましたね？」（深町眞理子訳）をふまえたせりふです。明かされるその推理法も、ささいな痕跡からレーンの近況を読み取るというもので、とてもホームズ的です。上院議員の殺害現場でも、ペイシェンスはホームズばりの観察眼を発揮し、事件解明の糸口となる重大な発見をするのですが、では、『Zの悲劇』の推理パターンは、ホームズ時代に先祖返りしたのでしょうか。むろんそうではありません。最後のクライマックスにいたって、クイーンが〈国名シリーズ〉で培《つちか》ってきたある論証パターンが登場し、ペイシェンスの観察はその歯車のひとつであったことが明かされるからです。巨大な構図のもとに、いくつもの考察が組み合わされ、驚くべきところまで推理の光が届く。そこに、クイーンならではの手腕が発揮されるわけです。

こうした推理の構築にひとを向かわせるのは欲望です。野心と呼んでもいいでしょう。なんでもお見通しの名探偵を創造し、作品世界の果てまで推理の網をかけたいという野心です。推理小説の推理は、ほどほどで自足することも、手堅い確実性を最終ゴールとすることもできません。何割かの科学知識、何割かの論理的思考、何割かのレトリックを配合して「神のごとき推理」のイメージを演出しようと腐心しながら、ただ見かけのイメージを作るだけでなく、そうしたイメージを信じているかのように振る舞い、いっそう推理への執着を深めてゆくこと――これが野心であり、同時に、作家自身に対する呪縛でもあったのです。エドガー・アラン・ポオが「モルグ街の殺人」を書いたとき、すでに、推理のイメージは、読み手にこの世ならぬ驚異を与えたいという野心によって駆動されていました。あの短編の冒頭、デュパンは「推理」の力によって友人の心の中を読み取ってみせます。いかなるささいな出来事も推理の手掛かりとし、ひとの心の中までたやすく見抜いてしまう、そんな名探偵イメージが作り上げられ、シャーロック・ホームズを経て、〈国名シリーズ〉での探偵クイーンの活躍や、『Zの悲劇』で繰り広げられるレーンとペイシェンスの競演にまで受け継がれてきたのです。

ひとの心まで見通す名探偵とは、推理小説の欲望とその不可能性を象徴する存在です。作家たちは、自分の時代の科学や文化をふまえながら、野心的な試みを繰り返しました。デュパンが友人の心を見抜く「モルグ街の殺人」の冒頭には、おそらく、連想作用を重視する当時の心理学の知見が反映され、S・S・ヴァン・ダインが彼の名探偵ファイロ・ヴァンスに語らせた〈心理的探偵法〉は、犯罪をひとつの美術品のように鑑賞し、そこに作者＝犯人の心理の影を見出すという、美術批評に類するものでした。これに対し、クイーンは、ホームズを手本にしつつ、「ひとの心を覗く」ことを断念するところから出発しています。心の中はブラックボックスであって、探偵にできるのは〈犯人が合理的な行動をしている〉という前提のもとに、その行動の意味を分析することだけである。こうした割り切りが〈国名シリーズ〉と〈レーン四部作〉の根底にあります。それでも、名探偵の推理は、相手の心の中を覗いたかのように的中してしまう。

なぜそんなに当たるのか。身も蓋もない言い方をすれば、作者クイーンがそのように仕組んでいるからです。クイーンの野心は、あちこちに手掛かりがあり、探偵がそれを見落とさず、犯人は常に合理的に行動している、そんな極端に人工的な世界を作り上げたのです。本格推理小説は、作者と読者の間で、あるいは、犯人と名探偵の間で戦われるゲームになぞらえられることがあります。だとすれば、小説の世界はゲーム盤ということになるのですが、むろん、これは比喩に過ぎません。しかし、クイーンは、その比喩を現実のものにしたいという執念に憑かれていたように思われます。より正しい推理、ひとの心まで見通すかのような推理を探求するうち、どこかで小説の世界がゆがんで、推理に奉仕する世界、推理のために生きる人間の世界へと変容してゆきます。陽気で遊戯的な〈国名シリーズ〉の世界も、サスペンスフルな〈レーン四部作〉の世界も、「ゲーム」という呪文を自らに課した作家によって作られたこの世ならぬ空間なのです。

ここで、みんなが漠然と感じているはずなのに、あまり正面から問われない疑問に突き当たります。〈国名シリーズ〉と〈レーン四部作〉の推理に違いはあるのか？　あります。推理をひとつのイメージにまとめあげる手法が違い、それを駆動する野心の向けられ方が違います。前者では主に空間、後者では時間を、推理によって制覇しようとしているのです。『ローマ帽子の謎』の劇場、『フランス白粉の謎』の百貨店、『オランダ靴の謎』の病院――初期の〈国名シリーズ〉では、現代アメリカの都市文明を象徴する巨大空間が舞台に選ばれてきました。それらは、高度に組織化された独立王国であるとともに、日々無数の市民が出入りする開かれた空間でもあります。劇場であれば、支配人、俳優、照明係、道具方から売店の売り子まで大勢のスタッフが、それぞれの持ち場を守りながら、怒濤のように流れ込む名も知れぬ観客たちに応接している。そこで殺人事件が勃発するとき、犯人はこの王国の人間なのか、はたまた、外の世界からやってきたのかという問いが生まれます。名探偵エラリー・クイーンの推理とは、こんな閉じられているようで開かれている、あるいは、開かれているようで閉じられている空間を透視して、巨大な都市空間を分割する見えない境界線を発見し、犯人の居場所を囲い込んでゆくものでした。

これに対して、〈レーン四部作〉は時間をテーマとし、〈国名シリーズ〉と部分的な論証パターンを共有しつつも、推理による謎解きの物語の中に時間という要素を取り込み、活かしてゆくことに挑戦した成果です。『Yの悲劇』と『レーン最後の事件』は、〈現在を呪縛する過去〉という着想を、異形の論理に造形した点で共通し、『Xの悲劇』と『Zの悲劇』は、シャーロック・ホームズものを思わせる因縁話を現代的な長編推理小説に再編した点で共通します。しかも、〈レーン四部作〉は、過去の出来事が殺人の動機になるだけでなく、人生の時間に対する独特の非情さによって支配されているのです。『Yの悲劇』のハッター家、『Zの悲劇』のアーロン・ドウ。事件の渦中にあるひとびとの人生は悲劇的ではあるものの、作品の主眼はあくまで推理による謎解きにあり、後年の『災厄の町』のような、地方都市に生きるひとびとの運命に寄り添おうとする姿勢はみられません。このシリーズの悲劇性は、登場人物の運命ではなく、彼らの生きた時間がとことん推理の物語に回収されてしまう非情さにあるのです。『Zの悲劇』は、アーロン・ドウの驚くべき事件であったはずですが、当のアーロン・ドウは、ドルリー・レーンの推理が輝かしい光を放つとき、どこでどうしていたでしょうか。それこそが『Zの悲劇』の凄味を象徴するものです。ここでいう「悲劇」とは、推理による謎解きに専心する小説において、登場人物が推理のためにその人生の時間を捧げ、世界全体が推理に膝を屈すること——その徹底から生まれる悲劇性です。

それは、推理に対する不安を呼び起こすものでもありました。不安とは、推理が小説世界をゆがませているという漠とした意識、さらには、自分が作り上げた極端に人工的な世界を前にして感じる、なんでこんなものを作ってしまったのだろうという戦慄です。『Zの悲劇』では、自信満々の推理で犯人を暴いたレーンが、最後の章であらためて犯人の行動の理由を問われ、「よい質問です」と応じながら、妙に言い訳がましい説明をはじめます。本当は、これは推理の全体を覆《くつがえ》しかねない大事な疑義なのですが、しかし、すでに前章でレーンの推理は「的中」してしまっている。小説世界はひと足早く、名探偵を祝福してしまったのです。それゆえここは、推理の欠陥というより、名探偵と作品世界との間に、一瞬ひび割れが走ってまた閉じたような不気味さを感じさせる場面です。そして、アーロン・ドウの末路が読者に与えるうしろめたい余韻。

この後、クイーンは、こうした人工世界の推理がもたらす不安を正面から受け止めることになるでしょう。全能の名探偵とは、彼のためにゆがめられた世界の中でだけ生息できる存在ではないか。世界が名探偵を裏切りはじめたとき、彼はどうなるのか。——それを、現代日本の作家や読者は、「後期クイーン的問題」と呼んでいます。ここで詳しく述べる余裕はありませんが、後期クイーン的問題は、推理を構成する論理の問題ではなく、推理の危機でもありません。かといって、悩むに値しない錯覚でもありません。それは、「名探偵はすべてお見通し」であるべきだという呪縛のもとに、推理のイメージを極端化していったところに生まれる不安の影なのです。私たちが、フィクションの世界でこの世ならぬ夢を追うとき、その野望におのずとつきまとう憂鬱なのです。

レーンの上にも、すでに、かすかな憂鬱の影がさしています。とはいえ、レーンとペイシェンスの推理はそうした憂いを追い払うほどに輝かしく、まだ幕は下りていません。しばし、この稀有な推理の劇を楽しみましょう。

本書には、今日の人権意識に照らして誤解を招くと思われる語句や表現がありますｓ。しかしながら作品の時代的背景や歴史的な意味の変遷などをかんがみ、そのまま翻訳しました。

検印
廃止

訳者紹介　1968年生まれ。1990年東京外国語大学卒。英米文学翻訳家。訳書に、ソーヤー『老人たちの生活と推理』、マゴーン『騙し絵の檻』、ウォーターズ『半身』『荊の城』、ヴィエッツ『死ぬまでお買物』、クイーン『ローマ帽子の謎』など。

Zの悲劇

2024年9月20日　初版

著　者　エラリー・クイーン

訳　者　中《なか》村《むら》有《ゆ》希《き》

発行所　(株)東京創元社
代表者　渋谷健太郎

162-0814/東京都新宿区新小川町1-5
電　話　03・3268・8231-営業部
　　　　03・3268・8204-編集部
URL　http://www.tsogen.co.jp
暁印刷・本間製本

乱丁・落丁本は、ご面倒ですが小社までご送付ください。送料小社負担にてお取替えいたします。

ISBN978-4-488-10446-7　C0197

世代を越えて愛される名探偵の珠玉の短編集

Miss Marple And The Thirteen Problems◆Agatha Christie

ミス・マープルと13の謎 新訳版

アガサ・クリスティ
深町眞理子 訳 創元推理文庫

◆

「未解決の謎か」
ある夜、ミス・マープルの家に集《つど》った
客が口にした言葉をきっかけにして、
〈火曜の夜〉クラブが結成された。
毎週火曜日の夜、ひとりが謎を提示し、
ほかの人々が推理を披露するのだ。
凶器なき不可解な殺人「アシュタルテの祠《ほこら》」など、
粒ぞろいの13編を収録。

収録作品＝〈火曜の夜〉クラブ，アシュタルテの祠《ほこら》，消えた金塊，舗道の血痕，動機対機会，聖ペテロの指の跡，青いゼラニウム，コンパニオンの女，四人の容疑者，クリスマスの悲劇，死のハーブ，バンガローの事件，水死した娘